漫说旧时光

漫说 旧时光

长夜

人民文学出版社

图书在版编目(CIP)数据

长夜/姚雪垠著.—北京:人民文学出版社,2016
(漫说旧时光)
ISBN 978-7-02-011547-1

Ⅰ.①长… Ⅱ.①姚… Ⅲ.①长篇小说—中国—当代 Ⅳ.①I247.5

中国版本图书馆 CIP 数据核字(2016)第 071133 号

策划编辑	胡玉萍
责任编辑	宋　强
装帧设计	李思安
责任印制	任　祎

出版发行　人民文学出版社
社　　址　北京市朝内大街166号
邮政编码　100705
网　　址　http://www.rw-cn.com

印　　刷　三河市鑫金马印装有限公司
经　　销　全国新华书店等

字　　数　185千字
开　　本　880毫米×1230毫米　1/32
印　　张　10.25　插页3
印　　数　5001—8000
版　　次　1981年1月北京第1版
印　　次　2019年8月第2次印刷

书　　号　978-7-02-011547-1
定　　价　29.00元

如有印装质量问题,请与本社图书销售中心调换。电话:010-65233595

为重印《长夜》致读者的一封信

亲爱的读者：

如今我将三十多年前所写的一部长篇小说《长夜》送到你们面前，请你们在工作闲暇的时候读一读。请你们在欣赏之余，给予批评。我顺便将关于这部小说的若干问题，以及我的一些创作愿望在解放后未能实现的憾事，在这封长信中告诉你们，使你们更容易了解这部小说，同时也了解我在创作道路上的部分经历。我还要告诉你们《长夜》和《李自成》有密切关系，读《长夜》是打开《李自成》的创作问题的钥匙之一。因此，我将这封信作为《长夜》重印本的代序。

一

这部长篇小说写于抗日战争末期，一九四七年在上海怀正文化社出版。当时只印了两千本，没有引起读者注意，甚至不为人知。但个别读过这部小说的朋友给予 定的重视，告诉我它是一部有意义的作品，写出了别人不曾写过的题材，即民国年间中国北方农村生活的一个侧面。虽是中国农村的一个侧面，大概也反映了河南全省，也许还包括陕南、陕北、鄂西、皖西、皖北、鲁西、冀南等广大农村二十年代曾经有过的、大同小异的普遍现实。

这是一部带有自传性质的小说。虽然也有虚构，但是虚构的成分很少。小说的主人公陶菊生就是我自己。我是农历九月间生的，九月俗称菊月，所以我将主人公起名菊生。这故事发生在一九二四年的冬天到次年春天，大约一百天的时间。现在我将这一故事的历史背景告诉你们，也许对你们阅读这部小说是有帮助的。

一九二四年的夏天，我从教会办的旧制高等小学毕业后，（我没有读过初小）跟随一位姓杨的同学到了直鲁豫巡阅使、直系军阀首领吴佩孚"驻节"的洛阳。他的巡阅使署在洛阳西工。洛阳西工成了当时中国北方军阀、政客们纵横捭阖的活跃中心，也是吴佩孚的一个练兵中心。他亲自兼师长的嫡系精锐部队是陆军第三师，大部分驻扎西工。第三师附属有学兵营和幼年兵营。我怀着进幼年兵营当兵的目的到洛阳。我的大哥已于春天受到别人怂恿，进了学兵营当兵。他对于军队内部的黑暗已经有一定认识，坚决不许我当吴佩孚的幼年兵，请那位姓杨的同学将我送到信阳，进教会办的信义中学，插入初中二年级读书。学校设在信阳西门外,浉河北岸,面对贤隐山。

这年九月,酝酿数月的第二次直奉战争爆发了。吴佩孚离洛阳急速北上,由大总统曹锟任命为讨逆军总司令,进驻秦皇岛,指挥直系各部队约二十万人向奉军进攻。双方都使出全力作战,战事胶着在山海关和九门口一线。原来也属于直系军阀阵营的冯玉祥,因受吴佩孚排斥,丢掉了河南督军的重要位置,挂一个陆军检阅使的空名义,驻兵南苑。第二次直奉战争爆发时,吴佩孚任命他为讨逆军第三路军总司令,命他率部队进入热河,威胁奉军右翼。当吴佩孚与张作霖在山海关一带鏖战正酣时,冯玉祥暗从热河回师,突然于十月二十三日进入北京,控制了北京各要地,拘押了曹锟,通电主张"和平"。吴佩孚前后受敌,被迫从大沽口乘船南逃。他将在山海关一带作战的直军交给张福来指挥,随即全线瓦解。吴佩孚从吴淞口入长江,到武汉上岸。他原来打算依靠长江流域的直系军阀力量成立"护法军政府",进行反攻,但这些军阀各为自己割据的地盘打算,离心离德。驻节武汉的两湖巡阅使萧耀南对他也是表面拥戴,实际抗拒。吴佩孚不得已急回洛阳,另谋集合兵力。但是反直势力不让他在洛阳有喘息机会,首先是国民二军胡景翼部由冀南攻入河南,接着是镇嵩军的憨玉昆部由潼关东进。吴佩孚不能在洛阳立脚,退驻豫鄂交界处的鸡公山,而他的部队在信阳车站外挖掘战壕,大有在信阳作战之势。

3

吴佩孚在鸡公山驻的时间不久，一筹莫展，只好通电下野，暂时到岳阳住下。胡景翼做了河南军务督办，自兼省长。小说结束时，已进入胡景翼做河南督办时代。到这年春天，为抢夺河南地盘，胡景翼和憨玉昆在豫西发生激战，被称为胡憨之战。结果憨玉昆战败。胡景翼不久病故，所以小说结尾处提到薛正礼一股杆子投奔一位将做信阳道尹的绅士家中，那位绅士姓刘，是国民党人。因为胡景翼死去，河南局势大变，姓刘的官梦并未实现。这最后一股杆子的下落，我不清楚。

　　由于信阳的局势混乱，学校提前放假，通知学生们迅速离校。我同我的二哥，还有另外两个学生，顺铁路往北，到了驻马店，然后往西，奔往邓县(今邓州市)，在中途被土匪捉去。被捉去的地方可能属于泌阳县境，我当时也不清楚，只知距离姚亮镇不很远。关于我被捉去的经过和在杆子中的生活，小说中所写的都是真实情况。

　　小说中提到的徐寿椿和马文德这两个地方小军阀，都是直系军阀的残余，互相争夺南阳地方的地盘，同时也争夺杆子武装，争夺我们的杆子。

二

　　自从这部小说出版之后，我自己没有再看过一次。如今因要重印,我从头看了一遍。它深深地将我带回到二十年代河南农村生活的历史气氛中。这部小说中描写的不是一般的农村生活,而是土匪生活,是通过写一支土匪的活动反映二十年代历史条件下的中原和北方的农村生活。如今重读时候,它唤起我关于当时那种奇特的历史生活和一群绿林人物的回忆。总之,它是半个世纪以前的现实生活,不是凭空瞎写。我就是在那样的历史环境与历史气氛中进入社会生活!

因为这是一部带有自传性质的小说,所以我在进行写作时,不追求惊险离奇的故事情节,不追求浪漫主义的夸张笔墨,而力求写出我少年时代一段生活经历的本来面貌。像这样题材,加一些惊险离奇的故事是很容易的,但是我尽可能按照现实主义创作方法写这部小说。同志们,你读的时候也许会感到这书中有许多浪漫主义气氛,但是那气氛是生活本身提供的,不是我故意加进去的。浪漫主义的色彩,在我们的现实生活中本来就不少,在有些境遇中显得特别浓厚。

在写作时候,为忠实于现实主义,我决定不将主人公陶菊生的觉悟水平故意拔高,也不将贫雇农出身的"绿林豪杰"们的觉悟水平和行为准则拔高。我写了几个本质上不坏的人,但他们有各自的弱点,而且有时杀人放火,奸淫妇女。他们有可爱的和值得同情的地方,但他们毕竟是土匪。我是从他们杀人放火、奸淫掳掠的生活中看出来他们若干被埋藏的或被扭曲的善良品性。当然,并非在所有的土匪身上我都毫无例外地发现了善良本性。倘若我在写作时故意将菊生和几个主要人物的觉悟水平拔高,这部小说就变成另外一种面貌。如果那样写,纵然能获得某种成功,但是它将丢掉艺术的真实,也背离了历史生活的真实。忠实地反映二十年代河南农村生活的重要侧面和生活在那样历史条件下的人物的精神面貌,是我要写这部小说的中心目的。小说中当然反映了我的世界观和我的思想感情,但是我决不背离历史生活的真实,故意加进去某些思想宣传。

三

在这部小说中,我写出了半封建半殖民地的中国,农民因没有生活出路而叛乱。我写出他们的痛苦、希望和仇恨;他们"下水"(当土匪)后如何同地主阶级存在着又拉拢又矛盾的关系,其中一部分人如何不得不被地主中的土豪利用;我写出来杆子与地方小军阀之间的复杂关系;我还写出来杆子内部存在着等级差别:有人枪多,放出一部分枪支给别人背,坐地分赃;有人背别人的枪;有人当"甩手子",地位很低。小说中所反映的社会现象,人与人的关系,阶级关系,正是我在少年时代曾经生活于其中的历史现实。

《长夜》的时代正是中国农村因军阀混战频繁、帝国主义加紧经济侵略,加上其他各种人祸天灾,进入大崩溃的黑暗时期。内地没有现代工业,城市不能吸收农村的失业人口,农民失业后或者逃荒异地,或者大批饿死,而年轻男人最方便的道路是吃粮当兵或当土匪。那时到处城镇有招兵旗。吃粮当兵,一打败仗可以变为土匪,土匪一旦受招抚就成了兵。当然,善良农民,像小说中王成山那样的人,是多么地希望能够不当土匪而生活下去!

农民在接受无产阶级政党的领导以前,一代代都有为生存而斗争的武装叛乱,但不能成为自觉的阶级斗争。有的武装斗争具有一定的政治目的,例如希望推倒旧江山,建立新江山,但也不是阶级的自觉。至于那种没有清楚的政治目的,仅是为着不饿死,为着报仇,从事抢劫,奸淫,过一天算一天,便只算低级形态的武装叛乱,不能算作起义。我在《长夜》中所写的武装斗争,就是低级形态的武装叛乱。

低级形态的武装叛乱就是拉杆子,当蹚将,通常的贬词是土匪。

一支人数较多的土匪武装,其阶级成分是复杂的:有真正的失业农民,有农村中的二流子,有离开军队的兵油子,有破落地主家庭出身的人;还有曾经受过招安成了官军,因打败仗或不得意而重新下水的军官,这种人下水后利用他们的号召力、组织才能,以及手中掌握较多的枪支而自己拉杆子,作为管家的,即土匪首领。

在古代史、近代史和民国年间的现代史上,往往有武装叛乱在开始就有比较清楚的政治目的,我们称之为起义;也有起初无明显的政治目的,随着武装活动的发展而有了较清楚的政治目的,我们也称之为武装起义。但是从封建的中国到半封建半殖民地的中国,各种农民起义都没有觉悟到要从根本上改变封建的社会制度,使农民作为一个阶级得到解放。农民只有得到无产阶级政党的领导和教育,才开始懂得阶级解放的道理。

我在小说中所描写的土匪生活没有清楚的政治目的,这是二十年代前期从汉水流域、淮河流域、黄河流域……直到关外,大半个中国相当普遍的社会现象。中国共产党尚在幼年。在北中国的茫茫大地上,社会主义的思想在很少数知识分子、大城市产业工人和铁路工人中间传播,没有同农民结合。所以对广大农村来说,当时还处在漫漫长夜的黑暗时代。不过,黎明也临近了。

土匪由于是没有政治觉悟的叛乱武装,成分复杂,所以不会有好的纪律。奸、掳、烧、杀,成为土匪的"家常便饭"。土匪并不是农民的出路,而是社会的破坏力量。

为抑制和消灭这种破坏力量,就产生了它的对立面,即红枪会。在二十年代,除红枪会外还有势力较大的大刀会,势力较小的黄枪会、绿枪会、红灯照、金钟照等等组织,但是红枪会最普遍,成为代表。时至今日,有些名目就只有很少人知道了。

据我的粗浅认识,红枪会等武装组织,都属于地主武装,也从属于比较富裕的农民阶层;从历史源流说,都来源于元、明以后的白莲教分化的各种支派。农村中在乱世年头比较敢作敢为,地主和富农阶层的头面人物掌握着这些自己的武装力量的领导权。在快枪不普遍的年代,这些武装组织靠迷信、念咒、下神,宣传神灵保佑,刀枪不入,鼓舞斗志。依靠人多,人海战术,进行作战。等快枪普遍之后,这一类原始的武装组织就由军事编制的民团代替,完全变成地主武装了。

上述这一类武装组织,在不同的地方,不同的时期,斗争的侧重点不同。有时带有"反洋"色彩,有时带有反政府苛捐杂税色彩,有时起着反军阀作用,但是持久不变的斗争目标是土匪。红枪会的以上斗争目标都和农村中地主阶级的利害一致,所以受到地主阶级的提倡,支持,而且往往被地主阶级掌握着领导。土匪对红枪会的斗争是生死斗争,没有妥协余地。在北洋政府时期,陆军人数很少,忙于内战,不经常驻扎各府、县地方,所以地主阶级和广大农民为要保障社会生活平稳,就得依赖红枪会这种武装组织。土匪可以与地方一部分地主互相勾结利用,同地方小军阀互相勾结利用,但没法同红枪会及支持和领导红枪会的地主、绅士互相勾结利用。土匪有时受地方政府和地方军阀招安,但不能受红枪会招安。这是两种水火不能相容的力量,斗争是残酷的。小说中写李水沫杆子攻打刘胡庄,又写薛正礼一股打进一个小村庄,杀人放火,都是对红枪会的斗争。攻打刘胡庄还有抢劫牲畜财物和掳掠妇女、肉票的目的,烧毁那个小村庄就只是为着对红枪会报复了。

由于《长夜》是一部自传性质的小说,加上在写作这部小说时我还是喜欢屠格涅夫的小说形式,所以没有使故事向广阔展开,没有正面写出红枪会的人物与活动。但是,尽管如此,小说对读者理解二十年代的旧中国农村还是有帮助的。假若解放后我修改《长夜》的打算能够实现,则此书有可能变得内容大大丰富,故事波澜壮阔,但真实性就会变了。

四

在抗日战争期间,我曾有一个反映河南农村变化历史的"三部曲"创作计划:第一部定名为《黄昏》,写清朝末年和民国初年农村迅速崩溃的过程,像风俗画那样写出我的家乡农村生活的变化历史。第二部就是《长夜》,写农村崩溃后农民离开土地,没有生计,不当兵就拉了杆子,而我写的是一支杆子的活动情况。第三部定名为《黎明》,写北伐军进入河南,新旧军阀在河南南阳地区的角逐,农村各种力量的大动荡,大分化,而一部分知识分子(共产党员和受共产党影响的青年)如何开始到农民中传布革命火种。由于《长夜》带有自传性质，最容易写，所以我先从《长夜》动笔。但是缺点也在自传性质上，局限了我，不曾写出来那个时代的较广阔的社会生活。

我是一个富于空想、志大才疏的人，这弱点使我一生吃了大亏，在文学创作上不能有多的成就。关于故乡的题材，我还计划以别廷芳这个人物为主人公，以彭锡田为主要配角，写一部长篇小说，定名为《小独裁者》。一九四八年我住在上海郊区，除为《李自成》准备资料外，将《小独裁者》写了大约将近十万字，后来自己不满意，将稿子烧了。一九五一年秋天我由上海回到河南，私怀目的之一是完成《黄昏》、《黎明》的写作宿愿，并将《长夜》改写。但是历史条件变了，宿愿只能任其幻灭。当时领导同志片面地强调写普及作品，认为只有写短小的普及作品如演唱材料才是群众所需要的，时代所需要的，同时经常号召大家都为中心工作而写作，如歌颂农闲积肥等事都成为文学艺术界进行创作的中心任务，不肯写就是不肯为当前的政治服务，资产阶级的世界观和文艺思想严重。有一位在当时河南文艺界较有威信的领导同志经常批评我不肯写"雪里送炭"的作品，只考虑写大作品，为自己在历史上树碑立传。他的出发点是"爱护我"，所以口气中总带着许多惋惜。因为我"固步自封"，不听忠告，所以口气中也不免有挖苦意味。

我观察了一些文学史上的情况，也反省了自己没有出息的原因,总结出一个简单的认识:一个较有成就的好作家,必须具有进步的思想(就他所处的时代说);必须关心现实,充满正义感,而又能在困难条件下敢不盲目地追随流俗,人云亦云;必须有丰富的生活阅历,对生活的知识愈深广愈好,不应局限于一点,名曰深入生活,实际是孤陋寡闻;必须在写作上不断提高,精益求精,到死方休;必须利用一切机会读书,提高自己的学问修养。以上几点,互相关联,相辅相成。我的这点意见,在当时历史条件下是决不能公开说出的。五六年到五七年我仅仅流露了一两点类似意见,都"理所当然"地被作为资产阶级右派言论批判,而且终不免被错划为"极右分子"。

一九五三年夏,中南作协成立,我被调到中南作协。极左思潮、教条主义、将文艺和政治关系简单化和文艺领导的武断作风,并无改变。这不是某一个人的问题,而是时代的流行病。我前边所提到的那位老朋友同时调到中南,依然担任主要的领导工作。他依然经常批评我不愿意为工农兵写短小作品,还提醒我:"你要知道,写短小的通俗作品也可以产生托尔斯泰。"对于我的文章风格,这位领导朋友也当众向我提出忠告:"目前是无产阶级革命时代,时代的文艺风格是粗犷。雪垠的毛病是文笔太细,不符合时代要求。不改变这种风格,很难反映我们这个时代的生活和人物的精神面貌。"我每闻以上各种高论,都是顽固地付之一笑,但望通过我的创作实践来回答这位朋友兼领导的关怀和批评。

亲爱的读者,请想一想,在上述历史气氛和生活环境中,我要实现写现代河南农村生活"三部曲"的宿愿当然只好付之东流。多么可惜!

五

现在我将话头转回到《长夜》这部小说上,谈一谈它和《李自成》的特殊关系。

首先是我运用河南人民语言的问题。我在外地生活了几十年,但是我熟悉的地方还是故乡。在别处我有过生活,但没有在土壤中扎根。大概世界上多数作家都如此,他们喜欢写他们的故乡,常常利用他们的童年和少年生活进行创作。河南的土地和人民哺育过我的童年和少年,在青年时代我又在河南留下了活动的足迹。我熟悉河南的历史、生活、风俗、人情、地理环境、人民的语言。提到河南的群众口语,那真是生动、朴素、丰富多彩。在三十年代,我曾经打算编一部《中原语汇》,如今还保存着许多写在纸片上的资料。我对河南大众口语热情赞赏,而它也提高我对于语言艺术的修养。关于我同河南大众口语的血肉关系,已经反映在我的《差半车麦秸》、《牛全德与红萝卜》、《长夜》和《李白成》等作品中。这情况你们都清楚,我不用多说了。

如果我丢掉了故乡的人民口语,我在文学创作上将很难发挥力量。

两年来我看见了不少分析和评论《李自成》第一、二卷的文章,但是关于《李自成》的语言问题,尚缺乏写得比较深入的论文。《长夜》的重新出版,将会提供一点有用的参考材料。读过《李自成》再读读《长夜》,可以看出来我在运用河南大众语方面一脉相承的关系,也可以看出来在语言的美学追求上一脉相承的关系。土匪黑话是特殊语言。《李自成》第一卷中所用的那些黑话,都见于《长夜》。黑话之外的特殊语言,例如《李自成》第一卷中写高夫人率领小股骑兵佯攻灵宝,有一义兵用顺口溜形式"自报家门"那段话,也可以在《长夜》中看见原形。当然,《李自成》在语言的运用上,色彩丰富得多,除以朴素的大众口语为基础外,还有士大夫的语言、江湖语言、诗、词、古文、骈文等等。

其次是《长夜》中所写的生活同我写《李自成》有一定关系。我写《李自成》需要阅读大量文献资料,这是每一个读者的心中都清楚的。但是,许多读者不清楚我有《长夜》的生活经历,对《李自成》中所写的一部分生活不是靠书本,而是靠我自己有感性知识。当然,我的感性知识不限于《长夜》中所写到的,许多我童年和少年时代在河南家乡所耳闻目睹的生活片断都成了有用的素材。由于《长夜》是一部带有自传性质的小说,所以我从少年到青年时代所知道的许多关于土匪生活的知识都没有写进去。我是豫西人,而豫西是有名的"土匪世界"。拿我家乡邓县说,大约从一九二八年到一九三三年,东乡由红枪会控制,西乡由土匪控制。土匪控制区因农民流亡,形成几十里荒草区域,当时县政府上报的荒地有四万顷,虽然可能有夸大,但情况的严重可想而知。我曾经进入荒区看过,荒草有半人多深,野鸡乱飞,野兔群奔,灰白色的狼屎处处。在我写《李自成》时,取自《长夜》中的生活经历不少,另外又用《长夜》以外的生活作补充。

你读完《李自成》之后,倘若你再读读《长夜》,就会看出来《李自成》中有些故事情节和人物可以在《长夜》中找到影子或原形。当然在《李自成》中是经过重新加工,重新给予艺术生命,而不是重复,照抄。你们将两书可以对读,自会清楚,请恕我节约笔墨,不必自己指出来具体例证。

现在我顺便谈谈《李自成》第一、二卷中所写的杆子问题。

李水沫杆子的活动地方是在唐河和泌阳两县境内,这两县和我的家乡邓县都是属于南阳府。南阳府和商州地方虽不同省,却是相邻,所以风俗、习惯、口语等方面相同者多。有一位陕西读者读过《李自成》第一、二卷后给我来信说,他解放后在商州地区工作几年,没听说商州有杆子。很遗憾,我实在太忙,没有给他回信。他是解放后到了商州地方,当然没有听说杆子。所谓"贼",结成几十人或上百人大股者叫做杆子;数人或十数人结伙,夜聚明散,不算杆子,在《长夜》中叫做"霸爷",在我的家乡叫做"贼毛子"或"二道毛子"。南阳地区和商州地区在清末有"刀客",到民国年间快枪日渐普遍,"刀客"一词被淘汰。杆子衰于红枪会兴起之后。红枪会后来又被民团所代替。民团兴起于三十年代之初,后来每县自设司令或总指挥,又发展为割据数县,由一总指挥或总司令统一指挥,成了更大的土皇帝。他们用严刑重法,动辄杀戮,对人民进行血腥统治,同时强化保甲组织,使土匪失去了活动余地,盗贼无处藏身。在这种统治下,农民虽受着残酷剥削,却有种田的机会,所以到三十年代初期,杆子衰落,渐渐绝迹了。抗日战争期间,这一带民团的统治继续加强,而且不断征兵,不仅正规军要壮丁,民团也要壮丁,农民小户家的壮丁几乎被抽光了。到了解放初,年轻人很少人知道杆子,更没有人去谈论了。可是我从乾隆年间纂修的《商州志》中,见到了明末和清初都有不少关于"杆贼"的记载,并说明"土贼号曰杆贼"。"土贼"是对"流贼"说的,活动范围不出本地方的叫做"土贼",杆子正是如此。

最后我想提一下作家气质和作品的关系问题。你们从《长夜》的主人公身上大概可以看出来我在少年时代已经形成的性格特点,这难道和我能理解和塑造《李自成》中某些人物(包括孩儿兵在内)没有重要关系么?这问题,我不用细谈,留待你们思考吧。

亲爱的读者,关于《长夜》与《李自成》的关系问题,我要说的话已经说完,这封信也该结束了。青少年时代的故乡生活和熟悉的故乡语言,对于从事文学创作帮助很大,我在前边已经说过,现在不妨再重复指出:《长夜》是带有浓厚乡土色彩的作品;《李自成》虽然是历史小说,绝大多数主要人物都是陕西人,但是也含着独具的河南乡土色彩。如今已入暮年,我深深遗憾的是:我那些要纵深地反映河南人民生活的愿望都未实现,仅仅留下来这一部四十年代的作品《长夜》! 对《长夜》原有改写计划,也力不从心,付之东流。每次想到这事,总不免有许多感慨。

六

《长夜》开始动笔于抗战末期,第一版出版于一九四七年。虽然时间还在考验《长夜》,但是我自己和广大读者大体上已经得出近于一致的评论了。

先说在国内,近几年曾在报刊上读到有的文章说它是五四以后的长篇小说杰作之一,但没有详细分析。这篇文章是不是严家炎教授写的,日久我记不清了。但是《中国大百科全书·文学卷》中的"姚雪垠"辞条是他主稿,关于《长夜》的一段话我很赞成。他说:

《长夜》以二十年代军阀混战时豫西山区农村为背景，描写了李水沫这支土匪队伍的传奇式的生活，塑造了一些有血有肉的"强人"形象，真实有力地揭示出许多农民在破产和饥饿的绝境中沦为盗贼的社会根源，同时也表现了他们身上蕴藏着反抗恶势力的巨大潜在力量。像《长夜》这样以写实主义笔法真实描写绿林人物和绿林生活的长篇小说，是"五四"以后的新文学中绝无仅有的，此书译为法文后，姚雪垠被授予马赛纪念勋章。他的小说从早年起，就透露出一种强悍的气质，一九二九年发表的《强儿》，刻画一种坚强的性格；三十年代中期写的若干作品也多次写到一些敢作敢为的人物。把一批"强人"形象送进新文学的画廊，发掘和表现强悍的美，是姚雪垠对中国现代文学作出的一个独特贡献。

严家炎教授是目前被公认为研究中国现代文学成就很高的专家。他给我的印象是治学态度谨严，掌握的资料丰富，论断精辟。上边引述他对《长夜》的一段评语，我很佩服。我只是感到美中不足的有两点：一是他没有指出来《长夜》与我中年后写作《李自成》有一定的联系，二是《长夜》在语言上很能表现出我的独特成就。

最后，我简单地谈一谈《长夜》在法国的影响和我自己对它的评价，也许可以供读者参考。

一九八四年一月,《长夜》的法译本在巴黎出版,立刻在法国的读书界引起了很大兴趣。这年十月,我应邀访问法国。到巴黎以后,密特朗总统给我一封亲笔签名的信,对我的访法表示欢迎之意。巴黎第三广播电视台的记者对我作一次录像采访,使我与全法国读者见面。随后我从巴黎去马赛访问,马赛市政府授予我马赛纪念勋章。据当时法国国务委员兼马赛市市长(前几年病故)德菲尔先生说,这种勋章只授予两种人:一是初到马赛访问的外国元首,二是到马赛访问的对国际有贡献的文化名人。法国许多报刊对《长夜》发表了评介文章,法国朋友收集了一部分。但我对这一类评介文章并不重视。根据我的经验,文学艺术与科技不同,应该以我们自己的思想和主张为准,决不迷信外国。法国读者之所以喜欢《长夜》,是因为这部书的内容在法国人眼中十分新鲜,富于传奇色彩。有一天法共中央委员兼《人道报》副刊主编卢·阿兰去旅馆访问我,谈《长夜》这本书。我回想着他既是法共中央委员,当然在理论修养上与一般读者不同,于是我就谈到中国如何沦为半封建半殖民地,农村破产后,农民如何大批变为土匪以及我在少年时如何在土匪中生活一百天。他听了很感兴趣,问道:

"你为什么不早点写出来?"

我回答说:"从九一八事变以后,尤其是从七七事变以后,中国进步知识分子的主要任务是从事抗日活动,所以直到抗战结束时我才动笔写《长夜》。"

最有趣的一件事是,我在巴黎逗留期间,法兰西学院一批汉学家请我演讲,给我出的讲题是《中国当代历史小说的道路》。《李自成》只有日译本第一卷,没有欧洲文字译本。这些法国汉学家是通过中外新闻媒体知道我写了一部在中国颇为轰动的历史小说,所以给我出了那个讲题。

演讲的地方是一个小房间,听讲的不到二十位老学者。使我惊奇的是,他们不用翻译,听我带着河南口音的中国普通话毫不困难,始终面带微笑。演讲有四十分钟,在演讲结束时,一位汉学家问道:

"《长夜》是不是您的代表作?"

我说:"我听说近几年在法国写历史小说和传记文学很时兴,但为争取销路,历史小说常加一些恋爱故事,也有的加入色情细节。《李自成》已经出版了前三卷,共约二百三十万汉字,完全靠它写出了中国封建社会后期历史生活极为丰富的内容,被称为百科全书式的长篇小说,艺术上表现了中国气派和民族风格,赢得广大读者,在中国可以说家喻户晓。所以,《长夜》这部小说具有独特的成就,是我四十岁以前的代表作,而《李自成》是我中年以后的代表作。《李自成》好比一座高山,《长夜》好比高山旁边一座颇值得游览的小山。用中国古人的话说:'如泰山之与梁父。'"听讲的汉学家们都对我的话微笑点头。

我抗日战争末期在东北大学(迁在四川三台)教书,日本投降后到了上海,写完《长夜》,又写了一本传记文学《记卢镕轩》。上海解放后到私立大夏大学任教授,兼副教务长,又兼代理文学院长。一九五一年秋季,上海几个私立大学合并为华东师范大学,我坚决离开教书岗位,要求回到河南家乡,完成"农村三部曲"的创作梦想。后来不但不敢提起这一创作计划,连我出版过一本《长夜》的事也不敢告人。所以在河南和武汉,一直没有人知道我写过一本《长夜》。党的十一届三中全会以后,中央正式宣布了以后不再搞运动了,极左思想受到了批判,被称为知识分子第二次得到解放。不知怎么人民文学出版社编辑部看到了解放前在上海出版的《长夜》,同我商量,由人民文学出版社重新出版,遂于一九八一年一月出版解放后的第一版,印了十一万册,这才引起了读者和中国现代文学研究者的注意,也才有可能由李治华先生译为法文,于一九八四年一月在巴黎出版。现在人民文学出版社又拟将《长夜》编入《中国现代长篇小说丛书》中,特写此序,略谈一些有关此书的情况,以供读者参考。

一九九五年十月七日

一

一九二四年的冬天,从伏牛山到桐柏山的广大地区,无数的田地已经荒芜。那些幸而没有荒芜的田地里,麦苗像秃子的头发一样,活得非常的勉强和无聊。树叶早已在霜风中落净,一眼望去,到处是单调而荒凉的赭色土地。

从平汉线的驻马店通往南阳的三百里官路已经荒废,常常有枯草埋没着深深的车辙。官路旁的村落大半都成了废墟,剩下些烧红的墙壁映着蓝天。井沿上围着荒草。碾石上长着苔藓。有的村庄还没有全毁,但大部分的房屋用土坯堵塞着门窗,主人不知道哪儿去了。

一个早饭时候,雾气还没有完全消散,白色的太阳忧郁地俯瞰着原野,枯草和麦苗上掩盖着一层白霜。小麻雀坐在灌木的枯枝上,好像耐不住饥饿和严寒,偶尔啾啾地叫几声,更增加荒原上的凄凉情味。不知从远远的什么地方传过来两响枪声。小麻雀突然一噤,随即一切都沉寂下去。当枪声响过不久,官路上出现了一群奇怪的远路客人,其中有四个学生,一个类似商人打扮的中年人,另外还有两把小土车,那是专为两位年纪较小的学生坐的。他们一面匆匆地向前赶路,一面神色不安地东张西望。两个推土车的山东大汉,急促地喘息着,从嘴里不断地喷出白气。

这时,村庄中剩余的农人正端着稀饭碗,瑟缩地蹲在路边的太阳光下。大家都非常沉默;老年人的咳嗽声,孩子们的吸进鼻涕声,和喝稀饭的呼噜声互相应和。当这一群客人从村边出现时,他们惊异地抬起头,端详着客人的服装和神情,好像发现了一个不能理解的严重问题。他们纷纷地从地上站起来,对走过面前的客人打着招呼:"歇一歇吸袋烟吧!""请喝碗稀饭吧!"虽然他们的声音表面上同往年一样的朴实和亲切,可是骨子里却满含着恐怖和关怀。他们一面打招呼一面在心里问:"他们到底是哪儿的人呢?难道不晓得这条路上的情形么?"等客人走出村庄后,他们就拿这些过路的"洋学生"作话题,纷纷地谈论起来,因为差不多半年以来,他们就没有在这条官路上看见"洋学生"和远路人了。

被善良的农人们所关心的这群客人,他们何尝不知道自己所经过的地带是多么危险,不过除此外又有什么道路可走呢?三天来他们时时刻刻都在死亡的威胁中,只好听受着命运摆布。在这条官路上,他们已经好几次看到横陈在路旁的、被土匪杀害的尸体,也时常听到稀疏枪声。如今这奔回故乡的长途已经差不多走了一半,再有三天或四天就可以脱离了危险地带。每天晚上住店时,他们所听到的都是些恐怖消息,不是说某地方又烧了几个村庄,便是说某村庄又打死了多少男女。有时他们简直不敢问店家打听消息,甚至对店家也抱着很大疑惑。有时他们刚刚走过不久,土匪将他们后边的旅客劫杀;有时又恰巧土匪将前边的旅客劫杀完毕,他们幸运地从出事的地点通过。这些毫无把握的幸运不仅不能解脱他们心上的恐怖,反而更增加对前途的恐怖和忧虑。他们是多么地想一步就跳到故乡,但是这条长途是多么地不易走啊!

"我说,芹生,"一个叫做胡玉莹的廿三岁的青年,终于打破了沉默说起话来,"那个家伙我越想越发疑,你看会不会出岔子?"

陶芹生一直皱着眉头,胡思乱想着。他是一个神经质的青年,敏感,多疑,容易陷入绝望的忧虑之中。自从打信阳逃出以来,不管白天多么辛苦,他没有一夜不是提心吊胆的不能安眠。他虽然比他的弟弟菊生只大三岁,可是对兵和匪的事情远较菊生了解的清楚。菊生刚满十四岁零两个月,完全是一个活泼天真的小孩子,把冒险当做游戏和英雄事业,死的威胁只能引起他一种漠然的害怕。只要别人不提醒他土匪是多么残忍,他反而很希望能遭遇一次危险,看一看土匪到底是什么样子。芹生很爱他的弟弟,假若不是同菊生一道,他也不会像如今这么操心和害怕。一时一刻,他都在设想着种种不幸的事情降临,准备着用自己的生命换取他弟弟的平安还家。正因为他想得太多,晚上不是失眠便是被噩梦缠绕。此刻他的脑壳里像满塞着潮湿的木片,胀得发疼,对于胡玉莹的话一点也没有听见。

"芹生!芹生!"胡玉莹靠近一步小声叫。"我怕那家伙不是好人,说不定会是个眼线。"

"我也是这样想。"陶芹生蓦然转回头来说。"我早就疑惑他不是个正经家伙,没有敢说出口来。刚才他一往那条小路上走去,我越发觉得奇怪,所以才催你们赶快走。"

"你们说的谁?是那个昨晚间跟咱们住在一个店里的家伙吗?我也看他有点来路不明!"商人打扮的中年人插嘴说,脸色发白,声音禁不住有点微颤。

胡玉莹肯定地补充说:"刚才的枪声就是从他去的方向传过来的……"

"不要管他!"陶芹生像下紧急命令似地喘着气说:"我们赶快走,越快越好!"

两把小土车落在他们的背后约摸有一箭远,陶芹生和商人打扮的中年人焦急地转回头来,催促推车的放快脚步。坐在土车上的陶菊生正观望着荒凉的隆冬原野,这景色他仿佛在什么小说上曾经读过,从他的天真的心头上生出来一些捉摸不定的诗的感想。一听见前边的喊叫声,又看见他们的惊慌神情,陶菊生和另一位姓张的小孩子蓦地跳下土车,向前跑去。姓张的孩子拉着那位中年商人的袖口,害怕地咬紧嘴唇,不敢问到底要发生了什么事情。菊生明白了大家害怕的原因之后,他虽然觉得他们对那位怪人物的猜疑未必可信,但心上也多少有点紧张。他一面跟随着大家匆匆赶路,一面幻想着他们突然被强盗拦住的情形,在心上创造着惊险故事。忽而他幻想着在强盗的射击中勇敢地逃脱;忽而他仿佛看见他和同伴们都被土匪捉住,他微笑着一言不发,对腿肚上洞穿的枪伤仅只淡淡地瞟了一眼;最后,他仿佛看见母亲像疯了似地在旷野嚎哭,野风吹散了她的苍白鬓发。看见这最后的一个场面,他的心顿然间充满凄酸,两只大眼睛也跟着湿润起来。

"二哥!"陶菊生为要解脱心上的凄酸,眼睛望着旷野说,"我想是不要紧的。咱们吃早饭的那个镇上还有民团,前边几里路是郭集,听说也有军队驻防,只要走过去这个坡子就好了。"

"民团跟军队有啥用?"芹生忧愁地回答说。"现在的民团跟军队都靠不住!他们白天是民团跟军队,晚上就是土匪;穿上二尺半是民团跟军队,脱下二尺半就是土匪。"

"对啦!"商人打扮的中年人接着说。"荒乱年头,军队跟土匪通着气儿。要不是土匪跟军队通气儿,土匪会能够闹得起来?……"

又一响枪声从刚才的方向传过来,使他们的谈话突然中断。他们惶惑地向枪声传来的方面望去,只能望见还没有消尽的白雾笼罩着起伏的丘陵,远远的接着天边。除此之外,就是些包围在薄雾中的村落影子,静悄悄的,像死去了一般。大家不约而同地又想起来那个身材又高又瘦、脸色黑青、眉目间带着凶气,有一个阴狠的鹰鼻子,穿一身黑色衣服,腰里束着蓝布战带①,自称商人而实际不像商人的可疑人物。于是,他们每个人的心被恐怖的黑手捏得更紧了。

二

半个多月以前,吴佩孚正指挥直系军队在山海关和九门口一带同奉军鏖战②,不提防冯玉祥从察哈尔回师进入北京,拘留了大总统曹锟,断了吴佩孚后路。吴佩孚从秦皇岛经海道到武汉,逃回河南,希望重新组织力量作战。由于奉军和国民军的继续压迫,使他不能在郑州和洛阳立住脚步,于是他就带着留守在河南的残余部队,顺平汉线向南撤退到信阳一带,打算到不得已

---

① "战带"就是北方乡下人所束的一种腰带。
② 这次大战在我国现代史上称为第二次直奉战争。

时退入湖北。吴佩孚一到信阳,信阳立刻充满了战争空气:城里和郊外驻满了乱兵,车站外的丘陵地带掘了战壕。住在城里的地主和商家纷纷逃往山中,乡下的土匪也立刻猖獗起来。

陶菊生兄弟和胡玉莹在信阳读的是一个教会中学,坐落在西门外的浉河北岸,校长是一位美国牧师。因为战争局势的紧张和军队的纪律败坏,学校解散了,他们从兵荒马乱中逃了出来。从信阳回他们的故乡本来有一条捷路,靠着大别山和桐柏山的北麓漫向西北,有五百里出头模样。许多年来这条路完全被土匪遮断,没人敢走,也慢慢被人忘记。另外一条路绕得最远,是从许昌到南阳的那条官道,平常虽然也土匪如毛,但能够通行的机会比较多。如今许昌那一带发生战事,这条路也被隔断,因此他们只好赌着运气,走驻马店往西的这条没人敢走的荒废官路。

离开信阳的时候,平汉线南段的客车已经不通,所有的车辆都是连明彻夜地运输军队。他们随着些难民一道,顺铁路徒步北行,遇着小土车就雇来坐一站两站。中途也曾经遇见运煤的铁皮车,他们向站房买了车票,站在空铁皮车厢里,上边飘着雪花,北风呜呜地吹着,冻得他们几乎死去。每天晚上,在日落前赶到较大的车站上,住在教会的礼拜堂内。教堂外常常彻夜听见乱枪声,打门声,啼哭声,都是乱兵在奸淫抢劫。离开驻马店以后,他们所走的是一种更阴惨的地狱世界,教会失去了她的保护力量。不过,在这样的苦难时代,活着本来就等于冒险,不冒险又怎么办呢?

在恐怖中他们拼命地向前赶路,谁都不敢多耽误一分时间。当他们翻过了一道浅岗时,望见那驻有民团和军队的叫做郭集的市镇出现在岗坡下边,至多不过有四五里远。他们都暗暗地松了一口气,觉得这个关又快过了。陶菊生重又仰卧在土车上,很天真地编织着小说故事。那位叫做张明才的小学生,坐在土车上一声不响地吃着烧饼,并不是因为饿,而是由于他感到无聊。胡玉莹和那位商人打扮的中年人一边走一边闲谈,偶尔陶芹生也插进一句两句。将近中午的阳光温和地照着他们,那个穿黑衣服的怪人的影子也开始从他们的心上淡了下去。但正当他们不再警惕着有人会追赶他们的时候,有一个凶暴的声音从后边突然发出:

"站住!"

他们不约而同地打个寒战,转过身子,发现有几个人托着步枪从岗上跑下来,相距不过二十丈远。

"不准跑!动一步老子用枪打死你们!"另一个半沙哑的声音命令说,同时枪栓也哗啦响着。

不管陶菊生刚才幻想了多少冒险故事,此刻也如同别人一样,茫然失措地听从着土匪的命令。不过他的腿没有打颤,并且还故意露出镇静的笑容。他转了一下头,向同伴们瞟了一眼,恰巧和芹生的惶恐的眼光碰在一起。"别说我们是上学的,"他听见芹生对他悄悄地嘱咐说,"就说是在吴佩孚那里……"他把头轻轻的点一下表示明白,不让芹生再说下去,因为几个土匪已经跑到他们的面前了。

"你们是干啥子的?"一个跑在最前的麻脸土匪喘着气问,声音像擂鼓一样的震击着人的耳膜。

旅客们几乎同声回答说:"我们是……"

"不准扯谎!"这个麻脸的土匪吩咐说:"谁扯一句谎,就给谁钻一个枪眼儿!"

"一个一个地问他们。"第二个赶来的车轴汉①土匪向麻脸的土匪叫着说:"先问那两个小家伙!"

第一个被盘问的是张明才。他骇得浑身打颤,眼睛里充满泪水,嘴唇搐动着吐不出一个字来。

"快说!"车轴汉的土匪喝叫,"你不说老子一枪打死你!"

"快说你家住哪儿,在啥子地方上学堂!"另一个刚刮过络腮胡的土匪催促说。

紧拉着张明才的一只胳膊的那位中年人用哀求的声调说:"他害怕,你们让我说吧。我们是赊店人。他在信阳第三师范附小读书,我在信阳帮人家做生意。近来信阳要打仗,生意歇了

---

① 短粗身材,像车轴一样。

业,学校也解散了,他父亲托我带他回赊店……"

"你说!"麻脸的土匪急躁地转向胡玉莹,大声命令说。

"我是邓县人,在信阳信义中学读书,现在学校解散了,要回家去。"

胡玉莹的话一结束,不等土匪开口问,陶菊生就跟着说他同芹生是亲弟兄,芹生在吴佩孚的第三师①当学兵,他当幼年兵,如今军队给打垮了,只好换便衣转回家去。他还说如果大家喜欢要什么东西,可以随便拿去用,只要给他们留一点够吃饭的路费就行。他的话说得极其快,极其大方,孩子气的脸颊上一直带着笑。看见弟弟的勇敢和镇静,芹生也跟着胆壮起来,喃喃地帮菊生说话。土匪们想不到这个小孩子竟会是这样胆壮,使他们都不好意思对他拿出来凶暴态度,连那位麻脸的土匪也在肚子里点头称赞:"好,好,怪有种的!"他向弟兄们交换了一个眼色,盘问的工作就算完了。

"跟我们一道去,"麻脸的土匪态度温和地命令说,"去见见我们的管家的。"

这一群不幸的旅客被土匪带领着重又翻过刚才下来的岗坡走去,像一群被驱赶的山羊一样。陶菊生兄弟几次试着同土匪们攀谈,希望能弄清楚他们的意图,都没有得到结果。翻过岗头

---

① 第三师是吴佩孚的基干部队。

又走了一里多路,土匪带他们走下路旁边的一条干沟,开始搜他们的钱财和衣物。那位新刮过络腮胡的土匪从小土车上找到了菊生的一件秋天穿的灰色大褂,赶快穿到身上,一面乱扭着身子端详长短,一面咧着嘴嘻嘻地笑,稍微有一点不好意思。那大褂只搭到他的膝盖下边,颜色又过于轻浅,男不男女不女的,惹得别的土匪都忍不住笑了起来。然而络腮胡却把这件孩子穿的灰色大褂珍贵地脱下卷起来,揣进怀里。一个年纪最轻的土匪从车上拿出来一本英文字典。因为从来没看见过这样装订的怪书,他十分惊奇地问:"这是谁的?"菊生立刻回答说:"那是我的书。幼年兵也读书的。"年轻的土匪把书翻一翻,望着同伴们笑一笑,自言自语地叹息说:"这么厚的洋书!"随后他掂一掂它的轻重,就把它放回车上。

土匪们搜索过财物以后,带着捕获的旅客们顺着一条小路向东南走去。刚才旅客们心上还保留着几分被释放的希望,如今这希望一步一步地幻灭了。看情形,这分明不是普通的所谓"截路",但到底要把他们往什么地方带,是不是要把他们杀害在一个离大路稍远的荒僻地方避免招摇,叫他们无从推测。死的恐怖重又猛烈地袭击到每一个旅客的心上,使他们忽而想到故乡,想到家人和亲戚,想到死后种种,忽而又想到意外的救星……思想是那么飘忽不定,就像是在做着噩梦一般。寂寞而忧郁的原野被一种神秘的氛围所笼罩,看不出一点动静,听不见一点声音,连地上的阳光也叫人起无限凄凉之感。

又走了一刻钟模样,他们被带进一座被烧毁的农家小院。有一个商人装束的老头子在门外的地上躺着,一颗眼珠可怕地向外突出,暗红的血液混和着脑浆从鬓角流到地上,差不多已经凝结。院里站立着几个土匪,盘问着一位异乡口音的年轻人。菊生们进来时,盘问暂时停一停,大家都愣着冷酷的眼睛对他们上下打量。他们被驱进东屋,同一大堆刚被捉获的人们站在一起。屋门口有两个土匪端着步枪,满脸杀气,机警地监视着屋里的人。在人堆中站定以后,菊生的心中七上八下,不住地向院里观看,半信半疑地问着自己:"这不是在做梦吧?"就在这刹那间,一个奇怪的念头飘过了他的脑海。他想到假若他长有翅膀,带着哥哥从这房壳廊①里飞出去,从云彩上飞回到母亲身边,那将是多么好呵!

"把他拉出去崩②了!"麻脸的土匪在院里突然叫起来,一脚把那个异乡口音的年轻人踢倒地上。"快拉出去,他准是一个探子!"

"拉出去!拉出去!"另外的土匪也愤怒地咆哮着。

异乡口音的年轻人跪在地上,一面磕头一面哀哀地恳求饶

---

① 没有屋顶,仅存四壁,叫做"房壳廊"。
② "崩"就是枪毙。

命。他哭着说自己确实是一个手艺人,因为战事关系从驻马店逃出来,还说他家里有一个六十多岁的老娘没人养活。但不管他怎样哀求,怎样不肯从地上起来,终于被两个人拖出院外,一响沉重的枪声把他的哭声打断。当枪声响过后,跟着有一只乌鸦从村边的枯树上惊起来,用不祥的调子哑哑地啼叫几声,向空旷的田野飞去。

"二哥,"菊生忽然仰起脸对芹生微微一笑,小声说,"想不到咱们会死在这里。"

芹生向他的脚上踢了一下,使个眼色,禁止他随便说话。正在这当儿,麻脸的土匪走到门口来,命令他们说:

"刚才来的'远方朋友'站出来!"

菊生的心口禁不住跳了几下,向同伴们迅速地瞟了一眼。那位商人打扮的中年人紧拉着张明才的手,嘴唇颤抖得非常厉害,而张明才的脸色像蜡渣一般黄,眼眶里又充满了泪。芹生和胡玉莹交换了一个绝望的眼色,迟疑着不肯出去。被拘捕在一起的人们用恐怖而怜悯的眼光望着他们,特别望着菊生的可爱的脸孔,仿佛在叹息说:"这么一个聪明伶俐的小孩子也要枪毙!"所有这周围的现象都差不多在同一刹那间映进到菊生眼帘,他立刻镇静地咬一下嘴唇,微笑着望一眼麻脸的土匪,拉着他的二哥大踏步从屋里走出,满不在乎地低声说:

"好,让我走在前头!"

三

　　土匪们对于如何处置这几位"远方朋友"不露出一丝口风，带他们顺一条荒僻的小路向东南走去。走着走着，他们渐渐地明白了他们已经成了"票"①，暂时也许不会死，但要过一段悲惨而可怕的日子，等候着家庭派人来讲价赎回。

　　一经猜破这命运的谜底，陶芹生立刻就想到他父母得到这消息后一定是束手无策，无钱来赎，而他和弟弟迟早免不掉一个一个地被土匪杀害。原来他们生在一个破落的地主家庭，上两代不管男女都吸食鸦片，而父亲是在童年时代就开始上瘾。六年以前，大约是初冬季节，像死水一样的平静的乡下发生了匪荒，把他们祖上遗留下来的住宅，连佃户居住的房子一起烧光；父亲带着一家老小逃到城内，六年来苦度着穷愁饥寒的日月。大哥小学未毕业就跑到洛阳当学兵，一则因为家庭没力量供他

---

① 从语源上看，票就是钞票。土匪拉人的目的在换取钞票，故江湖上将被绑架勒赎的人叫做"票"。常常为说话时音节谐和起见，加上一个名词语尾，便成"票子"。有时为着同钞票区别起见，变成一个复合名词，便成"肉票"。在票的语根上加一个女性语头，便成"花票"。大股土匪中拘留票子的地方叫做"票房"，管理票房的头目叫做"票房头"。杀害肉票叫做"撕票"。

弟兄们同时读书,二则因为这正是丘八老爷横行霸道的时代,三则因为经过直皖战争和第一次直奉战争,吴佩孚的名字红得发紫。在河南这个封建落后的地方,很多出身于没落的地主之家的青年因为没有别的出路,又没有机会接触南方的革命思潮,多愿意到吴大帅的第三师"投笔从戎"。菊生小学毕业后,父亲也送他到洛阳去当幼年兵。先到洛阳当学兵的大哥已经穿了第三师的黑幕,大哥竭力反对,托朋友将他送到信阳,进一个教会中学读书。芹生原是在湖北樊城读教会中学,因为要照料弟弟,这学期也转到信阳读书。第二次直奉战争发生后,父母对于大哥不知流过了多少眼泪,如今又要为他们两个小兄弟哭泣。但家中的经济情形是那么不好,纵然父母把眼泪哭干又有什么用?想到了这些问题,就像有一把刀子割着芹生的心,眼圈儿禁不住红了起来。

芹生好几次向土匪们说明他同菊生确是亲兄弟,请求留下他,放他的弟弟回家报信,好让家人赶快来赎。菊生也要求留下自己,放哥哥回家报信。对于他们的请求,土匪们不是表示这事情需要看管家的怎么吩咐,便是表示不相信他们是亲兄弟。麻脸的土匪在他们两兄弟的脸上来回地打量几遍,露着黄牙笑起来,用非常肯定的口吻大声叫着说:"哼,鬼儿子能相信你俩是一个模子磕出来的!"虽然胡玉莹竭力替芹生和菊生证明,土匪们也决不相信。当芹生们恳求的次数太多时,车轴汉不耐烦地说：

"好好儿走吧！你们对我们说的再多也是瞎子打灯笼，我们不能替管家的做主呵！"

又过了一条小河和一个岗坡，土匪们带着这一群落难者走进了一座村庄。"你们把他们交到票房，"麻脸的土匪对他的同伴说，"我自己去对管家的报告一声。"于是他把步枪扛在肩头上，得意洋洋地唱着小调，向村子中心的一个大门走去，其余的土匪把票子带进了靠近的一个大门。

菊生们被带去的是一座相当舒适的地主住宅，进了过车大门向左转是三间对厅，票房就设在对厅里边。一进院子，车轴汉活泼得像一个大孩子，一面走一面叫骂，几个"看票的"都给他骂得笑嘻嘻地从票房里跳了出来。

"瓢子九我操你祖宗！"车轴汉望着一个白净面皮，手里拿着一根烟钎子的土匪骂着说，"来了几个有油水的'远方朋友'，你鬼儿子尽躺在床上抽大烟，也不走出来迎接一下！"

瓢子九快活地回骂他："妈的，有我的孝顺儿子到官条子①上迎接他们，何必再惊动老子的驾？刘老义鳖儿子到哪里去啦？"

---

① "官条子"就是官路，大道。路与败露的"露"字同音，所以黑话称路为"条子"。

"老义到管家的那里去啦,我的乖乖。"车轴汉用枪托照瓢子九的大腿上打了一下说:"闪开,让'远方朋友'们进去歇歇腿,老子们也该去填瓢子啦①。"

菊生们一进票房,首先映入眼睛的是靠左首的一群肉票。这一群共有十来个,有的在草上躺着,有的坐着,已经被折磨得不像人样。他们的憔悴的脸孔上盖满了灰垢,头发和胡子乱蓬蓬的,夹带着草叶和麦秸片,白色的虮子在乱发中结成疙瘩。他们的手都被背绑着,一根绳子把他们的胳膊串连一起,因此任成群的虱子在头上和身上咬,在衣服的外边爬,他们也只有忍受着毫无办法。他们拿黯淡无光的眼珠打量着新来的患难朋友,有的还用凄苦的微笑向新来者表示欢迎,但有的把眉头皱得更紧,脸孔上流露着严肃的表情,仿佛他们觉得这一群可爱的洋学生不该也落在土匪手里,特别那两位最小的学生深深地引起来他们的恻隐之心。

看票的对于这一群"远方朋友"的来到都非常高兴,替他们找凳子,拿香烟,真像招待自己的朋友一样亲切。票房头瓢子九忙着吩咐人去向老百姓派蒸馍和下面条给客人充饥。被派出的

---

① 犯和饭同音,"犯"字在土匪中认为是一个不吉利字,凡和犯同音的字都忌说。肚皮里边装有饭好像瓜皮里有瓢子,所以把饭叫"瓢子",把吃饭叫做"填瓢子"。又引伸开去,姓范也改为姓"瓢子",票房头瓢子九的本名就是范九。

土匪刚走不久,他又派另一个土匪去催,并嘱咐要顶好的白面蒸馍。他虽然年纪在四十之谱,但为人很活泼,滑稽,爱同人开玩笑。在他下水蹚①之前,他有个绰号叫"快活笼子",如今因为"瓢子九"这名字也很有意思,原先的绰号就不再被人叫起。躺下去吸完了斗门上的半个烟泡,瓢子九又立刻从床上跳下来,靠着柱子,向胸前叉起双手,笑嘻嘻地盘问新来的"远方朋友"。他有一双一般人所说的桃花眼,年岁没有腐蚀掉这双眼睛的风流神情。当菊生报告他是吴佩孚的幼年兵以后,瓢子九拍着屁股向前边跳一步,探着身子,睁大一双含笑的眼睛大声盘问:

"你是幼年兵?你也到山海关去打仗了?"

"我们幼年兵在洛阳留守,"菊生坦然说,"没有开到前线去。"

"你会唱军歌不会?"

"当然会。"

"下过操么?慢步,正步,跑步,都练过?"

"都练过。"

"好,待一会儿填过了瓢子,我得考考你。军队的事情我不

---

① 原来徒步涉水叫做"蹚",是北方的一个口语。引伸开去,到社会上混人物也叫做"蹚",如"蹚光棍"、"蹚绅士"、"蹚土匪"。混得好就算蹚得开,混得不好就算蹚不开。在这部小说中,土匪都自称为"蹚将",这大概是那时代那一带地方流行的江湖话。

外行,你操不好我就教教你。"瓢子九笑着说,端详着菊生的脸孔,晃着脑袋表示不相信。停一停,他轻轻地拍一拍菊生的头顶,又开着玩笑说:"你这小家伙聪明胆大,到蹚将窝里来还要冒充军人呢!"随即他快活地大笑起来,很有风味的稀胡子随着他的笑声跳动,增加了他的滑稽神情。

胡玉莹和那个中年小商人都为菊生的扯谎捏了一把汗。菊生虽然也知道说谎话终究不能够骗住土匪,但既然刚才在路上如此扯谎,如今也不好改口,将来的结果就只好暂不去管。他对于人生还没有多的经验。在他的眼睛里,瓢子九是一个有趣人物,瓢子九的部下也都不坏,单就大家对他们的亲切招待也可以看出在瓢子九的这个小团体中充满着江湖义气。在进到票房以后,芹生感到的是绝望的害怕和忧愁,而菊生所感到的害怕和忧愁都非常朦胧,甚至他对于这遭遇还起了一点好奇和新鲜之感。

瓢子九一面快活地笑着,跳到一个躺着的票子身上走几步,又踢一踢另一个已经割去了一只耳朵的票子的头,转过身来对新来的"远方朋友"说:"再有几天他们不赎出去,就叫他们吃洋点心了。"这一个惨无人道的小场面和这一句威胁性的话,使菊生起一身鸡皮疙瘩。中年商人低下头轻轻地叹息一声,胡玉莹和芹生都面如土色,而小学生张明才骇得像傻子一样。但菊生的不切实际的浪漫性格,和他从故乡的野蛮社会与旧小说上所获得的那一种"英雄"思想,使他依然竭力保持着脸上的微笑。

他的神气是那么顽皮和满不在乎,使瓢子九和全票房的土匪们都把赞赏的眼光集中在他的脸上。

"这个娃儿倒很沉住气。"土匪们笑着说。

菊生一半是由于饿,一半是由于他对于新遭遇不像别人一样的害怕和发愁,这顿午饭他吃得特别多。瓢子九拍一拍他的头顶说:"别作假啊①,待一会儿还要看你下操哩!"菊生仰起脸来笑一笑,顽皮地回答说:"当然不作假,吃饱啦不想家。"吃毕饭,瓢子九真叫他先唱了两个军歌,然后又拔慢步。多亏那时的"军国民教育",陶菊生能够圆满地度过了这个考试。

"你家里一定有几十顷田,"瓢子九躺下去烧着大烟说,"凡是到老吴那里当学兵的都是有钱的主户②。"

"既然家里有钱有地,又何必出外当兵?"菊生强辩说。

"你们这班有钱的少爷谁不想作官呀?只要喝过墨水子,到老吴那里干三年五载,肩膀头上就明煌煌的③!"

瓢子九把烟泡一会儿捏扁,一会儿滚圆,最后滚成光溜溜的圆锥形,安到斗门上,欠着身子向"远方朋友"举一举烟枪,连说了两个"请"字,随即他一点不肯误时地重新躺好,让斗门对准

---

① "作假"就是客气,不过专指客人不肯尽量吃饱而言,不像"客气"一词可以随便使用。
② "主户"就是地主家庭。
③ 指军官的肩章。

火头,贪馋地吸了起来。他吸得那么惬意,故意使吃吃声成一种活泼调子,而他的黄色稀胡子就随着迅速的节拍跳动。斗门上的烟泡吸光以后,他感到浑身舒服,松劲地抛下烟枪,闭着眼睛,大大地伸个懒腰,从鼻孔哼出来两股白气。过了片刻,他虎地睁开眼睛,从床上坐了起来,向"远方朋友"说:

"你们快点各人给自己家里写一封信,我叫推车的替你们送到。信上就说务必在半个月以内派人来赎,半个月以内不赎就要撕票。俺们的管家的名叫李水沫,来人就到这一带打听李水沫的杆子①。"

"可是我们是亲弟兄两个,"芹生恳求说,"请你替我们向管家的求个情,放我们一个回去。"

"老弟,你这不是故意叫我在管家的面前碰钉子么?"瓢子九很和气地说:"别说你俩的面貌不像亲兄弟,即令是亲兄弟,咱们这儿也没有白放人的规矩。咱们这儿拉票子就是兜票子。不管家里几口人,一齐兜来,隔些日子不赎就撕一个,或割一个耳朵送回去。你们瞧,那边就有两个票割去耳朵,过几天还要他们吃洋点心呢。"

菊生说:"家里接信后当然会派人来赎,不过我们家里太穷……"

---

① 成股的土匪叫"杆子"或"捻子"。

"看相貌你也不是没钱的孩子!"瓢子九跳下床来,走到他的面前嘱咐说:"你们在信上记清写一笔:来说票时要照规矩送小礼,每家的小礼是烟土十斤,盒子枪一打,金镏子一打。总之,越快越好,免得管家的生了气,话不好说。"

为着票房中只有一张小方桌,这一群新来者就分开在两处写信。芹生和菊生被带到大门左边的书房去,其余的留在票房。芹生和弟弟面对面坐在靠窗的方桌旁边,桌上摆着笔砚和信纸。偏西的阳光凄凉地斜照在他们身上。窗外有一株半枯的老槐树,一只麻雀在树梢上瑟缩地啾啾鸣叫。槐树旁竖着一堆高粱秆,旁边是一个盖着磨石的红薯窖。西风吹着高粱的干叶儿刷刷作响。兄弟两个同时都想起来在故乡常常听到的票子生活,据说土匪把票子的眼睛用膏药贴住,耳朵用松香焊住,口腔用手帕或棉花塞实,手和脚用铁丝穿在一起,就这样投进红薯窖或高粱堆中,纵然军队打旁边经过也无法知道。芹生沉重地叹了一口气,提起笔还没有写出一个字,眼泪已经抢先落到纸上。菊生瞟了他二哥一眼,泪珠忽然涌出眼眶,但赶忙偷偷擦去,为的不愿叫看守的土匪瞧到。他忍着哽咽小声说:

"信上不要写得太可怕,免得娘要哭坏了。"

四

  午夜,小河在星光下哗哗地流着。马蹄踏上河边的薄冰,发出清脆的破裂声,像琴韵一般悦耳。从远远的上游传过来守寨人的稀疏的梆子声,稀疏的狗叫声,还可以隐约望见晃动的点点灯光。一阵尖冷的北风飒飒地吹过河滩,管家的骑的马振一下红鬃抬起头,迎着风怅然凝望,发一声萧萧悲鸣。

  为着一个病票没抬到,怕万一会发生事故,管家的命令杆子暂停在小河边上。五分钟后,听见一阵匆匆的脚步声走近河岸,管家的在马上不耐烦地向身边的弟兄吩咐:"去,送那个害病的家伙回他老家去!"随即一个弟兄转身向河岸迎去,一面拉开枪栓一面用低而沉重的声音向岸上叫:"跫住①!跫住!"岸上的人们听见这叫声立刻止步,黑暗中有人擦一根火柴点起来一根纸烟。那个病票大概正发着高热,被抛到路旁的时候没有发出来一声哀哭。火光一闪,枪声响了,跟着一个沉重的物体滚下河岸。人马都以最大的静默倾听着岸上动静。片刻间,小河像咽

---

① 当时土匪中忌说"停住",用"跫住"代替"停住"。"跫"的意义和"踩"字差不多,想系一声之转。

住不流,而空气简直要在严寒中凝固成冰。

"起①!"管家的又命令说。"让票子走在中间,不要挤下水里去!"

带条的②首先踏上了独木板桥,向后面投来个低声警告:"传!孔子③上霜很滑,小心一点走!"

"传!孔子上霜很滑,小心走!"后面的人照样把警告传递下去,一直到队尾为止。

过了小河,队伍在星光下的小路上扯得很长,前边的人们不时得停住等待。约摸走了一个多钟头,经过一个有许多瓦房的大村庄。有一股土匪放着枪冲进村里,随即有两个麦秸垛和一座房屋燃烧了,火光向突然变得浓黑的天空乱伸舌头。沉沉的静夜被搅乱了:村庄里到处是女人和孩子的哭叫声;原野上到处是慌乱的狗叫声;乌鸦哑哑地啼叫着离开树枝,结队向远处飞去。

"爷们是李水沫的杆儿,大家都听着呵!"土匪在火光中大声喊叫,"限你们三天以外,五天以里,把片子钱④如数送到。要

---

① 土匪中把开步走叫做"起"。
② 土匪中把路叫做"条子",把带路的人叫做"带条的"。
③ 土匪把桥叫做"孔子",因为桥下有孔。"孔"字读去声。
④ "片子"就是名片。当时土匪向某村或某家送一张名片(有时是一封信或一个纸条),上写着索款的数目和期限,叫做"送片子"。倘是零星土匪,不敢公然派人送片子,就在夜间偷偷地将片子贴在对方门上,叫做"贴片子"。到期限款未送到,土匪突然跑入村中,烧一些柴垛或房舍,叫做"催片子"。不到最后决裂,往往不伤害人命。

是五天以内不送到,爷们再来时杀你个鸡犬不留!……"

当小股土匪进村里放火时,大队人马盘在村边的路上等候,向天上放几枪助助威风。催过片子后,集合到一起动身,又走了两个钟头模样,下弦月刚刚露出岭脊,他们才在一个相当大的村庄盘下。村中的地主们还没有腾好房屋,除少数有地位的首领之外,其余的土匪和票子暂盘在一个麦场里休息。因为月光被一排房屋遮住,麦场中只看见一堆一堆的模糊人影。纸烟的火星忽明忽暗,在人影中晃来动去。一个矮矮的黑影晃到场中心,对瓢子九悄声说了几句。随后,瓢子九匆匆地走到芹生面前,问:

"我白天对你讲的事,你对你弟弟讲了没有?"

"我还没有讲。"芹生说,赶快从地上站起来。

"这是为着救你们,为啥不讲啊?你现在就对你弟弟讲吧,三少在等着哩。"

"好,好,我现在就对他说。"芹生回过头望着弟弟,发现菊生也正用惊愕的眼光望着他们。菊生的大眼睛是那么有神,虽然在昏暗的夜色中也看见两颗发光的黑眼珠滴溜乱转。对着弟弟的这双大眼睛,芹生迟疑了一下才喃喃地说:

"菊,白天票房头告诉我一件事……"

"啥子事?"菊生盯视着二哥的眼睛问,心口不由地跳了几下。

"这事情关乎咱俩的性命,你可得听从我的话啊!"芹生几乎是用恳求的声调说,随后对着菊生的耳朵悄声地说了一阵。"就这样办吧?"他又恳求说,"为着救命,有啥关系?菊,现在不是你任性的时候呵!"

陶菊生低下头沉默片刻,忽然果决地抬起脸孔,用浮着泪光的眼睛向瓢子九和二哥望了一下,说:

"好吧!"

瓢子九快活地拉着菊生向麦场的中心走去,一边走一边叫着:"三少,他愿意了!他愿意了!"走到矮矮的人物面前,他吩咐菊生说:"这是王三少,快点趴下去磕个头,叫一声'干老子'……哎,你这孩子,为啥不叫呀?口羞么?快,叫一声让我听听!"

"不要勉强他,"王三少笑着说,"熟起来自然会叫的。"

"跟你干老子去吧!"瓢子九把菊生推到王三少的怀里说。"妈的,你真是福大命大,一步登天!"

陶菊生跟着王三少走出麦场时,麦场有一半已经笼罩着苍茫的月色。他说不出内心里究竟是高兴还是悲哀,最后向二哥和同伴们瞟了一眼,瞟见他们都在望着他,他的眼珠上立刻浮一层模糊的酸泪。王三少带他走进一座地主的大院落,一个肩膀上挂着步枪的大个子土匪领他们走进地主的书房。屋里的床铺已经摊好,火盆里燃烧着一堆劈柴,一个十七八岁的小伙子蹲在火盆边擦着烟灯罩。王三少往床上坐下去,从怀里掏出盒子枪

往烟盘旁边一放,擩一擩他的鹰鼻子,望着菊生说:

"你冷不冷?快点在火上烤烤手,今儿晚天气干冷。"

陶菊生靠着床沿,微笑着摇一下头,但他却忍不住把双手向火上伸去。

"不冷就躺在对面陪我说话,"王三少和蔼地说,"等填过瓢子再睡。"

小伕子把灯罩擦好,安在灯上,从饭兜里掏出来镶银的象牙烟盒,打开盖子放在烟盘上,就走到外间去布置他自己的床铺去了。王三少躺下去开始烧烟,一面询问着菊生的年纪和家庭情形。菊生毫不畏怯地在他的对面躺下,回答着他的问话。由于太相信义父的亲切关怀,他天真地泄露出他同芹生原来都是在信阳上学。不过王三少对这秘密的泄露只微微一笑,并不表示出一点诧异,仿佛他早就晓得这秘密似的。停　停,工三少很感兴趣地问:

"你俩真是亲弟兄?"

"真是亲弟兄。他是我的二哥,大我三岁。"

"大家都不信你俩是亲弟兄,因为你的眼大,他的眼小,你长得很好看,他长得很丑。"

"亲弟兄不一定都长得很像。"菊生无法解释地笑一笑。"我大哥长得很白,俺俩都黑。"

"要不是我把你要出来,"王二少打一个呵欠说,"再过半个月家里不来赎,他们就要先送你二哥回老家了。"

一直到此刻,陶菊生才把屈身做人义子的耻辱看淡一点,衷心感激义父的救命之恩。几个钟头前所看见的小河夜景又鲜明地浮现眼前;那风声,水声,枪声和马嘶,也依旧清晰地留在耳边。他记得很分明,管家的只有一句若无其事的命令就结果了那个病票的生命,简直还不如杀一只鸡子费事。他到土匪中已经四天,移动了三个地方,每夜都看见土匪们杀人放火,他不明白这些人为什么都失掉了人性。如今他的生命虽暂时得到拯救,但将来的事情却无法推想。他担心家中没力量拿钱来赎,迟早他仍得回到票房,二哥的希望会变成更大的绝望。想到这里,他的心开始乱起来,而且暗暗地酸痛起来……

五

虽然陶菊生的生命暂时得到保障,吃饭和睡觉也比在票房舒服,但他的精神上却来了新的痛苦。

干老子除头天晚上向他问长问短之外,平素很少同他说一句温存的话,好像经常怀着一肚子心事似的。菊生一看见他那双冷酷的眼睛,鹰嘴形的鼻子,就感到莫明其妙的害怕。这个沉默寡言的人物身体很坏,烟瘾很大,朋友很少,除掉睡觉和行军,差不多整个时间都躺在烟灯旁边。白天,菊生还可以同那位背套筒枪的大个子王成山一道在房间里或院里玩耍;一到晚上,如果不行军,就得躺在干老子对面,直到深夜。他自小儿就在祖父和父亲的烟榻上躺惯了,爱看橙红色的烟灯亮儿,爱闻从灯亮上烤出的和从别人鼻孔中喷出的那种烟香。父亲也是每天要睡到下午起床,黄昏后才精神充足地有说有笑,所以往往利用宝贵的夜晚讲给他一段历史或一篇古文。如今他每次躺在干老子的烟榻上,看着同样的灯亮儿,闻着同样的烟香,心头上却压着没有边际的悲哀。童年的生活想起来空幻得像水上的浮烟,而未来是笼罩着一片暗云。

从来到干老子这里的第二天早晨起,他就知道了他所获得的自由非常有限,在那个小伙子的眼睛里他仍然是个票子。当洗过脸之后,他止背抄手靠着门框向院里闲望,小伙子瞪了他一眼说:"不要背抄手!你来了好几天,连这点规矩都不懂?"他骇了一跳,连忙放下双手,离了门框。在票房里他已经懂得了许多禁忌,如像玩耍的时候不准作跪的姿势,吃饭的时候不准将掰开的馍口对着别人,不准将筷子担在碗沿上①,还学会了许多黑

---

① 当时土匪中的这些禁忌,可以作一个简单解释。不准背抄手,是因为背抄手和背绑着的姿势相似。玩耍的时候,不准作跪的姿势,是因为这姿势使人联想起被抓去见官和被砍头。不准将掰开的馍口对着别人,大概是避讳"对口"二字,对口就是对口供。不准将筷子架在碗沿上,也许像是受某种酷刑(如压杠)的姿势或死的姿势。

话。不过这些应该注意的规矩和黑话都是别的票或土匪用温和的态度告诉他的,从没谁像这位小伙子一样严厉地给他教训。

最伤害他的自尊心的,是吃过早饭后小伙子所给他的一个警告。这是一个明媚的早晨,好像好多天没有看见过像今天这样鲜艳的阳光。他不由自主地跨过门槛向院里走去,打算同两个在院中踢毽子的小孩子一道儿玩耍一阵。谁知道他还没有走上几步,小伙子在背后不客气地说:"怎么不言一声儿就随便乱走?你想逃跑是不是?"这话对菊生是绝大侮辱,气得他涌出眼泪。他用愤怒的大眼睛向小伙子狠狠地一望,颤声说:"我压根儿没想过不明不白地走!"他倔强地站立在阳光下,不肯回屋去,等待着同小伙子打架。幸而王成山从屋里赶出来,照小伙子的腿上踢了一脚,走到他的面前笑着说:"他不懂事,别同他一般见识。走,我带你到外边玩去。"走出院子后,王成山又关切地嘱咐他说:"以后你想出来玩时就告我说一声,我带你一道儿玩,别一个人乱走;日子久了,他们就对你放心啦。"经过这件事情以后,菊生就同王成山建立了友谊关系,两个人在一块儿闲扯,一道儿玩耍。为着避免有企图逃跑的嫌疑,如果没有王成山或别的土匪一道,他哪儿也不去玩。

干老子愈来愈不爱谈话,动不动就向小伙子发阵脾气。近来他有时也到管家的那里坐坐,或找别的小头目抽烟喝酒,但每次回来时他的脸上都发着铁青颜色,好像暴风雨要来时的天气一样。所以只要他在屋里抽大烟,屋里就静得怕人;只有当他出去时候,王成山同陶菊生才能够活泼起来。

王成山是三少的本家侄儿,二十出头年纪,个儿高大,有一双粗大的手。他本来从十岁时候便依靠下力吃饭,给人家做过放牛的,烧火的,后来由掌鞭的升到二领工的,去年失业后才跟着三少下水。他不抽大烟,连纸烟也不常抽,对老百姓也不爱吹胡子瞪眼睛的。有一次他在牛槽边烧一块树根疙瘩,牛屋里充满了温暖的烟气,熏得他和菊生的眼睛不住淌泪,还被呛得咳嗽。他们面对面隔火而坐,一面在火灰中炸着包谷花,一面闲扯。忽然,王成山用手背揉着眼皮,向菊生笑嘻嘻地问:

"喂,你猜我成天想的啥?"

"你想娶老婆。"菊生顽皮地回答说,把一个刚爆炸的包谷花拾起来抛进嘴里。

"屁!连老母亲都养不活,谁还想娶老婆!"

"那么你想啥?"

"我,我,"王成山很天真地拍着枪托说,"我想自己有一支枪!"

菊生诧异地望着他,问:"这不是你自己的枪吗?"

"我自己的!哼,我要是有这支套筒枪我也吃香啦!"王成山笑一笑,又接着说:"这是我三叔的枪。他还有两支枪交给别人玩,捞到油水给他批账。咱自己没有这家伙,在杆子上一则捞不到油水,二则说话不响,有啥意思?"

菊生到现在才晓得有些蹚将们所拿的枪并不是自己的,正像佃户耕种着别人的土地一样。他对王成山的出身知道得很清楚,如今更觉得王成山值得同情,甚至对他的没有枪发生不平。像王三少那样的大烟鬼,连走路快一些就会发喘,打起仗来一定是一个菜包子,却偏偏在土匪中有地位,生活得非常优越。王成山哪儿不比他叔父好?他有力气,有胆量,没有半点儿不良嗜好,就因为买不起一支枪,当了蹚将依然养不活自己的母亲!一向陶菊生总以为土匪中应该是有饭大家吃,有福大家享;如今他这一点幼稚的想法被王成山的几句闲话轻轻地打破了。他带着劝勉的口气说:

"你为啥不去吃粮呀?当蹚将的下场终究不好呢。"

王成山感慨地说:"吃粮也养不活老母亲。年儿半载不一定关一回饷,兵血都给当官的喝干啦。既然当了蹚将,菜里虫儿菜里死,过一天是两晌,管他啥下场!"

"可是你年纪很轻,人又挺好……"

"哼,祖上没留下三亩田,二亩地,连一块打老鸹的坷垃也没有,人好算不了一个屁!你是富里生,富里长,不晓得穷人的日子是多么艰难!"

"我晓得,"菊生热情地截住说,"俺家里也有佃户。"

"嗨,你这个洋学生真糟糕!"王成山又笑了,把手中的几个包谷花送给菊生。"我对你说过我是给人家帮工的,我怎么能跟佃户比?我爷我爹都是佃户,可是我爹一死就打了瓦①。我妈把车牛农具都卖光才还清债。到我这一代,唉,就只好当伙计啦。"他叹口气,又拍着枪托说:"要是我自己能有一支枪,一支枪……"

"你将来会有一支枪的。"菊生很同情地安慰说。

"要是我自己有一支枪呀,你猜我怎么办?"他望着菊生的眼睛问,天真地微笑着,在他的纯朴的心中流荡着淡淡的伤感与空幻的梦想。看见菊生用眼睛恳求他赶快解说出他的心思,他就接着说:"要是我有一支步枪,就是一支汉阳造也好,我要把捞来的钱积攒起来,离开家乡远远的,买几亩田地,让老母亲不再受饥寒,我的心愿就算完啦。"

"以后你自己怎么办?跟母亲一道种地?"

"不。跟她一道,怕出岔子会连累她老人家。只要她老人家饿不死,我自己就可以远走高飞,山南海北到处混。陕西人工缺,上陕西帮人家做活还怕养不活自己么?"王成山忽然快活地望着菊生,半真半假地问:"我跟你一道去好不好?我田里活样样都能做,一个人可当俩人用。给你家做长工好不好?别笑,我说的是实话。等你日后做了官,我还可以跟着你当护兵哩!"

---

① "打瓦"就是倒霉,不过专指家运败坏而言。

这个纯朴的大孩子完全沉浸在他自己的幻想里,话一完就格格地笑了起来。陶菊生也分得了他的快活,暂时间完全忘掉了自身的险恶命运。这是他离开信阳来第一次从心中发出来的真正愉快。但忽然他的眼前浮现出同大哥在洛阳会面时的情景,这刹那间的快活就像从浓云缝中漏下的一线阳光,在心上一闪又消逝了。

大哥的笑声和王成山的笑声有点相像,两人的岁数也仿佛,而且都有颗很好的心。今年初秋,菊生同着一位年长的同学从故乡跑到洛阳去找大哥,大哥请了两个钟头假,带他们在西工一带走走。大哥虽是一个军人,当见面时候,也忍不住眼睛红了。原先他总以为当兵比上学威风而自由,见了大哥,方知兵营才真是黑暗地狱。在军队中,老兵欺压新兵,大官欺压小官,上级把下级看成奴才,动不动就拳打脚踢,破口谩骂,根本没什么道理可讲。"我上当啦,"大哥叹息着低声说,"现在不想干已经迟了!"大哥坚决阻止他入幼年兵营,说幼年兵营比学兵营还要黑暗,最近因为雨水泡塌了两个窑洞,差不多有一连小孩子白白死掉,可是吴大帅连一点也不知道。"你好好儿到开封或信阳读书吧,"大哥紧握着菊生的双手说,"永远不准你再胡思乱想。你要是不听我的话,你永远别再见我!"大哥的声音颤抖了,好久没有敢抬起头来。菊生带着满肚子莫明其妙的悲伤离开了亲爱的大哥,已经走了半里远又留恋地回头望望,发现大哥像一个泥塑的人儿站立在原处没动,望见他转回头时才在夕阳中挥一挥手。落日正衔在北邙山上,用凄凉而美丽的余光照着一条条笔直的列树道,一座座褐色营房,和一面迎风招展的大军旗,一大片坟墓似的灰白帐篷。军号声和马嘶声,随着渐来渐浓的苍茫暮霭,向辽阔的原野散开……

这一切印象都鲜明地浮在眼前,但又使菊生起一种遥远的感觉,好像是童年时代留下的一个残梦。这不过半年时光,人事的变化是多么大呵!他正要偷偷叹气,忽听见一个相当熟悉的洪亮声音在院中喊叫王成山,随着这喊声跳进来那个叫做刘老义的麻脸蹚将。刘老义被牛屋中的浓烟呛得喀喀地咳嗽几声,向地上吐了一口痰,亲热地拍着王成山的肩膀说:

"我的小亲家母,两天没见你把老子想得心慌!我现在来同你讲一件重要事情……"刘老义一转脸发现菊生坐在牛槽边望着他笑,作出吃惊的样子大声说:"哈!原来你还在这里烤火呀!快到票房替你二哥讲情去,他们正在拷打他,晚一步他就给他们打死啦!"

菊生第一次听到他二哥受刑,惊骇得不知道如何是好,心跳得像一阵暴雨点子。

"赶快去!"刘老义催促说:"你直瞪着我这麻脸子有啥用?你想替我相面是不是?他们刚把他吊起来我就往这里走,你快点跑去还来得及,再慢一步就完事了!"

菊生跳过火堆拉着王成山,喉咙哽塞地恳求说:"你同我一道去,你同我……"

"你让他自己去吧。"看见王成山犹豫不决,刘老义把菊生拉过来向门口一推,说:"还怕他跑掉不成?"

"好,你自己去吧。"王成山跟到门口嘱咐说:"快去快回!"

"不,你同我一道去!"

"我不怕你跑。你快去,没有关系!"

菊生噙着泪对王成山点一下头,转身向大门跑去。小伙子用不放心的眼睛送着他跑出院子,但因为有刘老义和王成山负责任,他没有敢吐出一个字。菊生一面跑一面想着到票房后怎样讲情,但心乱得什么也想不成,耳边只响着一句话:

"他快要给他们打死了……"

六

跟着王三少十天以来,如今是陶菊生第二次往票房去探看他的二哥。近来杆子大起来,票也多了,时常在白天移动,晚上盘住。在白天移动时,菊生总是远远地望着票群,直到能看见二哥和别的同伴为止。他的二哥芹生也一面走一面拿眼睛偷偷地寻找他,希望他走近票群,好趁机会说几句话。芹生们这几位

"远方朋友"已经不再像初来时受优待,除张明才跟着二驾①做小伙子之外,留下的都被看票的用绳子绑了胳膊,和别的票一道吃,一道睡,早晨连脸也不让洗了。因为这种情形,菊生很少向他的二哥走近,害怕看芹生那一副愁苦的面容和绝望的神情。他毕竟还是个孩子,只要看不见受罪的芹生,他就会忘掉忧愁,同王成山玩耍得很快活。一见芹生,他的心立刻就充满痛苦,为以后的日子发愁。好些次他想去票房看二哥,都因为这原故没有去成。三天前还是芹生托瓢子九派人叫他,他才和王成山去了一趟,回来后背着人流下了几滴眼泪。

如今陶菊生拼命地向票房跑去,虽然心里充满了恐怖和悲哀,却噙着泪流不出来。愈跑近票房,他的心愈跳得厉害,脑海愈混乱得不能够考虑问题。刘老义叫他赶快替二哥讲情,但怎样讲情,拿什么资格讲情,他完全没有考虑。听见院里传出的皮鞭声,哀哭求饶声,刹那间他觉得周身的血液都涌到了头顶。他的腿突然一软,跟跄两步,险些儿栽倒地上。幸而他抓住一株小树,停下来定了定神。他打算听一听是不是二哥的声音,但因为他的耳膜上轰轰乱响,终究没力量分辨清楚。就在这当儿,他才想起来他自己也是一个票,根本没资格替二哥讲情,纵然讲情也不会有效。他有点踌躇了,后悔着没有恳求刘老义或王成山同

---

① "二驾"又称"二管家的",即杆了的副首领。

他一道。但一阵更惨的哭叫声刺透了他的心,他把手中的小树猛力一推,不顾一切地继续又跑,同时眼前闪变着血与死的幻影。

跳进大门,看见大厅柱子上绑的是另外一个人,陶菊生就一直向厅里跑去。在大厅上给票们苦刑受的是独眼的李二红和车轴汉赵狮子。菊生近来和他们混得很熟。赵狮子一看见菊生跑进来就停下鞭子拦住他,说:

"你是不是来替你二哥讲情的?你来晚了一步,他们已经把他拉出去枪毙了!"

"是呀!你早来一步就好啦!"二红跟着说,很同情地注视着他的眼睛。"这是管家的下的命令,任凭天老爷讲情也是瞎子打灯笼。可是你要是早来一步,弟兄俩还可以见一见面!"

"你二哥临走出院子时,嘴里还不断地叫着:'菊啊!菊啊!菊啊!……你们让我再看菊生一眼吧!'"赵狮子摹仿着哭求的声调说过后,又加上一句:"我听着他临死还叫着你的名字,心里也怪难受的!"

"谁心里不酸辣辣的?"二红望一眼狮子说。"娃儿,你快点到南坡去看一看,问老百姓找一条箔子把尸首卷起来埋到地下,不早点下手就要给皮子①吃光了。"

---

① 土匪中把狗叫做"皮子"。

菊生一直像木头一样地立着不动，连一个字也说不出来。到这时候，他已经不再感到特别难过，也不感到害怕，只是觉得腿软，手指打颤。他的含泪的大眼睛向两个蹚将的脸孔上迟钝地转来转去，却看得极不清楚。忽而他看见的是他们的脸孔，忽而是一个枪毙人的场面，又忽而是二哥的尸首躺在荒凉的田野上，旁边有一条瘦狗和几只乌鸦。但他的脑海是那么混乱，就在这同一片刻，他竟忽而又觉得这不过是一场噩梦，一会儿就会醒了。

"你自己去怎么能成？"赵狮子推着菊生的肩膀说。"你快去求求瓢子九，叫他带你去，或叫他派个人跟你一道。"

"走，娃儿，"二红拉住菊生的胳膊说，"你大概不相信你二哥给送回老家了，我带你到票房看看。"

票房设在同院西屋，票住两头，看票的住在中间。一进票房，二红就大声说：

"看吧！我说你二哥给枪毙了你不信，你要能找着他，老子趴地下让你骑上！"

瓢子九正躺在烟灯旁边睡觉，口水沿嘴角淌到下颏上，黄胡子挂着鼻涕，安静地扯着鼾声。显然的，刚才厅中的鞭子声，哭号声，以及赵狮子和二红的叫骂声，对这位快活人物的睡觉都没起丝毫影响。看票的有的对菊生露一下笑容，有的很淡漠，有的带着又像同情又像玩笑的口吻说：

"唉呀,你别想再看见你二哥了!"

当李二红拉他向里院来时,陶菊生曾忽然生出来一线希望:可能赵狮子和二红是故意吓他玩的,二哥只不过被他们打伤罢了。他的心口狂跳,呼吸急促。把两个房间匆匆地看了一遍,他一线希望霎时消灭,再也不能不相信这一个早就料到的不幸结局。因为腿颤抖得非常厉害,他用劲扶着门框,望着胡玉莹,艰难地哽咽着问:

"他……到哪里去了?"

胡玉莹向站在菊生背后的李二红胆怯地望一眼,半吞半吐地回答说:"刚才管家的派人把他叫了去,不知道有啥事。"

"屌事情!"二红把独眼一瞪说。"送他回老家的事情!"

趁二红走向瓢子九的烟榻旁点燃纸烟的机会,胡玉莹赶忙对菊生挤挤眼睛。另一个坐在门后的老头子也偷偷地摇摇手,安慰说:

"别怕,刚才撕的是另外一个票。"

"这是我舅,"胡玉莹看着说话的老头子对菊生说,"他昨天来探听我的下落,也给他们留住啦。"

急于要弄清楚二哥的生死问题,菊生没工夫向老头子打听他自己的家庭消息,紧跟着追问一句:

"我二哥还会回来么?"

独眼的二红走过来,冷笑一声:"哼!你等着他的魂灵回来!"

菊生虽然是一个带有英雄色彩的孩子,但到了此刻,他再也不能在蹚将们面前保持着勉强的镇静了。他也不去叫醒瓢子九,也不向看票的蹚将们打个招呼,一转身向外就跑。跑过大厅时没看见赵狮子,却瞟见那个挨打者已经被悬空吊了起来,垂着头有气无力地细声呻吟。跑出大门没有多远,他听见李二红从后边赶来,一面唤他,一面大笑。知道他自己跑出村庄会使蹚将们生出疑心,于是他回头向二红看一眼,转向他自己的住处跑去。他一面跑一面盘算着叫王成山陪他去收埋尸首的许多问题,顾不得哭一声,也没有掉下眼泪……

七

"他两个鳖儿子跟你闹着玩的,"刘老义在火上烤着手,看着菊生说,"要是你二哥真给枪毙啦,老子保管赔一个活的给你!"

"可是我在票房里看了一遍,没有看见我二哥。他们说管家的把他叫了去,也许是真的。"菊生噙着眼泪说,喉咙仍在壅塞着。

"那就对啦,"王成山放下心来插嘴说,"一准是管家的叫他去问一问家中情形。别害怕,等会儿我再带你去票房一趟。快蹲下去烤一烤,这几天你的耳朵都冻烂了。"

刘老义笑着说:"刚才老子打票房出来,看见赵狮子把你二哥绑在柱上用鞭子抽,我说:'狮子,对"远方朋友"留点情,别他妈的扬起鞭子来没有轻重!'赵狮子挤挤眼睛,二红也对我摇摇手,我知道他们是故意做样儿看的,准定他们还没有打他几下子,管家的就把他叫去啦。现在咱们别谈这,娃儿,我问你,"刘老义忽然鬼祟地放低声音,"你干老子待你好不好?"

"好。"菊生不好意思地回答说,仍在半信半疑地想着他二哥的生死问题。

"晚上睡觉怎么睡?是不是睡在一个被筒里?"

菊生点点头,觉得这位麻脸蹚将的口吻和眼色有点奇怪,使他的心里很不舒服。

"听说你干老子怕你冷,叫你跟他一头睡,是吗?"

菊生没有点头也没有做声,觉得刘老义在用一种卑鄙的猜想侮辱他。他要冒火,只好低下头去,保持着严肃而倔强的沉默。

"你干老子想打你的坏主意,你要小心点!"刘老义警告说,嬉皮笑脸中带有严肃。"他这个人是水旱路都爱走的①。他一

---

① 意思是既贪女色,也好男色。

把你从票房要出来,我们就猜他要有这一手。"

好像一闷棍打在菊生的头顶上,使他的眼前突然间昏暗起来。虽然他还是一个孩子,但这一类事情他知道得相当清楚。从他刚刚学习语言的时候起,大人们和别的孩子们就教他怎样骂人,而一句最普通的骂人的话是指的鸡奸行为。在他幼年时代所生活的半封建社会,地主阶级对男色的爱好还很流行,这事情谁也不认为是人类的一种耻辱和罪恶。一般说来,当时的戏子和澡堂堂倌,卖水烟的和修脚的,以及所谓"当差的",多是地主老爷们的泄欲对象。在城市中,还有人男扮女装,专门做这种营生。菊生的祖父一代,大部分的人都是甚么事情也不干,把时间和金钱消耗在抽大烟和玩戏子两件事上。从小学到中学,菊生看见过不知多少所谓"兔孩子"①,还知道有不少比较漂亮的小同学被大同学强奸或诱奸,多少大同学因同性恋争风吃醋引起来打架斗殴,甚至学潮。这类事情他知道的是那么清楚,所以刘老义的话对于他比死更可怕。他可以用镇静的微笑迎接死,却无法用同样的态度去迎接这种极端可耻的侮辱,假如王三少果然有这种企图。好久,他眼睛发花,呼吸急促,浑身发颤,紧紧地咬着嘴唇,吐不出一个字儿。

---

① 在河南,称娈童为"兔孩子",对于那些有娈童行为而并不公开卖淫的人,也可用这称呼。

"我想他不敢。"王成山瞟了菊生一眼,对刘老义说:"菊生跟小伕子不是一路人,不能想怎着就怎着。"

"那要看菊生肯吃不肯吃。俗语说,'一正压百邪'。只要菊生自己拿得稳,他要下手也要掂量掂量。娃儿,"刘老义转向菊生说,"你听老子的话,要是他对你胡来,你就喊王成山。你干老子在捻儿上是裹脚布围脖子①,他不敢伤害你一根汗毛。"

"他要是想胡来,你就叫我。"王成山跟着嘱咐说。

陶菊生的脑海像搅翻的一池溷水,对于他们的话他不过听到一半。他已经恍然悟解了干老子每夜睡觉时对他过分关爱的真正原因,一切感激顿时都化作痛恨。他巴不得地球会立刻爆炸,让干老子同他自己,同所有人类,一齐毁灭得一干二净。不过刘老义和王成山两人的话也给他不少的温暖和鼓励,使他知道在这人间地狱中有人肯同情他,帮助他,愿意使他的人格不受到野蛮的侮辱。为了不能不回答刘老义和王成山的珍贵同情,他费了很大力气才打颤地低声说出:

"我不怕他……"

"不怕就好!"刘老义拍着菊生的肩膀说,声音快活而洪亮。"'母狗不夹尾,牙狗不敢爬身上',何况你自己是个牙狗!嘿嘿,好哇!老子就喜欢硬性子人,跟杉木杆子一样宁折不弯。你

---

① 这是一句歇后语的上一半,下一半是:"臭一圈。"意思是犯了众恶。

自己竖得起,别人也好扶。为人就得有一把硬骨头!"

"我自来不怕死,不受人欺负。"

刘老义把大拇指往菊生的脸前一伸,叫着说:"好小子,呱呱叫!"忽然他又慷慨地拍着胸脯:"只要你有种,我刘老义保你的驾!"随后又发出一阵大笑,笑得那么爽朗,那么响,仿佛连屋梁也震动起来。

"妈的,尖嘴子①全部上宿啦。"笑过后,他忽然从火边站起来,说:"老子该摆驾回宫了。唉,这嘛冷的天,有一个黑脊梁沟子②搂在怀里才是滋味哩!"

"别走!马上瓢子就送来,在这儿填一填不是一样?"王成山拉着刘老义的子弹带,亲切地向他的朋友的麻脸望着。

"别浪了,快让孤王回宫吧,有一只尖嘴子在砂锅里等着老子。你再浪,老子以后就不再来了。"

"那么你快点滚开吧,妈妈的!"

刘老义嘻嘻地笑着跑出院子,只听他在墙外高声地唱了几句梆子腔,就突然寂静无声了。王成山向大门口望了好大一会儿才慢慢收敛了脸上笑容,转回头看着默默出神的菊生说:

"你还在担心着你二哥的事情?"

---

① 土匪中称鸡为"尖嘴子"。
② 20年代,豫西和豫南各地未出嫁的女子,都在背后拖一个大发辫,所以土匪中称之为"黑脊梁沟子"。

菊生连自己也不晓得到底在想什么,茫然地用鼻孔嗯了一声,继续默默地望着火堆。他和王成山的脸孔上反映出鲜明的红光,但他们的周围却被黑暗包围着,而且愈来愈浓了。看见菊生用力地咬着嘴唇,紧紧地皱着浓眉,有泪珠在眼角滚着,王成山同情地叹一口气。随后,他想起来刚才刘老义告诉他的秘密消息,心头上越发感觉着沉甸甸的,下意识地用右手抚摸着枪托,在肚里感慨地说:

"要是我自己能有一支枪……"

八

晚饭后,李二红跟三个看票的围着火盆喷闲话,枪抱在他们怀里,不时有一个人扭过脸看一下票的动静。瓢子九蹲在门后煮大烟;烟锅中已经冒大花,喷散着扑鼻的香气。他一边注视着烟锅里,用一个叫做"起子"的小竹板在锅沿上起下来快要炕干的烟膏,一边参加弟兄们喷闲话,开玩笑。看票的所住的这"当间"屋子,除掉盆火和煮大烟的炉火之外,还有一盏铁灯放在小桌上,一盏烟灯放在床上,所以既温暖也不黑暗。两头住票的房间里只有小小的洋油灯冒着黑烟,昏沉得像瞌睡一般。票们有的躺着,有的坐着,没有人敢说一句话,只有铺地的干草在他们的身子下发着微声。但偶然,也会从他们中间发出来一声叹息,或一声忍耐不住的低微呻吟。

一转眼发现王成山带着陶菊生来到门口,李二红眨动着红色的独眼睛,故作惊奇地大声问:

"喂,陶芹生已经给崩啦,你们来干啥的?去看过他的尸首吗?"

"真的!没有向老百姓找条席子把尸首卷一卷埋到地下?"别的土匪附和说,注视着菊生的表情,并且用枪托拦住他,不让他走进里边。

"说不定已经喂皮子啦,"二红说,"现在马上去还可以找回来几根骨头。"

瓢子九只笑嘻嘻地看菊生一眼,又忙着低下头去照顾烟锅。这时候,烟膏已经熬稠了,金黄的大花慢慢地冒起,慢慢地破开。瓢子九从炉子上端下烟锅,慢慢地转动着,让烟膏摊满锅底一直到锅沿为止。然后他极其熟练地从锅上起着烟膏,每一"起子"起过去就露出一道闪光的黄铜锅底。锅底越露越多,烟膏逐渐集中起来。好像恐怕烟膏不够细腻,他用"起子"在烟膏中很快地搅着,研着,摊开来再铲到一处。

"菊生,你好几天不来看看我,"瓢子九开始笑着说,仍然没抬头,"带子①没过去,就要想他妈的拆孔子。你小心惹老子生

---

① "带子"是河,"孔子"是桥,这句话就是"过河拆桥"。

了气把你要回来!"

从这些土匪们的表情和口气,陶菊生已经断定他二哥并未死掉,但他心中的难过却不曾减去多少。他顾不得同这些土匪说话,带着哭声向里边呼唤:

"二哥!"

"哎,菊!"芹生在左首的一间屋里回答,答得很吃力,可以听得出来他的声音中带着哽咽。

"二哥!"菊生又叫,推开拦在腰边的一支枪,向左首的房间跑去。

"菊!我在这儿,你来吧!"

也许是被菊生的含泪的眼睛和小兄弟俩的声音所感动,土匪们立刻都静下来了。所有的票和所有的蹚将,都把注意力集中在这一对小兄弟的会见上,全屋中的空气顿时变得阴森和紧张。但菊生同他的二哥见面后,两个人反而都不知说什么话,互相回避着眼光,各人坚忍着自己的眼泪不要流出来。从昏沉的洋油灯下,陶菊生看见屋中的票不是像死尸,就是像鬼影,远比他在票房时的情形凄惨可怕。他的二哥的头发又长又乱,挂着麦糠和草叶,锈着成堆的白色虮子;脸又黄又瘦又脏,鼻凹、眼窝和耳朵上堆满灰垢。一条紫色的伤痕从右边的耳后扫下来,斜过脸颊,直红到下颔为止。菊生不敢询问他的挨打情形,沉默了一会儿之后,喃喃地问:

"管家的叫你去了?"

"他叫我给家里写封信,"芹生低声说,"要家里快点派人来赎我们,不要托人说情面。"

"是的,靠情面反而糟糕!"胡玉莹的舅舅在旁插嘴说,叹了口气。"胡家同你家里都到赊镇福音堂托洋人写信来说情,所以我一来就把我也留住不放。听说你们家里还托张团长写信来要你们……"

"唉!他们只晓得托面子说情!"芹生绝望地叹息说,垂下头去。

"菊生,"胡玉莹小声说,"你快点想办法给家里发封快信,叫家里别再靠面子,越靠越糟。这年头啥面子都没用,只有'袁世凯'①跟大烟土有用!"

"陶相公,你给家写信时,记着提一句,"胡玉莹的舅舅赶忙嘱咐说,"就说我也给他们留住啦……"

老头子话没说完,胡玉莹偷偷地用脚尖踢他一下。他立刻不再说了。胆小的票们都把头垂下去,甚至连呼吸也要忍住,只有少数胆大的才敢向房屋门口看。李二红提着一支步枪出现在里间门口,独眼睛凶恶地向里边东张西望,随后冷笑一声说:

---

① "袁世凯"指银元,又叫"袁大头"。袁世凯时代铸造的银元上有袁世凯的头像。

"人家兄弟俩见面谈点体己话,你们插的啥尿嘴?嘴痒就放在墙上操一操!"他说过后特别向胡玉莹的舅舅瞪一眼,离开了里间门口,重新在火边坐下。

"菊!你走吧,耽搁久了二红会骂的!"芹生抬起头来说,两行眼泪暗暗地滚落下来。

"没关系……"菊生艰难地摇着头说。

"你明天就给咱伯写封信……"芹生想到他不久就会被枪毙,永远不能见弟弟,也不能再见父母,他的泪流得像雨后的泉水一样,一个字也吐不出了。过了一阵,他才用肮脏的衣袖把眼泪擦去,哽咽着问:"菊,你干老子待你好不好?"

菊生一直在坚忍着不让眼泪流出来,到此刻再也忍耐不住了。他赶快将脸孔背向灯光,装做困乏的样子打一个轻微的哈欠,用手掌在脸上搓了一把,顺势将滚出眼角的泪珠揩去。然后,他重又扭转脸来,轻轻地点一下头,表示他所受的待遇还好。就在这刹那间,他想起来过去也想到了未来,心口的深处汹涌起更大的酸痛波涛,几乎忍不住要放声痛哭。在小学时代,大孩子把奸污小孩子当做了风流韵事,高年级把压迫低年级当做了英雄行为,当年纪较小的学生真不容易。幸而那时候他同两个哥哥在一道,哥哥们的朋友多,从不受别人欺负。由于他在读书上表现有相当才分,在那教育落后的小城中,他被许多长辈夸奖,被许多父母羡慕,被许多同样年纪的孩子尊敬和嫉妒。到信阳上中学他是插班,在芹生赶来信阳之前,他可说是"举目无亲",不免常常受较大的同学欺负。为着维持自己的尊严,他总是表现出一种特别的高傲神情,很少同别人说话。但虽然如此,仍有一些轻薄的大孩子会忽然摸一摸他的头发,或对他淫邪地扭扭嘴巴,挤挤眼睛。有一次他一个人站在铁杠子下边打算学习翻杠子,一个陌生的大孩子走来献殷勤,说是愿意帮助他。不料那个大孩子把他抱起来,帮他爬上杠子后,却趁机会用指头抠一下他的腰窝。他愤怒地把大眼一瞪,那个大孩子嘻嘻地笑着走开了。许多天他不敢同大孩子们一道玩耍,也不敢同他们一道走路;每次从礼拜堂里回学校,他总是提心吊胆地走得极快。等到芹生来了,他有了保护人,生活才开始有了快活。后来一个不知趣的湖北同学用下流话调戏他,他曾经跟芹生一道打到那个同学的宿舍里,连袒护那个同学的校监也被他骂了一顿。这一切情形都像昨天的事情一样,如今亲爱的二哥仍然同他在一起,就坐在他的面前,然而他自己却不能帮助他,保护他,他也不能把王三少的卑鄙企图告诉他知道。家庭既然没钱赎他们,他看得很清楚,他二哥迟早会被枪毙,而他自己也许会死得更惨,死得更早,也许就在今天夜间……

"你要把心放宽,二哥!"他最后勉强地劝解说,回避着芹生的眼睛。"有我在,他们不会让你太吃苦……我明天来把你的小布衫①拿去洗一洗,怕虱子已经长满了。"

"不用洗……你快点回去吧!"芹生又小声催促说,害怕地皱着眉头。

"那个跟张明才一道的李先生哪里去了?"菊生忽然抬起脸来问,拿眼睛向各处扫了一下。

"前天就已经病死了。"

"啊……我走了,二哥。"菊生又转过头去,向胡玉莹和别的熟票颤声说:"我走了,再见!"

陶菊生从里间一出来就被瓢子九叫到烟榻旁。瓢子九面带笑容地询问菊生:

"你对我说实话:张团长张梅亭跟你家有亲戚没有?"

"没有,只是同乡。"

瓢子九接着说:"张团长就在城里驻防。他昨儿派人来给管家的送个片子,要管家的把你兄弟俩放出去。要不是他这张片子,你二哥今儿也不会挨几皮鞭。妈的,打开窗户说亮话,靠面子你兄弟俩别想出去,沤的天数多啦对你们没有好处!"

"我明儿再给家写封快信,叫家中别再托面子好啦。"

"对啦,该流的脓终究得流出来,晚流不如早流。"瓢子九把烟泡安在斗门上,吸了几口又停住说:"我瓢子九对你兄弟俩没

---

① "小布衫"即中式衬衣。

当外人待，巴不得你们能早点回家。我要不想帮你们忙我是杂种！可是你家里到现在还没派来一根人毛儿，我就是想在管家的面前替你们帮句好话，也他妈的刮大风吃炒面——张不开嘴呀！"

李二红睁开独眼说："土财主都是宁舍人不舍钱，宁挨杠子不挨针，不拄哀杖不知道掉泪！过几天先把他二哥的耳朵割一只送到他家去，太客气反而误事！"

菊生的心一动，赶忙说："我想家里不几天就会来人的……"

瓢子九把斗门上的烟泡抽完，舒舒服服地伸个懒腰，顺手向墙上抹把鼻涕。他忽然从床上坐起来，抚摸着菊生的头发说：

"要不是我给你找个干老子，到现在你兄弟俩总要有一个'送回老家'啦。回去吧，看见你干老子就说我瓢子九在骂他个杂种哩。"

菊生同王成山走出票房院，一阵尖冷的北风吹得他不由地打个寒颤。当他们从几座坟墓中间走过时，他感到非常害怕，浑身的毛发都紧张得盲竖起来，好像真有许多鬼影在他的左右前后。刹那间，他在票房中所想的许多事都重新在心上迅速闪过，于是他心里边伤感地说：

"唉！只是把母亲闪①得太惨了！……"

---

① 突然抛下叫做"闪"。

九

小伕子坐在火盆边栽盹。同院的老百姓都已经睡了。陶菊生躺在王三少的烟榻上,等候着三少回来。三少的烟家具非常讲究:盘子是紫檀木的;灯是一种名贵的白铜"十件头"①,风圈上有工细的透花图案;盘子边放一根烟枪,葫芦是南玉的,嘴子是玛瑙的,年深月久的沉香枪杆呈着紫红色,油浸浸的;盘子上有一个粗大的镶银的犀牛角烟缸,一个半大的象牙烟缸,还有一个扁圆的广东产的精致的牛角小烟盒。所有这些烟家具,以及钎子,挖刀,小剪之类,样样都给小伕子擦得没一点灰星儿,在灯光下闪闪发明,而紫檀木烟盘子光亮得照见人影。菊生和王成山虽然都有几分讨厌烟鬼子,却喜欢三少的这套家具。每当三少不在屋里时,他们就不管小伕子心里高兴不高兴,躺下去玩弄这些可爱的小家具消磨他们的无聊时间。如今,他们又在学习烧烟了。

王成山的手指又粗又硬,十分笨拙,不会使烟钎子灵活地在手中转动。而且由于皮肤太粗涩,钎子上的烟膏总爱往指头肚

---

① 一种很排场的烟灯名字。这种烟灯,拆卸开一共有十个零件。

上粘,愈心急愈不会烧成烟泡。陶菊生虽然在抽大烟这事上算得是"家学渊源",但自己却没有一点经验,仅能把烟泡烧熟罢了。王成山失败之后,就把烟钎子递给菊生,两个人又对调一下地位。菊生好容易把烟泡滚大、滚圆,安上斗门,但当拔出钎子时却把烟泡弄碎了一半,那一半留在斗门上的也不通气。他把钎子放在灯上烧热,把斗门上的烟泡扎通,然后把烟枪递给王成山,他自己替王成山照顾着对准火头。王成山吸一口,喷一口,连一点烟气也吸不进肚里去。吸过了几口之后,他满足地笑起来,把烟枪推给菊生。菊生同他一样吸不进肚里去,胡乱地把烟泡糟蹋掉,就把这一套玩意儿放下,随后从枕头下摸出来几本残破的《三国演义》。这是他干老子近来唯一的随身读物,没事时就躺在灯旁看,有时还带着一种了不起的神气,摇头摆脑地念出声来。菊生在小学就读过《三国演义》;近来他偶然也拿出来看一回两回,但主要是看看每一本前面的石印图像。一看见菊生又把《三国演义》拿出来,王成山就立刻抓去一本,用他的粗笨的手指去沙啦沙啦地翻着书页,仿佛他自己也能够读书似的。

倘若在平常时候,王成山会要求菊生给他讲一段三国故事,但今晚他晓得菊生心里很难过,所以就自己拿起一本书用自己的办法消遣。乱翻一阵,没见图像,他才恍然大悟他把书拿成倒头,把后边当做了前边。改正了拿法之后,他仔细地把每一幅图像研究一遍;根据看土戏所得的一点知识,他猜断谁是关羽,谁是张飞,谁是周瑜或诸葛。看过图像,王成山又继续去看正文。其实他并不想晓得正文中讲些什么,他只在聚精会神地,用心用意地,向密密的方块字群中寻找他所要寻找的一个字,不,最好说他企图从一个无边的迷阵中发现出一个奇迹。过了好久,他终于发现了,于是向菊生得意地大声叫:

"看!看!我找到一个'王'字!这是我的姓,我就只认得我的姓!"

菊生马上从枕头上翘起身子,一看,笑着说:"这不是'王'字,是个'玉'字。"

"不是个'王'字?"王成山问,觉得奇怪了。

"是个'玉'字。你看,"菊生用指头指着说,"这里还有一个点,没有点才是个'王'字呢。"

"哈!只多一个小点儿!"王成山把书本拿近眼睛,仔细地研究一下,又说:"真的,我也记得'王'字没有这个点儿!"

村中突然有盒子枪响了几下,跟着又响了两声步枪,于是满村的狗狂叫起来,成群的乌鸦从树杪惊起。王成山机警地从床上跳起来,一个箭步跳出屋门,三步两步地跳到大门背后,贴着墙根,从墙眼向外张望,又推上一颗顶膛子。陶菊生和小伙子都跳到窗口,倾听着外边动静,紧张得连呼吸几乎停止,心跳得像马蹄一般。过了几分钟,听见一群人从村中的大路上匆匆走过,以后没有再听见什么,只是狗仍然在到处乱叫。小伙子不放心地向菊生剜了一眼,好像是警告说:"不准动,别想逃跑!"随即他迅速地走出屋子,跑去同王成山站在一起。菊生多么想跑去同王成山说句话,多么想晓得外边到底发生了什么事情,但因为怕别人怀疑他打算逃跑,他只好孤零零地守候在原来地方。一会儿,他看见王成山小心地把大门打开,探出半截身子向左右张望。又过了片刻,有人在大路上用石头向狗投掷,并故作威吓地把枪栓拉得哗啦响。于是王成山走出去了。

"老义哥,"王成山的声音在院外问,"啥子事情?"

"小事情,已经了啦,"刘老义在几丈外回答说,"二更天了,你为啥还没睏觉?"

"我正要睡,听见枪声跟皮子炸①,就出来看看动静。到底是啥子事情?"

"明儿老子会对你说的,现在快去躺你妈的怀里睏觉吧,别冻下病啦叫老子心疼!"

王成山的声音忽然带着恐怖的调子:"是不是喝汤②前你对我说的那件事?已经有人下毒手了?"

"别你妈的听风就是雨!刚才这件事跟你三叔屁屁毛也不相

---

① "皮子炸"就是狗叫,这是黑话。
② 河南西南部称吃晚饭做"喝汤"。

干,快安心睡去吧。老子现在没有工夫跟你谈,我的小乖乖儿!"

很显然,刘老义还有重要的工作没有完,所以他一面说话一面走,不肯为王成山多停片刻。王成山摸不着头脑,走进来把大门关好,回到屋中,坐在火盆的旁边纳闷。小伕子跟着回到屋里来,没有敢说一句话,又坐在原来坐的矮凳上。菊生回到床上躺下,无聊地翻着书本,心里却在研究着刘老义和王成山最后的两句对话。他现在已经明白黄昏前刘老义来找王成山曾谈过一个秘密的重要消息,这消息同他的干老子有关,而且对王三少极端不利。干老子近两天来每晚上都要出去,今夜到现在还不回来,也一定与这有关;但究竟是什么事情,却无法推测,也不好贸然向王成山探问。他正在胡乱想着,王成山回头来向他说:

"菊生,不要等你干老子啦,你先睡吧。"随即王成山又吩咐小伕子:"把烟家具收起来,你也睡去。"

菊生躺进被窝里,久久不能入睡。后来听见王成山叹口长气,他忍不住问:

"成山哥,你也在想心事?"

王成山把头猛一抬:"你还没睡着?"

"我今晚没有瞌睡。"

停一停,王成山微微笑一下,问道:"菊生,你猜我想啥子心事?"

"你在想我干老子的事情。"菊生唐突地回答说,想探出一丝口风。

"我没有想他的事情,"王成山忧郁地说,"我想的是我自己的事情。"

"你自己有啥子心事?"

"还是那句话:要是我自己能有一支枪……"

听见王三少叫门的声音,王成山赶快从火边跳起来,跑了出去。王三少进来时候,菊生装作已经睡熟了,用眼睛缝儿偷偷观望。王三少脸上带一种沮丧神情,颜色比往日还要黑青,非常难看。他虽然戴着水獭皮帽,穿着羊皮袍,外罩一件毛呢大衣,却冷得微微发抖。擤去了一把鼻涕,王三少坐在火边说:

"成山,睡觉要机警一点,年轻人总是瞌睡太大!"

王成山胆怯地问:"刚才出了啥子事情?"

"他们把赵二海的枪摘①了。"

"三支枪都摘了?"王成山吃惊地望着三少。

"可不是都摘了!"

"人呢?"

"二海跟三海当场就打毙了②;那一个姓王的带着彩跳墙跑啦。"

"是管家的叫干的?"

---

① 缴少数人的枪叫做"摘",缴多数叫做"揽",起初都是土匪的黑话,后来变成社会上的普通话,现在又该被人忘掉了。
② "打毙"就是打死。

王三少点点头,兔死狐悲地咂一下嘴唇,没再说话。他走去把屋门闩好,又用两根木棍顶好,然后把手枪放到枕边,脱去大衣和棉裤,坐在被窝里,慢慢地抽着纸烟。王成山又坐回火盆旁边,抱着步枪,低着头不做一声。过了一刻,王三少吹去烟灰,说:

"近几天有人说我的坏话,想撺我离开杆子。你看,有人说我从前黑①过朋友,这话他妈的从哪儿说起啊!"

看侄儿不做一声,王三少便不再说下去。把纸烟吸完以后,他深深地叹口气,取去皮帽,钻进被窝。陶菊生本来是脊背朝着干老子,这时就装作睡意矇眬的样子翻转身子,避免干老子搂抱着他。但王三少嘴中的气息是那样难闻,不到十分钟,菊生再也忍受不下去,只好把身子再翻转一次。当王三少把他往怀里搂抱时候,他曾经挣扎一下,但忽然一想,便不再动了。因为他觉得许多天他都被干老子搂着睡觉,两个人都穿着几层衣服②,自来没见干老子有不好的动作。很可能王三少对待他确实是出于父性的慈爱,刘老义说的话只是一种最坏的误解,甚至是一种诬蔑。尤其是他已经知道王三少近来正自顾不暇,纵然操有坏心思,想来也不敢轻举妄动。这样翻来覆去地想着,陶菊生一直到王成山在床上扯起鼾声时还没入睡。不过为怕干老子发生疑

---

① "黑"是动词,意思是陷害朋友。
② 土匪为随时应付突发的事变,晚上睡觉都穿着里边衣服。

心,他不得不假装做出睡得很熟的样子,因为他晓得王三少也在醒着。不晓得熬了多久,感觉到干老子已经睡熟,于是他想到母亲,想到前途,热泪滔滔地向枕上流去。

哭过一阵后,他睁着模糊的泪眼凝望窗口。窗上的月色已经落尽,遥远的什么地方传过来一两声公鸡啼叫。这是他有生以来第一次尝受着失眠滋味,夜长得叫人害怕!……

十

第二天,王三少像往日一样,快到吃午饭的时候起床,一面穿衣服一面咳嗽,马马虎虎地用热手巾在脸上擦了一把,就躺下去烧起烟来。每天起床以后,他的第一件顶重要的事情就是过瘾。在烟瘾来时,他既不愿吃东西,也不肯多说话,脸上带着一种厌烦和冷淡表情。平常,王成山和小伙子就已经不敢随便同他讲话,这时候更不敢有一点声音,大家都尽可能轻轻地走动,轻轻地呼吸。今天他的脸色更难看,阴沉而苦恼,使人预感到有甚么严重的事情会要爆发。吸过两个烟泡后,王三少忽然从床上欠起身,向地上吐口黄痰,擤把鼻涕,困倦地打个哈欠。一打哈欠,就从他的深深的大眼角挤出来清淡的泪水,说明他的烟瘾还没有过足。从小伙子手里接过来一碗荷包蛋,王三少蹲在烟灯旁一面吃一面默想;清鼻涕沿人中奔流下来,拖在刚刮过不久的铁青色的嘴唇上,偶尔被碗沿儿粘起长丝。王成山从火边抬起头来,轻轻地咳一下,清清喉咙,恭谨而畏怯地小声说:

"三叔,我看咱们不如早一点离开捻子……"

王三少没有做声,也没有任何表情,深沉得叫神仙也猜不透他的心思。停了片刻,他的侄儿越发带着担心的口气说:

"前几天我就听到些坏风声,没有在意,也没有敢叫三叔知道。昨晚喝汤时候刘老义来了一趟,他对我说——"王成山扭转头来向菊生和小伕子望了一眼,吩咐说:"你俩到院里玩去!"

菊生和小伕子很听话地走了出去。菊生在院里一面踢毽子,一面留心偷听着屋里谈话,却一句也听不清楚,只感到他们谈话的口气相当严重。屋里悄声地谈过了一阵后,陶菊生听见干老子在桌上放下碗筷的声音,拿小剪刀剪灯花的声音,随后才听见他躺下去冷笑一声说:

"哼!宁为凶手,不作苦王。只要一看不那个,你就'先下手为强',纵然咱们不能赚,也要捞够本儿。"

"我啥都不怕,我就怕万一措手不及……"

"那就得看你娃子的眼睛亮不亮!"干老子差不多是用教训的口吻说。"只要小心,难道他们手里拿的是枪,咱们手里拿的是烧火棍？赵二海们就吃亏在粗心大意！"

屋里的谈话终止了。王成山从屋里走出来，拉一个草墩子坐在太阳下，拆卸下枪栓零件，准备擦油。

忽然瓢子九脸也没洗，衣服也没扣好，匆匆忙忙地走进院子，向王成山问一句："你三叔在屋吗？"没等到王成山回答出来，瓢子九已经三步两步地跑进屋去。

王成山看出这情形有点不妙，赶快将枪栓安好，推上一颗顶膛子，站到窗外向里边偷听。小伏子很机灵地抛下毽子，跑出大门望一望，然后也走回来屏息地站立在成山旁边。陶菊生独个儿继续踢毽子，却同时在注意着周围的一切动静。因为意识到他自己毕竟是个票，他没有敢走去同王成山们站在一道。心中七上八下地玩了一会儿，他在王成山刚才坐过的草墩上坐下去，拾起一根麦秸棒在地上信手画着。三大来他已经得到了不少资料，判断出干老子在杆子上犯了众恶，势必要发生事情。他想，即让不会发生像赵二海们那样的不幸事件，干老子也必得带着王成山脱离杆子。那样一来，他自己怎么好呢？他是属干全杆子的，干老子没资格把他带走，这使他的心稍稍儿轻松一点。但是，回票房里去也是糟糕。十几天来他亲眼看见撕过许多票，还有许多票被割去耳朵。如今多半依靠他在杆子中被大家另眼相看，他兄弟俩才能够平安活着；要是他回到票房，那结果是可以想得出的。他一面想着自己的未来命运，一面偷听着屋里的谈话。忽然他听见干老子同瓢子九提到了他的名字,但下面的话却又不分明,只听出干老子后来表示同意说:"这样也好,也好。"菊生忍不住从草墩上站起来,向王成山望了望,希望能得到一点消息。见王成山脸色很阴沉,菊生默默地走到院角落的小树旁,抚摸着拴在树上的小山羊的白毛消遣。小山羊在他的腿上轻轻地抵两下,抬起头来望着他,凄凉地叫了一声。

王三少一面勒围巾一面从屋里出来,好像没有看见王成山和陶菊生似的,匆匆地走出院子。王成山和小伙子先进了屋里;过了片刻,王成山把菊生也唤了进去。瓢子九躺在床上烧大烟,王成山坐在他的对面,小伙子坐在床前的火堆旁边。看见菊生,瓢子九笑眯眯地叫他贴近他的腿边坐下,说:

"你干老子和王成山今天要离开杆子啦,你自己怎样打算?"

菊生瞟了王成山一眼,回答说:"我没有打算。"

"管家的要你回到票房去,你情愿不情愿?"

"……"

"妈的,我晓得你不愿回到票房去!"瓢子九笑着说:"你怕割你的耳朵,镞你的鼻子!可是不回票房去怎么能成?你家里不肯拿钱来赎你们,你弟兄俩的性命终究保不住,多拖延日子罢了!"

菊生的眼光落在烟灯上,茫然地瞧着橙黄色的灯亮儿,想不起说什么话好。听见院里的小山羊咩咩的连叫两声,他的心一动,想起来四五岁时候,他的家还在乡下的老宅子里,家中也喂了几只山羊。每次老祖母或母亲叫他到群房院里去看看羊跑了没有,他明看到羊已经跑出后门了,但因为不愿离开母亲去找羊,就站在堂屋后的花椒树下学几声羊叫,然后跑回堂屋院说羊还在。大人们一面嚷①他小小的人儿说白话,一面又笑他,亲他,称赞他的心里窟眼儿多。这回忆深深地刺痛了他的灵魂,他的眼珠立刻不由地充满了泪水。

仿佛注意到菊生的表情,瓢子九不再说下去,把烟泡安到斗门上,用袖口擦去黄胡子上的清鼻涕,快活地吸起烟来。王成山望着菊生笑一下,说:

"薛二哥要你跟着他,你愿不愿意去?"

"愿意。"菊生回答说,声音弱得几乎只有他自己听见。随即他抬起头来,问:"你还回来么?"

"说不定。"王成山怅惘地拍拍怀中抱的步枪说:"要是我有这个家伙,我就来同大家一道玩啦。"

"只要你三叔肯放手,"瓢子九把烟枪拿离开嘴唇说,"你来跟老子,老子给你枪!"

---

① 在我的故乡,嚷和骂不同:嚷是以理责备人,不必出恶言(下流粗话),骂是用恶言侮辱人。在普通官话中全用"骂"字,没有分别。例如《汉书·东方朔传》有这样一句:"上(武帝)乃起入省中,夕时召让朔。"颜师古注曰:"让,责也。"古书上这样的用法极多。但现在"让"读去声,"嚷"字读上声,所以这"责让"的"让"字应写做"嚷"字。

王成山忠厚地微微一笑,说:"你放不放心我?"

瓢子九一面说着"放心",一面赶快把烟枪嘴儿向自己的嘴里送去。把斗门上的残余烟泡抽完后,瓢子九用中指在小水壶中蘸了一滴水,饮①过斗门,然后放下烟枪,坐起来整好皮帽,向王成山说:

"成山,我同你三叔从滚灰堆,玩泥钱②的时候就相好,三十多年啦,他的底细老子全明白。有人说他黑过朋友,真冤枉!你三叔吃亏就吃在他祖上出过排场人,交民国打了瓦,家产踢干了,可是少爷脾气没踢掉,一只眼睛长在囟门上,说出话来噎人,所以在蹚将群中总是裹脚布围脖子,臭一圈儿!成山,你说老子说的话对呀不对?"

"对。"王成山点头说,"说他黑过朋友真是冤枉他。"

"刘老义待一会儿来带你去,"瓢子九又拍着菊生的肩膀说,"你不回票房去我也高兴,免得你逃跑啦老子担责。"

瓢子九嘻嘻地笑着跳下床,又点着一根香烟,双手插进袖筒里,紧夹着膀子走了。

---

① "饮"字在此处读去声,不读上声。在沁韵。如饮牛,饮牲口,意思是使其喝水,或拿水叫它喝。《左传》宣公十二年有"饮马于河而归"一句,古诗的"饮马长城窟",《离骚》的"饮余马于咸池兮",用法都同。去声饮字应该只适用于动物;"饮斗门"是用于非动物的变例。但在古代,也用于人,如《礼记·檀弓》上有一句"酌以饮寡人",这用法在今天的活语言中好像已经没有了。

② 乡下孩子爱用泥巴做成制钱玩耍。

十一

瓢子九走后不久,刘老义跑了来,像接受遗产似地把菊生带走。菊生的新义父名叫薛正礼,一班人都称他薛二哥,那是因为他有一个值得大家尊敬的忠厚性格。他在杆子中是一个重要头目,为人很和平谨慎,不多言多语,没任何不良嗜好,连一根纸烟也不肯抽。菊生从前曾经见过他,知道刘老义和赵狮子都是他的部下,但同他并不很熟。当刘老义把菊生带到他的面前时,他不让菊生磕头,拉着他的手亲切地说:"好吧,你以后就跟着我吧。"菊生现在才晓得在官路上追赶他们的那群土匪全是他的部下;不过没人再提起那件事,连菊生也没有丝毫怀恨之意,只觉得有点儿滑稽。

跟随着薛正礼,菊生的精神上的痛苦减轻了不少。一两天过后,他同薛正礼部下每个人都混熟了,人们都喜欢带着他一道溜达。这个团体虽然比王三少的团体大几倍,却没有小伙子,陶菊生就替他们做一点琐细事情。行军的时候,菊生的身上挂一个灰布包,里边装着纸烟、火柴,和一套烟家伙①。虽然这个团

---

① 一套烟家伙包括烟灯,烟枪,针子,挖刀,一切必需的工具。

体中没有"瘾君子",但有时他们也躺下去搔①着玩儿,尤其有时必须拿大烟招待朋友。薛正礼给菊生一条新的白毛巾,使他包在头上,连耳朵也盖了起来。他脚上的鞋子破了,刘老义替他问老百姓要来一双新的。人们对他的监视也不像从前紧,随时他可以一个人在村里跑来跑去。

就在菊生来到薛正礼这儿的五天头上,票房里发生了一件大事:胡玉莹在晚间逃走了。自从杆子成立以来,从没有发生过这样事情。胡玉莹的舅父几乎被独眼龙李二红用皮鞭打死,其余的票子也都挨了打。听到这个消息,陶菊生立刻跑到票房去看他的二哥。芹生瑟缩地蹲在麦秸窝中,偷偷地告诉菊生,当胡玉莹逃走时他本来也可以跟着走,但为怕菊生吃苦,他犹豫一下就留下了。"打的怎么样?"菊生问,望着芹生的蓬乱而肮脏的头发。"不要紧。"芹生悄声说,"二红刚打了两三下,恰巧赵狮子跑来玩耍,他把鞭子要了去,打得很轻。"菊生从他二哥的耳朵楞上捏下来一个肥大的黑虱子,离了票房。

这天下午,人们有的出去玩耍,有的睡觉,薛正礼坐在火边,好像在想着心事。他的对面坐着陈老五,正在擦枪。陈老五是菊生比较不很欢喜的人。当菊生们一群刚被捉到时,在官路旁

---

① 小孩子乱摸乱拿他们所不该玩的东西,河南的口语说是"搔",大人抽大烟也叫"搔",是引申了搔的原义。

的干沟中把菊生的灰大衫穿在身上的就是他。他大约有三十五岁年纪,脸上的皱纹又多又深,胡子占去脸部的二分之一。他每到一个地方,总设法找剃头匠给他刮脸;如果有两天遇不见剃头匠,他就会变做猩猩。每逢刮脸,像割草一样地嚓嚓响。他的手十分奇怪,连背面指关节也有硬皮,像手掌上的茧子一样。里里外外的衣服都做得过分瘦窄,扣子极密,料子是一种发亮的黑洋布,只有那时候的乡下土财主才觉得这布料和式样好看。每次洗脸后,他总是要在他的比枣树皮光不了多少的脸孔上抹一些雪花膏,免得脸皮被寒风吹裂。如今他正用心用意地用他的笨拙的手指给枪栓上的零件擦油,没有说话。陶菊生坐在薛和陈之间,低着头在磨盘上研墨,脸蛋映着火光发红。墨研好后,他向他的干老子问:

"二伯,怎么写?"

"写厉害一点。"薛正礼抬起头说。"要二百两烟土,一千块大洋。"

菊生把笔尖放到火上烤一烤,俯在磨盘上写起信来。信写好,他转过身来字字分明地念给他的干老子听:

王庄的村民知悉:

兹因缺钱使用,要你们在三天以外,五天以里,送来烟土二百两,大洋一千元。若不照办,烧你们的房子,打死你们的人,鸡犬不留,玉石俱焚!

薛正礼启

薛正礼一面听一面微微地笑着点头。听完后，他很感兴趣地把信纸接过去，仔细地端量了一会儿，说：

"你写的很好，很好。"他又研究片刻，抬起头来笑着问："你没有把我的名字写错？"

"没有。"菊生笑了，心里说："怎么能够写错呢？"

"这是'薛'字，这是'正'字……"薛正礼用指头指点着认下去，终于忍不住奇怪地问："这里怎么多了一个字？"

"'启'字……"菊生窘得脸红，因为自来先生们没有讲说过这个字的真正意义。"这是写信的规矩，不要它也可以。"

这回答已经使薛正礼感到满足，他把信放在磨盘上，在火上搓着手，和蔼地问：

"菊生，你说实话，你想跑不想？"

"不想。"菊生天真地摇摇头说。

"真不想？"

"真不想。"

"你愿意跑就跑，反正没有人看着你。我怕你跑不了就糟啦，要是给抓了回来，会连你二哥一起干掉的。再说，如今到处是蹚将，跑出去给霸爷①抓了去，你就不会像在这儿一样享福了。"

"我知道。"菊生很听话地回答说。

---

① 零星土匪被称做"霸爷"，比大股土匪要残酷许多倍。大股土匪也讨厌他们。

干燥的雪子儿开始落下来,在瓦扎檐①上和院里的黄土地上跳着,滚着,发出一种好听的细小声音。陈老五已经把枪栓安好,向门外望一望,烤着手喃喃地自言自语说:

"好雪,可惜下的晚了一点。要是早下二十天,麦苗就得力了。"他从口袋里掏出来一根充象牙的烟嘴儿,安上纸烟,就火上吸着后,看着菊生的脸孔说:"你们上洋学堂的,一出学堂就能做官。菊生,你日后做了官,我同你干老子找你去,你大小给个差事就成。你叫你干老子做啥子差事?"

陶菊生嘻嘻笑着,不知道如何回答。

"我看,"薛正礼说,"我顶好给菊生做卫队连连长。"

"对,我们都给他做卫队去!"陈老五同意地叫着说。"菊生,只要你做个县知事,俺们就去找你,你可不要不收留俺们。"

"到那时候,"薛正礼笑着说,"他一准会把咱们忘到九霄云外了。"

这句话刚刚落地,从隔壁庙中突然发出来一阵皮鞭声和一个老年人的惨叫声,十分刺耳,同时又听见赵狮子的愤恨的谩骂声。陈老五从火边跳起来,兴奋地说:

"妈的赵狮子,到底把他的亲舅骗来啦!"

薛正礼皱紧眉头,听了会儿,低下头默默地在火上烤手。

---

① 草房用瓦镶边叫做"瓦扎檐"。

"我去帮赵狮子打几下。"陈老五兴致勃勃地说,提着枪向外就走。

"喂,老五,"薛正礼抬起头来说,"叫狮子给他个'快性'①,好歹总算是亲舅!"

陈老五走后,陶菊生同他的干老子都不说话,望着院里飘飞的微雪带着雪子儿,倾听着隔壁庙中的打人声音。菊生不明白为什么赵狮子这样对待亲舅,心中充满了恐怖和难过。过了一会儿,他再也忍耐不住,向他的干老子恳求说:

"二伯,你去劝一劝狮子叔吧!"

"不要管他!"薛正礼摇一下头说,从嘴角流出来一丝无可奈何的笑。

十二

雪下到半夜便停止了。陶菊生从梦中被唤醒,睁眼一看,大家都已起来,准备出发了。他赶快穿好袍子,勒好头上的白毛巾,把灰布包挂在身上。近来因为杆子的实力逐渐强大,总

---

① "快性"是要人快死,免得多受罪,和"慢性"对待相反。在讲义气的土匪中,慢性的杀害人也被认为是不人道的。

在白天移动,夜晚盘住。如今半夜准备出发,显然有特别原故。菊生因为心中过于紧张,又加之乍离床铺,禁不住浑身打抖,上牙轻轻地打着下牙。他看出来大家还有所等待,便走到火边蹲下,玩起火来。

大家收拾停当,都围在火边烤火。菊生发现少了赵狮子和陈老五,觉得诧异。村外什么地方发出来两声枪响,引起来远处的几声狗叫,随即又一切寂静。就在这时候,房主人送来了半桶热水。大家轮流洗过脸,重新围坐在火边。过了一会儿,赵狮子推门进来,一边跺着鞋上的雪,一边故意地大声哈热气,胖胖的脸上挂着轻松的微笑。刘老义用力地抽一口纸烟,上下打量着赵狮子,俏皮地笑着问:

"送回家了么?"

"送回家啦!"狮子回答说。走到火边,他把一只冰冷的指头插进菊生脖子里,弄得菊生拚命地把脖子缩了进去。"我把他老人家从梁上卸下来,"他接着说,"他已经冻得快死啦。我拖他到火边烤一烤,对他说:'舅!冤仇可解不可结,我送你回家吧。'他起初不肯信,后来信啦。可是他的两条腿已经给打断啦,不能动弹。我叫那个看他的老百姓背着他,我跟在后边。一路俺俩谈着笑着,怪像一对舅甥呢!……"

"操你娘的!"刘老义忍不住骂了一句,大家都笑了起来。

"俺舅说：'要不是民国元年闹饥荒，我也不会做出来那一手。事过后我就后悔，一直后悔这十几年。唉！我这一生一世只做下这一件错事，死后没有脸再见你妈！'说着说着，他老人家可真哭了，哭得我的心里也热辣辣的。走了一里多路……"

陈老五肩上挂着步枪，冲进屋来，擤一把清鼻涕抹在门框上，跺掉鞋子上的雪，走到火边，手按着别人的肩头，跷起一只脚放在火上烤着，慢慢地说：

"管家的才动身，咱们不用急。二管家的说：大家该填瓢子的填瓢子，该过瘾的过瘾，等尖嘴子放气①的时候起。"

"操他八辈儿！早知这样，老子不起来了。"刘老义把纸烟头摔进火里，转向赵狮子："你把他打在哪儿？"

"走了一里多路，"赵狮子继续说，"我叫那个老鸡把他放下来。我说：'舅，对不起，你老人家自己回去吧，我不再远送啦。'他明白了我的意思，趴在雪地上哭起来。他说：'狮子娃呀，我好歹是你的亲舅，你这样处置我，不会有好报应。'我说：'舅，你老人家别咒我，我还想活到八十岁哩。'嘣一枪打在他的顶门上，又照他的心上补一枪，打发他老人家回老家啦。"

"你鳖儿子总算报仇啦！"刘老义说，像向赵狮子道贺似的。

---

① 鸡子叫土匪中说做"尖嘴子放气"。

"不,还有我二舅,"赵狮子收敛了笑容说,"也要他死在我手里我才甘心。"

薛正礼有一点不忍心地说:"那事情是你大舅做主办的,饶你二舅一条老命吧,何必多浪费一颗子弹?"

赵狮子说:"二哥,你不知道!是他俩商量着办的,光我大舅一个人也没有那么大的胆。"

薛正礼不再劝他,用手在脸上抹了一把。每当他无话可说或乍然间对一个问题不能决定时,便用手从前额上抹下来,到下巴尖上搓几搓。搓过下巴后,他吩咐陶菊生去看老百姓把瓢子做好了没有。正当这时候,尖嘴子开始放气了。

菊生跑到对面屋里去,看见这家的老婆子,小伙儿,媳妇,三口人围着锅台,手忙脚乱。老婆子坐在锅台前边烧火,媳妇在一只较小的锅中烙杂面葱油饼,她的丈夫在照料着大锅中煮的面条。看见菊生跑进来,媳妇急忙说:

"就好,就好。面条已经好啦,硬瓢子还欠一把火。"随即她对婆子说:"大把填一把,现在不是你省柴的时候!"

陶菊生不好意思催他们,站在锅台前烤着火说:"我们在这儿太打扰你们啦。"

"哪里话!"小伙儿客气地说,"今年年光坏,没有好东西待你们,请你们别要见怪。"

媳妇把葱油饼翻个过儿,用锅排子盖起来,挤到丈夫的身

边,夺过勺把子向面条锅里搅一搅,吩咐丈夫说:

"好啦,快把桶拿来!"

"盐不够,你尝尝甜咸①。"小伙儿为难地小声说。

媳妇用勺子舀了一点汤尝了尝,迅速地拿起空盐罐,倒进去半勺汤,涮一涮倒进锅里。

"差不多,"她说,"麻利拿桶来盛吧!"

蹚将们刚把饭吃毕,二管家派人来传,要大家马上集合。在稀疏的鸡叫声中,从村中心发出两三声萧萧马嘶。薛正礼带着他的人出了茅屋,向二管家住的宅子走去。

各股头陆续都到了。最后,瓢子九也押着几十名票子来了。早有人在大门外的打麦场上扫开一片雪,架起几捆高粱秆,燃起一堆火。所有的蹚将和肉票都围拢在火的周围,站的站,蹲的蹲。火光跳动在大家的身上和脸上。菊生看见他二哥蹲在斜对面,用忧郁的眼睛向左右偷偷地望来望去。他明白二哥在寻找他,便故意咳嗽一声。随着他的咳嗽声,二哥把脸孔转过来,两人的目光碰一起,马上又各自躲开。菊生又发现胡玉莹的舅倚着一个票坐在冰冻的湿地上,垂着头,衰弱地轻轻咳嗽,不由地心中很可怜他,从火边站起来,转身向大门看去。看见从院里牵

---

① 河南人说的"甜"往往就是"淡",如"淡汤"说做"甜汤","淡水"说做"甜水"。

出三匹马,他感到非常奇怪。全杆子只有管家的有一匹红马,菊生是认识的;这三匹马却完全陌生。三匹中有一匹鞴着洋鞍,白色的鬃毛剪得很整齐。牵马的三个人,有一个是蹚将,那两位穿着灰军衣,挂着盒子枪,显然是护兵打扮。这两位护兵一出来,立即引起了全场注意。瓢子九像猴子一样地跳着跑过去,向两位护兵说:

"你看,我正在忙着烤火,把你们两位忘到爪哇国里去啦!妈的,现在就进城么?"

"你们要起,俺们的事情也完了,不进城留下干吗?"一位白脸护兵回答说。

"乖乖,我的亲家母,"瓢子九抓住白脸护兵的胳膊叫,"这一别又不知啥时候再见面,又得叫老子想断肠!"

他们笑起来,骂起来,动于动脚地闹了一阵。随后他们停止了骂笑,咕咕哝哝地小声谈着,仿佛瓢子九在向他们探询着重要消息。正在谈着,二管家送一位穿驼绒大氅的人物从里边走了出来。瓢子九忙撇下护兵们,迎着穿驼绒大氅的人物说:

"营长,现在就赶回城么?"

"啊呀,瓢子九,你鳖儿子,我当是谁呢!"穿驼绒大氅的人物故作惊讶地骂一句,接着说:"怎么,不同老子进城玩玩么?"

"现下不得闲,等有人替我管票房时,我一定进城瞧看营长

77

去。"瓢子九回答说,声音中充满感情。

穿驼绒大氅的人物叮咛说:"好好儿干,吴大帅还要起来的。马旅长需要你们的时候,我派人来叫你们,你们可不能不去!"

瓢子九赶快说:"哪里话!管家的跟营长是朋友,我是营长的老部下,啥时候要俺们去俺们就去,决不会三心二意。"

"就怕你们干好啦要价也高了。"穿驼绒大氅的人物说,哈哈地笑了起来。

陶菊生对于这位军官和土匪的关系很感兴趣,但不能十分了解。他用眼睛把三位骑马的客人送出了村庄,耳朵继续追逐着那渐走渐远的马蹄声音。不过没等到马蹄声完全消失,二管家已经从村边走回,对大家发出命令:

"起!"

十三

"传,义子放稀①!"

下弦月透过薄云,照着寒冷的积雪未化的荒原。这一群土

---

① "义子"指两腿,"义子放稀"是要脚步放开,走快。

匪带着肉票,在寂静的荒原上匆匆前进,冰冻的雪花在脚下沙沙作响;有时打破落的村庄经过,常不免引起来几声狗叫。但乱世的狗是胆怯的,一边叫一边向黑影逃避,从不敢扑近队伍。有时从寨墙下边过,守寨人从寨垛间探头望一望,立刻又躲了进去,从寨墙上发出来悄悄的说话声音。除二管家偶然发出来催大家走快的简单命令,带条的时不时用黑话报告过河或过桥,以及大家机械地口传着二管家和带条的所说的黑话之外,没有谁再说别的话,也没人像往日行军时那样乱打闲枪。夜景显得特别的凄凉和森严,连交冬来常有的北风也在干枯的枝上噎住。

紧张的行军一直继续着。第三遍鸡叫以后,东方慢慢发白了,天也褪开了。前边隔着一道岗,突然响起来一阵枪声,子弹呼啸着掠过头顶。二管家立即从后面发出命令:"甾住!"土匪们纷纷地把步枪掂在手里,把手枪从腰里拔了出来。稍停片刻,二管家带着薛正礼一群人向前边跑去,叫瓢子九和票子慢慢地跟在后边。陶菊生跟瓢子九们在一道,心中稍有点七上八下。走上岗头,在曙色朦胧中他看见四里外有一座大寨,枪声就从那儿传过来。二管家带的一群人已经跑下岗底,沿着大路散开了。岗下边有几家茅店。瓢子九们带着票在店前盘住。二管家们继续前进。茅店中的老百姓都已经起来了。铺板门打开了。枪声愈响愈近了。瓢子九站在大路上挥着手枪把票子驱赶到草棚下,转回头来拍一下菊生的后脑勺,关心地骂着说:

"快躲到里边去！他妈的,枪子儿打在身上比虼蚤咬一口厉害多呀！"

陶菊生似乎没听到瓢子九的话,继续站立在路上张望。李二红掂着一支步枪站立在前面不远的坟头旁,忽然扭回头对瓢子九说:"有人挂彩!"菊生忙向李二红所指的方向望去,发现从远远的雪地上散开着走过来十来个蹚将,一面走一面不时地回头放枪;他们的前边有两个农民抬着一个受伤者;受伤者的后边有一个提盒子枪的蹚将牵着一匹马。这现象霎时引起来所有跟随票房一道的蹚将们的极大注意,每个人的表情都变得特别的紧张和焦虑。

"啊！是管家的骑的驵子①！"不知谁轻轻地惊叫一声,但随即放了心说:"啊,管家的走在顶后边。"

这群人穿过一座坟园向饭铺这边走来,愈来愈近了。菊生正要观察受伤者到底是谁,忽然一颗子弹唧咛一声从耳边掠过,使他不由地把身子一缩。随即他听见他的二哥从饭铺里边用怯生生的小声叫他:"菊,来!"菊生向他的二哥望一眼,顽皮地笑了笑,走到了草棚下边。

随着管家的这一群人,每人肩上背着两支或三支步枪从饭铺前面匆匆地走过去了。那两个农民抬的是一块门板,上边用

---

① 土匪中称马做"驵子",但不是绝对要忌说"马"字。

一条紫花布①被子蒙盖着一个人,两条小腿耷拉着,荡来荡去。当那群蹚将走近时,瓢子九曾同他们说了几句话。但陶菊生对他们的话全没注意;他的全部注意都集中在被抬着的人。他看见那两条耷拉出来的小腿上穿着黑湖绉棉裤,一只脚穿着黑绒棉靴,另一只脚的靴子已掉,穿的是灰色袜子。"这是管家的侄儿,"他在心里说,"已经死了。"还没有来得及把他的发现告诉他二哥知道,菊生又看见二管家带领着大群人散漫地退回来,并且看见他的干老子薛正礼,还有刘老义和赵狮子们都来了。

"起!"

"起!快一点,妈的!"瓢子九和李二红急急地向票们叫。

于是全体肉票赶快从地上站起来,跟随着大家起程。血红的太阳已经从地平线上滚出来,照射着茫茫的雪的原野。零落的枪声留在背后,终于停了。

十四

晌午在一个破落的村庄打尖,该过瘾的都过了瘾,黄昏后赶

---

① 用天然的紫色棉花所织的布。

到了一个不知名字的地方盘下。这一天因化雪关系,路上有泥,特别累人。陶菊生一吃过晚饭便上床睡觉,醒来已经是乡下人吃早饭时候。连二赶三地跳下床,把地上的木柴火弄旺,顺便从衬衣上捏下来两三个肥大的虱子投进火里。菊生刚洗过脸,蹚将们也陆续起来。他帮他们热洗脸水,忙了一阵,便坐在火边,等老百姓把早饭送来。

菊生们所盘驻的是一座老旧的宅子,前面有天井,有明三暗五的门面房,后面有内宅,内宅后面有群房院,而他们是住在二门外的过厅里。为着打洗脸水,拿劈柴,上茅房,菊生曾跑进二门几趟,对这些宅子有一番仔细观察。这宅子的堂屋和群房都已经烧毁了;偏房也经过严重破坏;门面房中有货架子,柜台子,也都毁坏了,和一些毁坏的桌椅堆在一起。他遥想十年前,这家主人还舒服地住在这座宅子里,人财两旺,鹅鸭成群,男女伙计一呼百应;遇着逢集的日子,前面的铺门大开,小街上熙熙攘攘,人拧成绳;春秋二季收获以后,佃户们用大车满载着粮食和柴禾,从附近的乡下送来,从后门直拉进群房院。这样地推想着,菊生同时也回忆着他自己的从前的那个家,心中感到了淡淡的怅惘。他在这座空落落的宅子里,只看见一位双眼实瞎的白发老婆和一位侍候她的十几岁的乡下孩子。"这一家的别的人们呢?"他在心里问,"死完了吗? 或者是逃进城了?"他随即又想起来自己的老祖母,她常常对他讲红头和白狼①的故事。在几年前故乡的宅子被土匪烧光后,她在一年后忧伤死了……

　　早饭后,赵狮子兴致勃勃地带着陶菊生和另外两位年岁最轻的蹚将出去玩耍。一走出门面房,菊生才看见这条小街是在一座坚固的寨外边,而他们所盘驻的宅子靠近寨门。寨墙是用赭褐色的大石块修筑的,石缝中垂着枯草,寨门楼塌了一半;寨垛间架着生铁炮,炮口上带着残雪。两扇巨大的寨门镶着铁条,虚虚地关闭着,时常开了一点缝儿让那些给土匪送饭的百姓进出。寨河的水已经冻实,有几个衣服破烂的小孩子在冰上玩耍,用畏怯的眼睛向菊生们张望。菊生很想进到寨里看一看,但被狮子禁止了。狮子说:"咱们不要进围子②,咱们往架子③上玩耍去。"于是狮子带着菊生和两位年轻的蹚将向相反的方向走去。

　　出了街道,过了一座带着很深的车辙的小石桥,转向一条小路又走了一箭之地,便到了小山脚下。山脚下有一个很大的池塘,和架着小石桥的小溪相通;虽然那条小溪因水流迅急还没有

---

① "红头",指太平天国晚期,遵王赖文光率领的部队,从邓州境内经过,西上陕西。将士均以红布裹头。白狼是民国初年最大的"流寇"的头领,据说是河南宝丰人。他很有军事天才,行军飘忽,常常声东击西,以少胜众,纵横数省,几乎动摇了袁世凯的政权。直到如今,他在河南、陕西两省的民间还留下深刻印象。
② "围子"是寨。杆子黑话。
③ "架子"是山。杆子黑话。

完全冻实,但池塘却变成一块玉了。有两个年轻的农民在山脚下放牲口:一匹骡子,一匹马驹,两头黄牛。看见马驹,赵狮子快活极了。他飞奔前去,抓紧马鬃,不管马驹多么不驯顺,他一纵身骑了上去。"菊生,"他叫着,"快骑那匹骡子!快骑那匹骡子!"在一位蹚将的帮助之下,菊生很费力气地骑到了骡子身上。但走不到几步远,骡子后腿乱跳一阵,把他从脊背上摺了下来。菊生不敢再骑,那位帮他的蹚将就自己骑了上去,追着赵狮子跑上山头。两个农民望着他们,嘻嘻笑着,一点儿恐惧没有。陶菊生同另一位年轻的蹚将跟在后边,快活地叫着,笑着,跑得呼呼喘气。

天空清爽得像一片海水,只在远远的天边有零星的白色云块,像一群绵羊卧在海滩。山坡上,田野上,村落中的屋脊上,这儿那儿,有背阴处的残雪未化。所有那些化过雪的湿润地方,都在太阳下袅袅地冒着轻烟。从山头上向寨里望去,可以望见寨里有十字街道,稠密的瓦房,少数老百姓在街上行走,还有人在寨上张望。好多天来陶菊生没有这一刻心情快活,他忍不住抓着赵狮子的一只胳膊问:

"狮子叔,围子里边盘有咱们的人没有?"

"没有。管家的不准进里边骚扰百姓。"

菊生忽然想起来昨天早晨所发生的那回事件。原来昨天天明以前,管家的带领一些人偷进那座寨子去揽局子的枪,因底线疏忽,虽然把局子踏了,局子里面的枪也揽了,但驻在几个炮楼上的民团一齐打过来,把管家的一伙包围在局子院里。管家的两只手拿两把盒子枪,领头儿打开了围门风①。蹚将们正要翻过寨墙时,管家的侄儿李祥福的脊背上中了子弹,当时死了。

"这围子有好家②没有?"菊生又问。

"有。差不多围子里都是好主儿。"赵狮子转望着那两个蹚将说:"这围子里从前十顷地以下的主户不打发叫化子③,到现在几百亩地的主户还有几家。"

"也有局子吧?"菊生又急着问。

"也有,可是他们从来不跟蹚将找麻烦,很讲朋友。"

"围子的这个门楼是从前军队在这儿打仗时一炮打垮的,"一位蹚将指着东门说,"还放火烧了许多房子。"

"听说没有逃走的年轻女人都给军队拉去睡觉啦。"另一位蹚将补充说。

赵狮子带着骄傲的神气说:"哼,现在的军队还不敌咱们讲义气!"

---

① 敌人包围在门口,叫做"围门风"。杆子黑话。
② "好家"又称"好主儿",即殷实的富户。一般的习惯,非中等以上的地主不能算"好家"。在中国的奴隶时代和典型的封建时代,在社会伦理上和法律上把人区分为"良"、"贱"两种,"贱"是奴隶,"良"是奴隶主或封建地主。从西汉起,奴隶主或封建地主即称为"良家",这名词常见于《史记》和《汉书》。"良家"也就是现在河南人所说的"好家"。
③ 意思是有十顷地的大富户在这个寨子中也算穷人,没有资格打发叫化子。

一群大雁用温和的鸣声互相关照,排成人字阵形,缓缓地从北飞来,飞得很高。赵狮子抬头一望,把马驹向菊生一推,急急忙忙地吩咐说:"快替我抓紧马鬃,抓紧马鬃,别让跑了!"他连二赶三地从臂上取下步枪,推上子弹,一面端详着雁阵一面问:

"菊生,你要我打哪一只雁?"

"打那单个的。"菊生望着落在队伍后边的孤雁说。

"好,"狮子说,"你去替我捡回来!"

赵狮子把步枪随便一举,开了一枪。那只孤雁随着枪声扑噜噜连打了几个翻身,落向旷野。整个的雁群登时零乱,发出来惊怖的纷乱叫声。两位年纪最轻的蹚将也立刻各自找一个目标瞄准,有的打两枪,有的打三枪,但不再有一只雁从天空落下。赵狮子笑着骂他们:

"你们不行,别他妈的糟蹋子弹!"他随即抓住马鬃,推一下菊生说:"快去,去把雁拾回来!"

那只死雁落下的地方约摸在半里以外。菊生意识到自己的票子身份,犹疑一下,但终于揽起棉袍向山下跑去。等他喘着气把死雁提回时,蹚将们已经站在结冰的池塘边了。他们把死雁检查(实际是欣赏)一下,又交给陶菊生,继续比赛着在冰上投掷石子。石子带着无法形容的美妙声韵在冰上滚着,愈远声韵愈好听,只能勉强用轻清二字来形容,最后仿佛是一根极细的铜弦在微微颤动。一位年轻的农民也忍不住参加他们的游戏,投了几次,但所有的人都没有赵狮子投的最好。他使石子在面前一丈之内就落在冰上,一直滚到远远的对岸为止。其余的人,不是使石子落在冰上的时候太晚,便是使石子滚不到对岸就停止下来。陶菊生也投了几次,成绩最坏,惹得大家都笑了起来。

玩了一阵,他们带着快活的欢笑回去。走到门口时,菊生看见刘老义正站在寨门外石桥上同一个军人谈话,两个人也都是笑容满面。赵狮子拿着死雁向刘老义举一举,兴致致地说:

"老义,你看这!"

刘老义带着不满足的口气说:"操你娘,只打下来一只么?"石桥上的谈话又继续起来,赵狮子和菊生们走进去了。

十五

快吃午饭时候,薛正礼一只手提着一手巾现洋,另一只手拿着一个沉甸甸桑皮纸包,笑眯眯地从外边回来。有一个肥票子赎了出去,他手里的现洋和烟土是在管家的那里分到的。把手巾里的现洋和纸包里的烟土打开,他留下自己的一份儿,把其余的分给大家。陈老五正在刮脸,慌忙地把剃头匠向旁一推,从凳子上站了起来。他特别细心地把自己分得的每一块现洋放在耳边叮叮当当地敲一敲,听听声音;烟土是在管家的那里切碎的,他用手掂掂轻重,把落在桌面上的烟土末用指头肚粘起来,然后用油纸包好。把烟土同现洋一起包进小包袱,陈老五又掂一掂包袱的重量,才坐下去继续刮脸。剃刀在他的脸上发出割草的声音,引得大家望着他的脸孔发笑。整个上午都过得非常快活,下午两点钟的时候便又起了。

出发以后,陶菊生发现了一些新鲜的事情:第一,二管家有了一匹白马,不再步行了;第二,杆子增加了一些新蹚将,而肉票也突然多了一半;第三,也是菊生最感觉有趣的一件事,就是那个上午还穿着军装,站在寨门外同刘老义谈话的老总,如今穿着便衣,挂着手枪,同土匪们混在一道。在几个钟头前还是军人的这位新蹚将,原来他同二管家,同独眼的李二红,都极斯熟,显然他的进杆子并不是刘老义介绍的。刘老义在路上介绍他认识薛正礼,赵狮子,陈老五,和薛的其他部下。他立刻同他们也熟了起来。"你向他叫李叔。"刘老义拍着菊生的头顶说。姓李的望着菊生亲切地笑一笑,用指头敲掉烟灰。"你是叫菊生吧?"他问,"想家不想家?"虽然菊生不喜欢这位李叔,觉得他有些流气①,带着乡镇上的光棍气味②,但也同这位李叔很快地熟起

---

① "流气"就是油滑,不稳重,不朴实。
② "光棍"在我的故乡不是指光身汉。游手好闲,好结交朋友,惹是生非,以赌博为生的人,叫做"光棍",和陕北所说的"二流子"差不多。但"光棍"也不是一个绝对的坏名词。好结交朋友,仗义疏财的社会活动分子,也称"光棍"。如果从历史方面来了解光棍,我以为这是封建地主阶层那种游侠精神的堕落。

来了。

"李叔,你的那套军装呢?"菊生好奇地大胆地问他。

"二尺半放在围子里,"李叔笑笑说,"放它几天假。"

"你不打算跟俺们长在一道?"

"不。我是从外边请假回来的,快该走啦。"姓李的显然不愿陶菊生多知道他的底细,眨着狡猾的眼睛说:"我这个人好朋友,好热闹,来杆儿上闲玩几天。你日后碰见我可别跟我麻缠呀。"

虽然他这句话是用玩笑的口吻说出来,但多少也含有警告意味。菊生笑一笑,不敢再同他闲扯了。

黄昏前杆子盘到一个大的村庄里,第二天又换地方。这样继续了一个多星期,杆子在天天扩大着。每逢移动,蹚将和票子黑压压地拉过半里长。陶菊生虽然还常常怀念父母,也常常担心二哥的前途,但他和薛正礼们一群人却发生了更深的感情,对土匪生活也因习惯而发生了若干兴趣。他本是一个带有浪漫气质的孩子,在小学读书时代,他常在下课后站立在说评书的面前,聚精会神地听绿林英雄故事,连饭也不愿去吃,如今的绿林生活更发展了他的浪漫性格和英雄主义。他非常喜欢刘老义和赵狮子,因为他们豪爽,勇敢,枪法熟练。假使不是他的二哥过着凄惨的肉票生活而且时时有被杀害的危险,让他永远留在土匪中他也不会感到什么痛苦。

菊生不曾同管家的李水沫说过一句话,看见他的机会也很有限。李水沫烟瘾极大,很少出来散步;移动时候,总是队伍已经动身了他才出来,骑上马,竖起来大氅领遮住脸孔。李水沫所给菊生的印象是一个年岁很轻的,个子小小的,苍白脸皮,像一个文弱书生。虽然经过打仗的那天早晨,这印象仍未改变。

但菊生不仅默默中对李水沫发生情感,简直是相当"爱戴"。他常常设想着民团怎样把李水沫围在院里,李水沫怎样双手拿着双枪,向外作扇形开枪,打开围门风,一个箭步跳出大门,追杀敌人,掩护部下。每次凝想着这惊心动魄的紧张场面,他呼吸短促,眼珠发光,仿佛他自己就变成李水沫了。尤其杆子上流传着许多关于李水沫的小故事,使菊生更觉得这位脸色苍白的人物神秘而不凡。

据说李水沫十六岁就下水,二十五岁时受招安,做了团长。招安后一年多上边不发饷,部队穷困得没法维持。但为着他和部下的"前程",他不肯叛变,也相当地约束部下。后来有一个姓崔的连长打算偷偷地把自己的一连人拉出去重干土匪。有一天,许多人跑来向李水沫报告崔连长要拉走的消息。李水沫总是淡然处之,不肯相信,摇摇头说:"不会的,你们别听信谣言。崔连长真想拉往山里蹚,他会来报告我的。"这天夜间,崔连长果然把他的一连人集合起来,准备逃走。有人立刻把这紧急消息告诉李水沫,请他马上处治崔连长。李水沫一面安详地烧大烟,一面摇一摇头说:"老崔不会瞒着我的,我不信。"崔连长已

经把他的人带到村外了,越想越不对,下命令让人马暂且停住,匆匆地跑进团部,站在李水沫的烟榻旁边,结结巴巴地说:

"团长,我,崔二蛋明人不做暗事。我崔二蛋知道好歹。团长一向待我太好……"

一半由于过于紧张,一半由于心中难过,崔连长忽然喉咙哽塞,没法把自己想说的话赶快说出。李水沫的眼睛懒散地盯在灯亮上,继续烧烟,用一半安慰一半责备的口吻说:

"有啥子事啊,明天说不行吗?"

"弟兄们穷得活不下去,"崔连长用力说,"大家都愿意拉出去重干蹚将。我来找团长报告一声,因为团长待我太好……"

李水沫若无其事地向崔连长望了一眼:"妈的,芝麻子儿大的事情也用得着急成这样!别说废话,你是不是打算拉出去干几个月?"

"是,团长。"

李水沫继续烧烟,关心地问:"现在就拉走?"

"人马在村外边等着,我特意来向团长报告。"

"拉走多少人?"

"只拉走我自己的一连人,别人的人我决不带走一个。"

"枪支呢?"

"都带走了。"

"叫军需官来,"李水沫向旁边站立的护兵吩咐,"叫他立刻来！"

他把烟泡安上斗门，放下烟枪，坐起身来向崔责备说："二蛋，外边情形不同往年，就你那一连烂杆枪，一个人分不到两排儿子弹，拉出去能够蹚开吗？既然决心出去蹚，该早点告我一声；现在屎憋到屁股门边你才来解裤带，叫你'二蛋'①真不亏你！"

说毕，李水沫又倒在床上，拿起烟枪，吃吃地②吸了起来。崔连长莫明其妙地望着李水沫，既不敢走，也想不起说什么话。等李水沫抽毕这口烟泡时，军需官已经急急慌慌地跑了进来，不知道发生了什么事情。李水沫向军需官命令说：

"去！找二十支好枪给二蛋，一连人子弹袋都灌满，再把团部的轻机枪给他一挺，把我的手枪队的好盒子给他五支！"

"是，团长……现在就办？"

"立刻就办！"李水沫斩钉截铁地说。

军需官摸不着头脑地退走以后，崔连长越发的莫明其妙，眼睛惶惑地向周围乱看。李水沫又掂起烟钎子，眼睛看着崔的脸，下巴尖向屋外一摆，和蔼地吩咐说：

"去吧二蛋！出去痛痛快快玩几个月，遇着挨打的时候快

---

① 北方话说"二蛋"，"二尿"，"二百五"，都是半傻瓜的意思。这些名词常常送给人做绰号，但那人未必真傻。
② 吸大烟的时候，先将鸦片膏烧成烟泡，安在斗门上，然后对近烟灯的火苗，一口一口吸气。烟泡一边熔化，一边通过斗门和烟枪，将烟气吸进肚里。当一口一口吸进烟泡时候，发出均匀的"吃吃声"。

派人来报个信儿。"

崔连长恍然明白了是怎么一回事,突然蹲在地上哭起来。

"我,我不走啦!"他哭着说,"我崔二蛋宁肯困死在这里,也不能离开团长!……"

"嗨,哭啥子?妈的,没有出息!"李水沫真有点生气的样子,坐了起来。"你又不是小孩子离不开娘,离开我几个月有啥子要紧?快起来,爬开去,别你妈的学女人样子!"

另一个小故事也是发生在李水沫做团长时候,表现他在战场上的勇敢、镇定和机智。那时李水沫带着他的一团人参加河南的军阀战争,担任进攻一个重要地方。夜间,他过足了烟瘾,右手提着手杖,左手拿着电筒,往最前线去视察阵地。为着减小目标,他不让任何人跟他一道。他自己一直摸索到敌人的前哨阵地,偷偷地察看了很长时候。正要再换一个地方时,不巧被敌人的一个哨兵发现。那个哨兵和他相离有十多步远,把枪口对准他,大声喝问:"口令!"李水沫吃了一惊,立刻捏亮电筒,让强烈的电光直射在哨兵眼上,昂然而迅速地向哨兵走去。等走到哨兵面前时,他忽然关了电筒,扬起手杖重重地向哨兵的头上和手上打了几下,把哨兵的步枪打落地上,严厉地低声责骂:

"混蛋!连问口令的方法也不懂!假若真有敌人来,你用那么大的声音一问,他一枪就会把你干掉了!你叫什么名字?"

可怜的哨兵只以为是自己部队的官长来视察阵地,嘴唇哆嗦着报告出自己的名字,眼望着他向左转去,消失在漆黑的夜色里边。

诸如此类的小故事传诵在土匪们的嘴上,深印在菊生的浪漫的少年心上。看见这杆子迅速壮大,看见李水沫的名字在方圆三百里内如日东升,他同蹚将们一样地感到快慰,甚至骄傲。当初来时候,他时时刻刻都在意识着自己是一个票,一举一动都提心吊胆;近来只有在他看见或想起芹生的时候,只有在他想念母亲的时候,只有在他希望学会打枪的时候,他才意识到他自己的票子身份。当忘掉自己的票子身份的时候,他就驰骋着天真的幻想,希望将来他自己的枪法比赵狮子还要好,在战场上的机智比李水沫还要高,他要带领很多的人马纵横天下。当这时候,他就很自然地想起来《三国演义》上的许多故事,于是他把自己幻想成诸葛孔明,神出鬼没地指挥着他的部队。

菊生的心越来越野,所想的越发不切实际了。他热切地希望自己能参加打仗,甚至他希望随着干老子这群人打一次围门风。人们都晓得他是个有种的孩子,但不知道他竟有这一些奇怪的想头。有一天下午杆子盘在一个村庄里没有移动,那位姓李的跑来约刘老义们几个人出去玩耍,问菊生愿不愿去。菊生快活地同他们一道出发。就在这一次出去玩耍,他第一次参加了对善良农民的战斗,在一种矛盾的心情中亲自烧毁了农民的草房,而他的勇敢也被事实证明了。

十六

几位闲散的蹚将带着陶菊生跑下岗头,顺着一条荒凉的大路向东走。那位姓李的一路上津津有味地谈着他近来的赌博情形和怎样找寻女人,蹚将们非常的感觉兴趣。菊生一个人跑在前边离开他们很远,忽而跳进大路的深沟里,忽而又跳了出来,快活得像一只解开绳子的小山羊。他不时从路边捡起裂姜石,用力向远处投去,将掘吃麦根的老鸹打起。约摸走了有五六里,猛不防从右边一箭外的小村中跳出来七个农民,拿着红缨枪向大路扑来,从嘴里发出来一种怪声:

"哈!哈!哈……"①

陶菊生吃了一惊,立刻从地上捡起来一块大的裂姜石,跳后一步。幸而赵狮子和刘老义们眼疾手快,连发几枪,当场打倒了三个农民,其余的回头便跑。蹚将们追进村了,遇见人便打死,遇见房子就放火。在这一次紧张的战斗中,菊生始终跟随着蹚将一起,毫不畏缩。他虽然很可怜那些农民,却不得不随着那位

---

① 北伐以前白莲教在河南有许多支派,如红枪会、绿枪会、黄枪会、大刀会、红灯照、金钟照、铁冠照等。我不记得是哪一种,喝过符之后不准说话,只发出一种怕人的"哈"声。

姓李的冲进了一家小院。已经有两个女人横躺在柴门里面,惨白的脸孔浸在血泊里。他们从一个女人的身上跳过去,姓李的抓起一捆高粱秆把上房点着,菊生也狠着心抱一捆燃着的高粱秆跑进偏房,慌慌张张地把高粱秆靠在墙角。火头呼呼地响着,吐出血红的长舌,舔着崩干的草房坡。房坡迅速地冒出浓烟,燃烧起来。菊生没有即刻退出,不放心地望着火头,深怕他离开后火会熄灭。姓李的在院里大声呼喊:

"快点出水!快点出水!"

听到呼喊,菊生赶忙从屋里跑出来,跳过死尸,离开浓烟弥漫的农家小院。这时枪声仍在小村中稀疏地响着,土匪们向各个角落寻找着藏匿的人。很显然,除掉一部分人在事前携带着牛驴和重要什物逃走外,余下的人都被打死了。菊生又点了一座草堆,跳跃着向赵狮子跟前跑去。赵狮子正站在一家门前看房子燃烧,听见奔跑声,转过头来。他望望菊生,忽然大叫:

"呀,看你的肩膀头上!"

陶菊生站住一怔,才发现右肩上有鸡蛋那么大一块在燃烧。他赶忙把火弄灭,笑着嚷叫:

"哎呀!哎呀!怪道我闻着一股煳味!"

"你怎么会烧着自己了?"狮子问。

"我不晓得。"菊生望着烧破的地方说,"狮子叔,真倒霉,我这件绿袍子是今年冬天在信阳才做的!"

刘老义和那位姓李的都来了,只是不见陈老五。"陈老五哪里去了?"大家用眼睛互相地询问一遍,随即刘老义用他那种极其洪亮的喉咙大叫:

"陈老五!陈老五!快出水呀!"

"我们要起了!"赵狮子跟着叫。

陈老五从一座已经开始燃烧的房子里跑出来,肩头上背一个大包袱。包袱没包好,有一条裹脚布和一双小孩裤腿子从里边搭拉①出来。刘老义同赵狮子交换了一个眼色,然后望着陈老五笑着骂:

"你鳖儿子,老子就猜到你这一手!"

由于大家的嘲笑,陈老五怪没腔的样子,把搭拉在包袱外边的臭裹脚布和小孩裤子拉出来,扔到火里。

"你们这些败家子,"陈老五分辩说,"全不知道东西中用!我要不捡几样拿出来,烧了还不是烧了?"

"对啦,啥东西拿回家都有用处!"刘老义用粗嗓门讥讽说。"嗨嗨,这家掌柜婆床下面压有一块骑马布②,你快跑去拿出来呀!"

陈老五越发被说得没腔了,就用包袱向刘老义打了一下,喃

---

① 从包袱中露出的东西,只有一半下垂,叫做"搭拉"。低垂脑袋也说成搭拉着头。
② 夫妻同房时垫在女方腿下的一块脏布,俗称"骑马布"。

喃地骂:"你这个麻雄①!"于是大家畅快地大笑起来,绕过一个死尸走出村庄。

他们没有回原路,向一条小路转去,继续往岗下去。一里外有一条曲折的小河,蜿蜒于两岗之间。河湾处架一个小石桥,桥那边疏朗朗地站立着几棵衰柳。再过去不远有一个小小的土寨,寨墙大半倒塌了,从缺口处可以望见里面除三二家草房外,较好的宅子都只剩烧毁了的红墙,较大的树木也没有一棵。寨墙外有一棵乌桕树,几片没有落净的红叶在夕阳下显得特别的寂寞而鲜艳。除这座破寨以外,望到青天边也望不见一个有房屋存在的村庄、一棵成材的树木,整个的原野是空荡荡的。

"那就是我舅家的小围子,"赵狮子对那位姓李的说,"房子都是我烧的。"

"你为啥同舅家有仇?"姓李的问。

"小孩没娘,说起来话长。"

赵狮子用一句俗语推开了朋友的询问,向围子那边望去。他忽然瞪大了眼睛,从肩头上取下步枪,小声惊叫:

"噢,那不是我的二舅!"

在寨门外的一座新坟旁边,站立着一个穿蓝布长袍的人,正用手遮在眉毛上向这边瞭望。当赵狮子发现他的时候,他像兔

---

① 刘老义是麻子。俗话说是男人的精液是"雄",所以骂刘老义为"麻雄"。

子一样向大路沟中一跳,回头就跑。

赵狮子恨恨地大声骂:"你跑不了!让你试一试我的枪法!"

赵狮子发了一枪,逃命者应声倒地。但逃命者只是腿肚上穿过一枪,并没有伤损骨头。他立刻从地上挣扎起来,一瘸一拐地继续逃跑。因为寨门外几座小石碑影住视线,赵狮子和刘老义发了几枪,都没打中,逃命者的背影突然消失在寨门里边。赵狮子一面追一面发誓地怒骂着:

"你今儿能逃开老子手,老子把头揪下来装进裤裆里!"

"蛋包上逮虱,看它往哪上跑!"刘老义充满自信地大声说。

逃命者一路流着血,筋疲力尽了,逃进一间低矮的草屋,躲藏到床下。这几家农人刚才看见蹚将们离开对岗那个小村庄向这边走来,年轻的男女和小孩子都躲到附近的房壳廊里,只留下两个六七十岁的老婆子看门。如今知道是赵狮子来找他的亲舅打孽,都胆大地走回来,亲热地同狮子招呼。他们一共有十几个人,围着赵狮子,有的唤他老表,有的唤他狮子哥,中年人和老年人都唤着他的名字。他们拦着赵狮子不让他往小屋进,七嘴八舌地向他求情。

一个老婆子颤声叫:"狮子娃,狮子娃!你饶了你二舅一条性命吧!他已经五十岁啦,活不了几天的。你抬抬胳膊让他过去,让他下一辈子变驴变马报答你。"

另外一个老头子哀求说:"你大舅跟你老表们都给你打死

啦,房子也全烧啦,你看在你妈的情面上,便宜他一条活命吧!"

一个驼背的中年农人说:"事情已经过去了二十年,铁打的冤仇也该溶化啦。他好歹同你妈是亲兄亲妹,一奶吊大……"

"老表,你消消气,你消消气,他不值得一颗枪子儿!"

"……"

赵狮子咆哮说:"不行!天王老子来讲情也是白费!"随即他凶暴地对着驼背:"五舅,这是你的屋子,你不把他交出来我点你屋子!"

"你看在你妈的情面上……"

"再说废话我立刻点你屋子!"

受伤者终于从床下被拖了出来。人们向旁边退后几步,不敢再说话。小孩子们有的躲闪在大人背后,有的向屋里藏去。菊生的心里也很难过。受伤者已经不能走动,一出小屋便趴在地上求饶。赵狮子声明不打死他,但他必须到杆子上住个时候。他搀着二舅的一只胳膊,走了几步,暗暗地向姓李的使个眼色。姓李的用手枪对准二舅的脑后连放两枪,只听二舅的喉咙里一声咕噜,离开狮子的手栽到地上。陶菊生紧跟在狮子背后,一惊之后,就顽皮地伸一下舌头,讨好地打趣说:

"狮子叔,他喝醉啦。"

"嗨,真像喝醉啦!"刘老义露着黄牙笑着说。

他们怀着胜利者的轻松心情,出了围子,走上回去的路。一连好几天,蹚将们遇见菊生时就故意问他怎样把绿袍烧了一个洞,而且刘老义们常常称赞"他喝醉啦"那句聪明话。每逢要打死哪个人,刘老义们就幽默地笑着说:

"拉他去喝壶酒去!"

十七

腊八过后,杆子拉到薛岗,一盘就是三天。薛岗是一个富裕的围子,主要的地主都姓薛,和薛正礼是一个祖先。薛岗离茨园只有四里。茨园是一个曾经富裕过而现在没落了的围子,薛正礼的家就住在这围子里边。有一天晚饭时候,薛正礼带着陶菊生同赵狮子回家吃饭,说干娘和干奶都盼望看看菊生。干老了的家住在一座壮观的大宅子旁边,房子很矮小,没有院落。干奶正坐在锅台前忙着烧火,干娘的腰间系一条蓝围裙,站立在案板的跟前擀面。一看见薛正礼把菊生带进来,她们又吃惊,又喜欢,登时间手忙脚乱。虽然有一盏昏黄的菜油灯挂在案板里边的被烟气熏得黑古出律的①土墙上,加上从灶门口冒出的橙红

---

① 河南人的口语中常用的一个形容词。它的词根是黑,但不是很黑,而是暗黑。妙在黑字后加了"出律的"三个陪衬字,将黑的程度减轻了。在元曲中就有这个形容词,可见它已经流传几百年了。

火光,这屋中的光线仍然很暗。赵狮子把菊生带到案板跟前,笑着说:

"二嫂,看你这个干儿子好看不好看?"他又瞧着菊生说:"娃儿,快给你干娘鞠躬。"

干娘赶快把灯光儿拨大,眉笑颜开地把菊生通身上下打量一遍,点着头说:"果然不错,我以为你们骗我哩!"她随即用围裙擦一下手,拉着菊生的胳膊一转,向跑过来的干奶说:"你看,妈,到底是好家孩子,看着多聪明,多排场!"

"叫我看!叫我看!"干奶拉着菊生的另一只胳膊叫。"嗨!好,好,浓眉大眼睛!娃儿,你几岁了?"

干老子坐在一张小桌旁,不说一句话,但显然心中也十分快活。赵狮子坐在锅台前替干奶烧锅,趁机会把领扣解开,凑近火光捉虱子。干奶正噜噜哕哕地同菊生说闲话,回头看见锅台门冒出来很高火头,就赶快撇下菊生,跑到赵狮子旁边说:

"狮子娃,快给我爬开,让我来烧!"

赵狮子仰起脸孔嘻嘻地笑着说:"我替替你老,我冬天最爱烧火。"

"不行!你个死科子不知道柴'金贵'①,恨不得用桑叉②往

---

① "金贵"就是贵重。
② 农民所用的一种叉用小桑树捏成的,叫做"桑叉",这种叉比较大。

里填！"

赵狮子虽然顽皮,也不得不把位置让出来,蹲在一旁专心逮虱。他噶嘣一声用指甲挤死一个"老母猪"①,抬起头向干娘催促说:

"二嫂,你快点儿擀,我的肠子里咕噜噜响了!"

"娃儿,你坐下,"干娘对菊生说,"坐在小椅上歇歇腿。你一定也饿了吧?"

"不饿。"菊生回答说,坐到干老子对面的小椅上。

"看,我们这窄房浅屋,"干娘一面擀面一面说,"连下脚的地方都没有,过后你别要笑话呀!"

为了薛正礼轻易不在家吃饭,尤其为了菊生是一个初来的好家客人,干娘特别收拾了四个碟子,其中有一碟是葱花炒蛋。吃过饭,薛正礼同赵狮子因为有事出去了一袋烟工夫,把菊生留在家里。干娘一面洗碗刷锅,一面同菊生叙家常。干奶坐在锅台前抱着火罐静静地吸烟袋,偶尔也插入一句半句。

"你干老子是个好人,"干娘说,"因为年光太坏,逼得他非蹚不可。你跟着他不是一朝半日,他的性子你总晓得。"

菊生说:"二伯为人很正直,忠厚。"

"前儿他回家来,他说你劝过他离开杆子。娃儿,你可是真

---

① 又肥又大的虱子。

劝过你干老子?"

这事情过去很久了。有一次只有薛正礼同菊生在屋里,他替薛正礼写一封向老百姓催款的信;信写过后,干老子忽然问他:

"菊生,你说干蹚将好不好?"

菊生很直爽地说:"不好。当蹚将很少有好的结果。"

"可是不蹚也不行,事情都是逼的!"干老子叹口气,摇摇脑袋。

菊生很动感情地说:"二伯,你再干一个时期不干好不好?"

"我也想再蹚一个时期赶快洗手,就怕洗了手不能够安安稳稳地住在家里。"

"那么就收抚了到别处去混。混军队是有前途的,当蹚将不会有好的下场。"

"我也常这样想……"

这一次谈话之后,陶菊生没有同他的干老子再谈过这类问题。如今经干娘这一问,他才晓得薛正礼确实有洗手的意思,便回答说:

"嗯,我劝二伯以后混军队,比较有前途。"

干娘停止工作说:"娃儿,你是喝过墨水的,心里像一面镜子!你以后常劝你干老子,早洗手早好,早洗手早好!只要你干老子有好结果,我一辈子忘不了你!"干娘的感情很激动,忽然拉起围裙角沾一下眼睛,接着又说:"去年他开始下水的时候,我同你干奶哭过好多回。可是这个人一钢①,那个人一钢,非把他钢上梁山不可。穷人家的小伙们想要他领着头儿干,拼命烧火;几个有钱有地的自家屋里为着想要他遮风挡寒,也黑的白儿的烧火……"

"哼哼,硬是往崖里推!"干奶恨恨地插了一句。

"照,照,他们死哩活哩把你干老子推下崖去!"干娘深深地叹口气,放缓了调子说:"常言道'饿死莫做贼,屈死莫告状',如今你干老子当了蹚将,一辈子别想洗干净,以后的日子怎好呵!"

干奶说:"都怨赵狮子那个死科子,他去年烧的顶凶!他自己是一个没有尾巴的鹌鹑……"

干娘立刻截断了干奶的话头,问菊生:"我问你,娃儿,听说赵狮子打死他二舅的时候你在场?"

菊生回答说:"我跟在狮子叔背后。我到现在还不明白狮子叔为啥打死他舅舅全家。"

"还不是为他妈报仇!"干奶叹息说。"狮子的性子太暴啦,为妈报仇是应该的,就是做得太过火,叫死的人在九泉之下也不会喜欢。"

---

① "钢",动词,激劝的意思。语源是将铁器加钢。

他们告诉菊生,说狮子的父亲死得很早,没留下一点家产,母亲只好带着狮子回到娘家住。狮子的舅们因为抽大烟没有钱,把狮子的母亲卖了。狮子的母亲要守节,哭了三天三夜,撇下小狮子(那时他只有五岁)跳井死了。

"噢,原来如此!"菊生肚里叫。他虽然也觉得赵狮子做得过火,但越发同情他了。

薛正礼和赵狮子从外边回来了,背后跟着一大群大人和孩子,都是来看望菊生的。看菊生的闲杂人拥挤在门口,露着善良的笑容,看得陶菊生怪难为情。幸而薛正礼没有多停,带着他回薛岗去了。

十八

杆子在第二天离开薛岗,连着转移了几个地方,都是白天走,晚上盘住。一天下午,天色阴沉,刮着北风,好像要下雪的样子。陶菊生一个人在屋中看门,无聊地玩弄着一支步枪。突然一个蹚将从外边跑进来,告他说他的二哥正要被拉到村边枪毙。虽然蹚将们拿这样恶消息吓唬他不止一次了,但他却不能不信以为真,因为打死人在土匪中本来就等于儿戏。他从地上跳起来,跑出大门,又跳过一座墙头,拼命向村边跑去。村边的沟沿上果然站立着几个蹚将,从沟下面发出来一响枪声。菊生跑进人堆中,发现在沟下面被枪毙的并不是他的二哥,而是胡玉莹的舅。这老头子的后脑勺中了一枪,红花脑浆细细地从伤口流出,沾污了他的苍白的头发和胡须。但他还没有死,依然在地上挣扎,用双手抓紧草根,吃力地向前爬动。独眼龙李二红站立在老头子背后,一只手提着手枪,一只手卡着腰,露着黄牙微笑,欣赏着被杀害者在他的眼前受苦。沟沿上的蹚将中有人动了恻隐心,向老头子的背上打了一枪。老头子登时把两腿伸直,不再动了。

  胡玉莹的舅刚断气,从村中发出来一阵哨声。蹚将们都向那哨声跑去,没谁向老头子再看一眼。菊生噙着眼泪,脸色灰白,呆呆地跟着土匪们跑进村子,一句话也没有说出口来。在走过他们盘的那家人门口时,正遇见赵狮子和陈老五们一群人从里边匆匆出来,把他叫住。从狮子手里接过来灰色饭囊,他跟着他们往村子的中心集合,眼前一直在飘动着老头子被打死时的凄惨场面,同时心里重复着一句谴责的话:"胡玉莹不该逃走!"赵狮子和陈老五都同他说话,狮子还拍了拍他的头顶,但他却一句话也没有听清,只故意装做听清楚了的样子微微一笑,从鼻孔发出来嗯嗯的答应声音。在票群中发现了他的二哥。他没敢走近二哥,而且回避着他的眼光。当杆子出发的时候,菊生从票群的旁边跑过。芹生悄悄地用眼色呼唤他走到身边,告他说:

"菊,胡玉莹的舅刚才给枪毙了。"他点一下头,用鼻孔嗯一声,赶快走开了。在路上,他时常从远处偷偷地望二哥,心上飘浮着可怕的幻影:俨然二哥也像那老头子一样,死在他的眼前,在地上挣扎着,颤栗着,流着脑汁和鲜血。

天色愈来愈阴沉,沉重的云块压着村庄里干枯的树梢。杆子在荒凉的原野上走了半天,翻过了不少岗坡,踏过了几条结冰的小河,却很少看见人烟。眼乱①时候,杆子到一座寨外停下,大部分的蹚将和全体肉票都坐在离寨门半里远的大路沟中避风,只有管家的带领着少数蹚将走到寨门外的打麦场上。寨门紧闭着。几位老百姓从寨墙上露出来半截身子,等着和走近来的蹚将说话。从蹚将群中走出来两位善于言辞的人,站在寨墙下,很客气地向守寨的人们交涉,希望不费力骗开寨门。"我们是李水沫的杆子,"他们向寨上招手说,"跟你们围子里都是朋友。请你们把围子门开开,让我们在围子里盘一夜,保险在围子里一根草也不会动一动,动你们一根草算我们不够朋友。"守寨的老百姓很客气地拒绝开门,说围子里没有地方住,围子门也用土封起来了。他们请蹚将朋友们盘在别的村庄里,不管要什么他们都尽力照办。这样,寨上和寨下,你一言,我一语,交涉了好久,渐渐地成了僵局。寨墙上露出了很多人头,胆大的俯在寨垛

---

① "眼乱",河南土话,指黄昏较浓的时候。

上向下观看。蹚将们也有不少人走到寨墙下,窥伺着爬寨的机会。最后刘老义忍不住向守寨人骂了起来,守寨人一面还骂,一面赶快向左右散开。刘老义首先向寨上开一枪,战争就跟着开始了。

守寨人躲在寨垛后,用土炮和砖石瓦块向外打,使土匪们不能够接近寨墙。蹚将们一部分躲在寨边的土地庙内和麦秸垛后,向寨上呐喊射击,一部分向左右抄过去,把整个寨包围起来。寨墙上每有一次土炮响,总是先有强烈的红光一闪。那些围近寨墙的蹚将们看见红光时即刻向地上伏下或向麦秸垛背后一躲,等炮声响过后又露出头来射击和叫骂。陶菊生起初还感到微微的恐怖,但随即就被这战争的场面所诱惑,只觉得紧张和有趣。他直着身子站立在大路旁边,一点也没想到会有危险。瓢子九蹲在他的旁边观战,在他的腿上打一巴掌,骂他说:

"快下去,妈的枪子儿打到你头上会打个疙瘩哩!"

"菊,下来吧,你站在那里,寨上的人会看见你的!"芹生跟着用小声叫他。"来,快蹲到我这里!"

"没关系,"菊生摇头说,"土炮打不到这儿来。"

芹生焦急地说:"谁说! 土炮也能打里把路哩! 你怎么这样不听话?"

"快跟你二哥蹲到一起去!"瓢子九命令说。"围子里也有快枪呢。"

陶菊生只好跳下大路沟中来,站立在二哥前边,让头部伸出沟岸。虽然夜色已经很浓,看不见那些在寨边活动的蹚将们的影子了,但菊生可以从枪声和骂声辨认出刘老义、赵狮子和陈老五们的活动方位。蹚将们用最粗野的话向寨里骂,好像是玩耍一样。他们常常对同伴们的最难听的话感到兴趣,快活地大笑起来。正在骂着,笑着,会忽然有人打破这松懈的空气,连着放几枪,大声地呐喊:"灌呀①!灌呀!快点灌呀!"于是立刻发出一片同样的叫声,使人感觉得满旷野杀气腾腾。在这一片惊心动魄的叫声中,时常从寨里和寨外起一阵集体的,曲折而高昂的喔吼声②,使大地为之震动。当叫声和喔吼声停止时,枪声和炮声也随着稀了。菊生听见刘老义用有节奏的调子唱着:

"围子里边的人们听清啊!限你们三更以前,送出来十八个油青脸、倒跟脚③、双眼皮的大围女!"

---

① 向寨墙里攻进去,土匪谓之"灌",比如向瓶子里灌水一样。
② 河南西部和西南部的农民们,每在紧张的集体劳动时,打猎时,打仗时,就发出一种雄壮而好听的喔吼声。
③ 有这些特征的,都是乡下爱俏皮的风流女人。这样两句话反映了当时一种文化层次很低的对女人的审美标准。有些女人,不一定颜色不美,但因为长期使用廉价的铝粉,日子久了,出现了铝中毒的现象,本来还算白嫩的脸色变成了油青脸。在妇女缠足的时代,贫家小户的女子,在童年时候,不能将脚缠好,长到十几岁以后,不愿自己有一双大脚,故意将鞋做小,避免一双脚越长越大。这样,违反了自然,只能使脚跟踏着鞋跟(布鞋),形成了倒跟脚。

"围子里都是带屑的,"守寨人回答说,"想要大闺女回你自己的家去吧,你妹妹在等着你哩。"

刘老义向寨上的声音放一枪,接着唱:"你们要不送出来十八个大闺女,老子打进围子去,把你们的房子全烧了,男的全敲①了,老的跟小的全宰了,剩下的女人不管丑,不管俏,一齐拉出来轮流睏觉。"

"你鳖儿不要烧②,有种就报出你的名字来!"

"爷爷的名字叫刘老义,家住在北山南里,南山北里,有树的营儿,狗咬的庄儿。十八岁爷爷就下水,跟白狼打过甘肃,到过新疆。"

刘老义刚刚住声,寨墙上火光一闪,向他所在的地方打了一炮。一阵炮弹刷啦散开后,刘老义故作吃惊地大声说:

"乖乖,小心呐,这是罐儿炮③!"随即他用孩子似的哭声说:"狮了,我的一样东西给打掉了。"

"啥子东西?"

"一根汗毛!"

刘老义的悠闲情调被一阵紧急的战斗冲散,喔吼声和喊杀声响成一片。攻击继续了半个钟头,仍没有灌进围子。瓢子九因为拼命地呐喊助战,喉咙略微地显得哑了。他走下大路沟,撰

---

① "敲"就是枪毙。
② 在河南,"烧"字含义很复杂,在此处指得意忘形。
③ "罐儿炮"即明清传下来的子母炮,在北伐前还为河南农民的作战利器。

把鼻涕,从口袋里掏出来一个洋铁盒,打开来拿一个烟泡儿填进嘴里。把烟泡咬碎吞下肚子后,他嘻嘻地笑着说:

"妈妈的,这么冷,让咱们尽在野地里筛糠①,围子里边的人怪不讲交情呢。"

李二红愤愤地说:"我不信这围子会这么难撕②!"

"急啥子?还怕他们连围子搬走不成?围子里有十几条罐儿炮,说不定还有一两支快枪哩。"

管家的传下命令,叫票房和一部分蹚将盘到三里外的小街上,留下一部分包围围子。瓢子九拍拍屁股,用袖头擦去胡子上挂的鼻涕,对着看票的和票们说:

"快起!这围子里边的人不讲朋友,咱们只好多走几步路,到街上填瓢子。……票子报数!"

在浓重的夜色中,陶菊生跟随着票房离开了寨边,沿着大路往南去。枪声稀疏了,但特别显得清脆。和被围的这座寨形成三角形的另外两座寨,相距都不过三四里远。从那两座小寨的中间穿过时,菊生才听到人们在讲说左边的叫做枣庄,右边的叫做林庄,而被围的叫做刘胡庄。枣庄和林庄的人们都没有援救刘胡庄,坐视他们的邻居独受攻击。从寨里传出来胆怯的狗叫

---

① 农人用筛子筛糠时浑身摇晃,故冷得打颤或怕得打颤,都叫做"筛糠"。
② "破寨",土匪叫做"撕围子"。这"撕"字极富于形象。"破"字可作自动词用,"撕"字只能作他动词用,所以也较有力量。

声和梆子声,散入寒冷的茫茫黑夜。

十九

管家的和少数不参加战斗的土匪盘在上房,瓢子九和他的票房拥挤在两边偏房。填过瓢子后,菊生被瓢子九送到上房,让他同张明才那个小孩子睡在一起。他们在地上铺了高粱箔子,上面又堆了干草,再摊上被子,弄成一个又软又暖的地铺。地上生一堆劈柴火,离他们的地铺不远,火光照得他们的脸颊鲜红。在火堆那边,靠后墙有一张大床,管家的和一位穿狐皮袍的阔客人躺在上边,一边烧大烟一边谈话。张明才偷偷地告诉菊生,客人是从旅长马文德那儿来的代表,商谈杆子的收编问题。菊生仔细地看一看客人的面孔,听一听他的声音,想起来他正是不久前来过的那位营长。对这位代表不感到多大兴趣,菊生倾听着远远的枪声和犬吠,眼皮慢慢儿沉重起来。鸡子叫头遍时候,菊生被一阵纷乱的声音惊醒。碗筷声,脚步声,喝面条的呼噜声,枪的碰击声,乱做一团。他睁开眼睛,看见火堆边围满了人:有的正在吃东西,有的在灌子弹袋,有的用布条或麻绳绑扎腿脚。已经有几天不看见的那位李叔,现在又出现了,腰里插一把精肚盒子①,笑嘻嘻地用指甲剔着牙齿,把从牙缝中剔出的青菜叶弹到火里。管家的已经不在上房了;二驾躺在客人的对面烧大烟,似乎是从外边刚刚回来,高鼻头还冻得发红。营长大模大样地抽着纸烟,用眼角打量着姓李的,从嘴角流露出隐约的笑。慢吞吞地往紫檀木烟盘里磕去烟灰,营长打一个哈欠,向姓李的淡淡地问:

"你的假还没有满?"

姓李的回答说:"大前天就满了。前天我回到城里去销假,太太说我可以在外边多玩几天,我才又来了。"

"明儿跟我一道回城吧,别玩得太久了。"

"是,我明儿随营长一道回去。"

二驾望着姓李的半真半假地嘱咐说:"撕开刘胡庄,你遇见好看的黑脊梁沟子可别吃体己,赶快原封不动地送给营长。"

姓李的向营长的脸上瞟一眼,嘻嘻地笑着,不敢乱说。二驾把烟泡安上斗门,让一下营长,随即一气把烟泡吸完,端着烟枪说:

"我说的是实话,听不听由你。你要是能给营长找一个如意的大闺女,以后你得的好处多着哩。"

"只要营长肯要,围子里不愁没有好看的黑脊梁沟子。别

---

① 身上一丝不挂叫做"精肚",所以没有盒子的盒子枪叫做"精肚盒子"。

说找一个,三个五个也能找到。二驾,你自己要不要?"

"老子不要,你还是给营长留心找一个吧。营长爱嫩的,越嫩越好。你怕回去后太太们会跟你下不来吗?"

"我不怕。"姓李的有一点放肆起来,说:"大太太跟二太太都不会生气,三太太顶多骂我一顿,哈哈哈哈……"

"爬你妈的去!"营长骂,丝毫也没有怒意。"下乡来跟朋友们一道玩几天没有关系,你可不能抢一个女人回去!"

这一刻,从营长到二驾,到每个蹚将,都充满了愉快情绪。在这种愉快而谐和的空气中,菊生也深深地受了感染,完全忘掉了他的票子身份,巴不得能跟随蹚将们灌进围子。正在这当儿,刘老义提着一把盒子枪冲进屋来,后边跟随着一位陌生的蹚将,菊生认出来这陌生的蹚将是营长的一个护兵,不久前曾经来过。一脚踏进门槛来,刘老义就大声嚷叫:"尖嘴子已经放气啦,当灌手①的快点动身!"正在吃东西的蹚将们连二赶三的放下碗筷,纷纷地答应着:"起!起!"二驾从床上坐起来,捏着烟钎子,向大家吩咐说:

"都卖点劲儿,第一个灌进去的赏一把盒子②!"

"起!起!起!"刘老义连声叫着。

---

① 担当爬寨的敢死队。
② 盒子枪的简称。

蹚将们跟着刘老义跑出屋子,只剩下那位姓李的和营长的护兵还留在屋里。等了片刻,等不到营长有什么特别吩咐,他们俩互相挤挤眼,转身就走。等他们跑出屋门后,营长忽然吐了一口痰,嘱咐说:

　　"喂,不要乱打死人呐!"

　　屋里清静了。二驾继续烧大烟,但常常不由地闭起来眼睛打盹。靠山墙角的黑影中,地铺上睡着两个说票的①和一个初来的甩手子②;二驾的护兵也坐在这地铺上,背靠山墙,呼呼地扯着鼾声。营长显然很困倦,深深地打个哈欠,伸伸懒腰,紧跟着连打了两个喷嚏,震得紫檀木烟盘上的小物件都突然跳动。擦干了鼻头和嘴唇上的唾沫星,营长从二驾手里接过来大烟枪,吃吃地吸了起来。菊生虽然挂心着攻寨的事,但向刘胡庄那方面听了很久,仍没有特别动静,只是继续有稀疏的枪声和犬吠,于是他又迷迷糊糊地睡着了。

　　陶菊生第二次惊醒时,一咕噜③从地铺上坐了起来。顾不得揉眼睛,他在张明才的身上用力地打了两拳,大声叫着:

　　"快起来听!……在灌哩!在灌哩!"

　　张明才迅速地坐了起来,但他是那么瞌睡,很久很久地睁不

---

① 居于肉票亲属与土匪之间的说合人。
② 徒手的土匪叫"甩手子",地位最低。
③ 一翻身。

开眼皮,身子瘫软地前后摇晃。菊生又照他的腿上重重地打一拳,使他猛吃一惊,把眼睛睁开来。他用困倦而矇眬的眼睛向周围看着,嘴里发出来不高兴的嗯嗯声,同时口水从下巴尖拖下来一条长丝。菊生又蹬他一脚,急着小声叫:

"你听呀,在灌哩!在灌哩!"

蹚将们正在向刘胡庄作拂晓攻击,土炮声,快枪声,响成一片。在稠密的枪炮声中,灌手们分成好几股,向寨墙下边冲进,其余的蹚将们呐喊助威,满旷野喊遍了杀声:

"灌呐!灌呐!快点灌呐!……"

"灌呐!已经灌进去啦!灌进去啦!……"

"用盒子抡呐①!杀呀!杀呀!别让鳖儿们逃走一个呀!"

"……"

二驾和营长虽然被这厮杀声所激动,但为要显示他们是老资格,表面上都装做平心静气的样子,好像他们的部下在刘胡庄周围的厮杀不过是一件无关重要的小事罢了。营长慢慢地睁开眼皮,一边点纸烟,一边淡淡地问:

"可已经灌进去了?"

二驾回答说:"不会这么快吧。撕开围子他们会跑来报告。"

---

① 用手枪作扇面形射击,如同用棍子横打半圆,所以叫做"抡"。

"我说,老七,"营长拿起来二驾刚放下的烟钎子,烧着烟泡说,"水沫想的太大,三心二意的,拿不定主见。旅长这次派我来,很希望你们马上改编。你替我劝劝水沫,别说同旅长还有一层旧关系,单看在朋友面上,也不要太不给旅长撑台。"

"哪里话,营长!"二驾从床上坐起来,说:"我们是旅长一手培植起来的,为人不能忘本呐。水沫二哥的意思不是不肯改编;他的意思是:眼下枪支还少,不如多玩些日子,枪多了也好给旅长多效力。"

"你说这固然也是理,可是旅长眼下正需要人。吴大帅要他赶快扩充成一师,大家朋友只好将就一点,不要想得太大,也不要这山望那山高。说句体己话:水快清了①,纵然旅长叫你们玩下去,你们也玩不多久啦。"

"不是这山望那山高。营长放心,我们决不会让别人收编。"

"我是爱护你们,怕你们看不清楚,脚蹬两家船,到头来自己吃亏。"

"不会的,不会的,营长放心!"

陶菊生和他的小朋友已经把鞋子穿好,蹲在火边,兴奋地等待着战斗的结果。后来,他们感觉到肚子饿了。幸而地上的篮

---

① "水清"指地方平静。

子里还余剩着一些蒸馍,便放在火上烤焦,吃了起来。二驾看看他们,稍微感到了一点诧异,问:

"起来恁早做啥子?"

菊生天真地回答说:"我们等会儿要跟你一道进围子去看看。"

张明才也跟着向二驾要求:"你带我们进去好不好?"

二驾笑着说:"急什么?妈的看你们高兴的!"

灌手们连攻几次,都被寨上的土炮和砖石打退,攻击暂时停了下来。在这停顿的当儿,守寨人和蹚将们拼命地对骂,而且打阵地发出来高昂的喔吼声互相示威。鸡子开始叫第三遍的时候,天色微微的有点亮了。李水沫已经骑着马绕寨外走了一圈,重新把灌手们布置一下,随后他举起盒子枪连放三响,立即又展开了激烈的攻击。

经过了一夜战斗,蹚将们判断出寨里边没有快枪,格外胆大起来。他们一部分用步枪瞄准寨垛,打得守寨人不敢抬头,好掩护灌手进攻。灌手们有的背着梯子,有的抱着门板,有的两个人顶一张方桌,一枪不发,拼命地向寨根冲去。有的门板上中了土炮,土炮的炮弹虽然打不透榆木门板,也把门板后的土匪冲击得几乎倒地。第一把梯子靠到寨墙上,飞快地爬上去一个灌手,刚刚攀住寨垛,被守寨人用红缨枪刺穿肩胛,滚下梯子。第二个和第三个又爬上去,也都被守寨人打落下来。那些头顶方桌的灌手们,跑到靠寨墙的一座空宅子那儿,连二赶三地跳上方桌,爬上房坡,打算从房坡上跳上寨墙,但被守寨人发现了,一阵暴雨般的砖头,瓦片,石块,石灰罐,把他们打退。当蹚将们爬寨时候,寨上的土炮和寨外的快枪很少再放,灌手们和守寨人也没有一声叫骂,只有那些担任掩护的蹚将们在拼命地呐喊助威。战场是那么恐怖,周围好些村庄见不到一只乌鸦,连狗也不敢做声。

假若不是瓢子九及时送来新武器,一定有更多的灌手挂彩。当鸡叫头遍第一次攻击时候,瓢子九兴高采烈地带着李二红跑来观战。看了一阵,他拍一下二红的肩膀说:"灌不进去,你快跟我回去想想法子!"他们回到小街上,叫开了一家做爆仗的小铺子,将火药用桑皮纸包成几个像蒸馍大的包子,插有引线,带回到刘胡庄的围子外。"就这样点着引线,"他告诉灌手们,"像扔手榴弹一样扔到寨墙上。"灌手们照着他的吩咐,重新进攻。当第一个纸包扔到寨上时,不到几秒钟,突然间火光一红,一丈周围的守寨人都被烧伤,造成了极度的恐怖和混乱局面。趁着这混乱局面,其他的灌手们沿着梯子和门板爬上寨墙,骑在寨垛上用盒子扫射起来。于是刘胡庄就被撕开了。

二驾得到报告后,从床上一跃而起,向客人说:"营长,你好好睡一觉,我去瞧瞧。"他匆匆忙忙地拔上鞋子,提着手枪就向门外走,后边紧跟着一名护驾的,陶菊生和张明才,还有一个睡眼惺忪的甩手子。他们翻过了小街的倒塌寨墙,向笼罩着火光和杀声的刘胡庄跑去。这时候太阳刚刚露出地平线,半个天变成了血的颜色……

二十

有些守寨人看见土匪已经破了寨,赶快跳出寨外逃走,但没有冲出去,都死在麦田里了。当菊生们离刘胡庄半里远近,看见一个年轻男子把最后一件着火的衣服一扔,浑身赤条条的,手中拿一根红缨枪,从东北角跳下寨墙,沿着一条大路沟向枣庄逃命。二驾和他的护驾的都没有步枪,盒子枪的射程不够,只能大声地叫一阵,眼看着这个人跑远了。

东寨门已经打开了。菊生们走进寨门,就见一个庄稼老头子倒在路上,棉袄上染着鲜血。老头子用力在地上挣扎,发出来痛苦的呻吟。二驾的护驾的照他的身上补了一枪,他立刻安静下来,颤抖着伸开四肢。二驾把他向路边踢了一脚。"嗨,你看,"张明才拉一下菊生说,"他还没有死讫①哩!"为要向二驾

---

① "讫"是完毕,已经变成了文言词儿。但"死讫"却是我的故乡的话的口语,没别的字可以代替。

表示自己勇敢,菊生浑身紧张地从地上拾起来一根木杠,照着老头子的头上打了下去。当他举起杠子的当儿,他已经有一点害怕并感受良心的谴责,打过后随即把杠子扔了。"好哇,"二驾称赞说,"小家伙怪有种的!"张明才也不愿在二驾的面前示弱,跑去拾那根杠子。但他脸色苍白,两腿打颤,把杠子拾起来向着老头子的死尸一扔,没有打中,杠子咕噜噜地滚到大路的那边。张明才喘着气惨笑一下,赶忙跑回到菊生身边,紧拉着菊生的手。菊生最后又向老头子投了一眼,跟随着二驾们继续前进。许多年后,他忘不下这一次的残酷行为,特别是忘不下当杠子打下时,老头子最后的那一声呻吟,和满是皱纹的脸孔上白瞪的一只眼睛。

往前又走了二三十步远,面前静悄悄的出现了一座漂亮的住宅,紧闭着黑漆大门。大门上没有一点儿枪弹或刀的伤痕,显然还没有土匪来过。但大门外边的小小的水池中,横七竖八的躺着许多小孩的尸体。薄冰全被踏破了,池水都被染红了。池子中心,那儿的水也只有膝盖那么深,坐着一个十二三岁的穷家女孩,怀中紧抱着一个五六岁的男孩。她向菊生们这一起走来者瞪大着恐怖的眼睛,一边脸孔上流满了鲜血。由于冷的关系,这小女孩浑身打抖,牙齿发出来不停的磕碰声音。那男孩的脸孔藏在她的胸前,身上带着血,看不出一点动静。二驾的护驾的预备用手枪打这个小女孩,但被二驾用手势阻止了。一位提着

杀猪刀的甩手子从附近的一间草棚里跑出来,谄媚地迎着二驾说:

"二驾,你老来了!管家的跟弟兄们都在那边,"他用带血的杀猪刀向西北一指,"还在打哩!"

"这是谁做的活?"二驾望着池子问。

"我一口气砍了十二个,"甩手子带着夸耀和讨好的神气说,"这里边就有七个。要不是薛二哥拦挡一下,那个小女孩也早就'回老家'啦。"

二驾带着菊生们绕过水池和漂亮宅子,向西边走去。那边继续在响着枪声,许多宅子已经在燃烧,被旋卷的浓烟包围,从浓烟中传出来女人和孩子的凄惨哭唤。经过一个菜园的时候,张明才突然地惊叫一声,抓紧了菊生的胳膊。所有的人都几乎同时一怔,停止脚步,向路边的茅缸望去。茅缸里,有一双穿绿色棉裤的小孩的半截腿露出屎上,还在动弹,一只脚赤着,另一只穿着红鞋。有人看见这是一个新来的甩手子干的事,都骂了起来。大家正在不忍心地瞧看这一双动弹的小腿,突然一阵脚步声从背后跑来。大家赶快转过身,看见刘老义追赶着三个拿大刀和红缨枪的农民向菜园这边逃命。二驾和他的护驾的连发几枪,当时有一个农民倒了下去,其余的两个转身向北,跑进两座宅子中间的夹道里,那夹道正开始被浓烟笼罩。刘老义向菊生笑着招一下手:"娃儿,跟我来逮活的!"说过之后,他直向夹道追去,消失在浓烟里边。二驾和菊生们赶快的离开菜园,向枪声较稠的地方去了。

管家的和薛正礼,和许多蹚将,正围着一座宅子,一边瞄准射击,一边叫着:"快缴枪,缴枪不打!"这宅子已经从周围点燃,从屋顶上冒着黑烟,吐着火舌。上房是一座楼房,大概有不少农民躲在楼上。不管蹚将们怎样地喊着缴枪,火势怎样地迅速展开,他们死守着楼房不出,也不答话,用土炮向外作绝望的射击。二驾和管家的说了几句话,又带着菊生们向西巡视,一直走到西寨墙上。在寨的西南角一带,寨墙上下,处处躺着刚才被打死的人,有许多死者的血液还没在早晨的冷风中结冻。在一架罐儿炮边,躺卧着三个男人和一个女人,女人的手里还紧紧地抓着火药罐。另外一个年轻女人,披头散发,满脸青泥①,抱着一个婴孩,被砍死在寨根的破草庵中。二驾和菊生们走到南门,因为南门边还有一群老百姓死守着一座小院子和围攻的蹚将们对打,他们就跳下寨墙,从一条小路绕了过去。

当他们走过那座漂亮的宅子时候,这宅子的偏房后檐有一处刚刚起火,有两个土匪拼命地上去抢救。火头很快被扑灭了。二驾不高兴地向救火的蹚将查问:

---

① 女人为怕被强奸,自毁容颜。

"谁的手这样主贱①,随便放火?"

两个蹚将回答说:"不知道是谁放的火。"

"妈的,也不问一声这是谁的宅子!"二驾骂过后又向两个蹚将嘱咐说:"你俩就在这儿照顾着,不准谁在这儿动一根蒿草!"

靠近水池东北角的草棚前边,围拢着一群蹚将。二驾和菊生们走了过去,发现瓢子九正在草棚中强奸姑娘。二驾笑着骂:"瓢子九,我操你八辈儿,别人在打仗,你躲在这儿舒服!"蹚将们抓住菊生和张明才,把他们往草棚里边拉,快活地叫着:"闪开! 叫娃儿们长长见识!"张明才满脸通红,拼命地挣脱了,从人堆中逃了出去。菊生也被拉进草棚去看。菊生看清楚是怎么回事儿,不怀好意地用脚在瓢子九的光屁股上猛力一蹬,回头就跑,从人堆中冲了出去。营长的护兵和那位姓李的拖着一个披头散发的年轻女人从西边走来,菊生几乎冲进那女人的怀里。菊生向旁边一闪,他们把女人拖进草棚,人堆中又爆发一阵欢呼。正在这当儿,从村中心传过来纷纷的喊声:

"快出水啊②! 快出水啊! ……"

草棚前边的蹚将们起了波动,但虽然他们也叫着"出水",

---

① 动手做了不应该做的事故,叫做"主贱"。
② 赶快撤退叫做"出水"。

却留恋着不肯离开。二驾向西边走来的蹚将们问：

"为啥出水这样急？"

"军队快来了，大家得赶紧出水！"

拥挤在草棚内外的蹚将们嗡一声乱起来，开始出水。二驾带着菊生们出了寨门，向昨夜盘驻的小街走去。后边的蹚将们牵着牲口，携着女人，背着包袱，有的从寨门拥出，有的从寨墙上跳下去，乱纷纷的，随便向空中发枪。管家的和薛正礼们一杆人还没出寨。二管家站在一座坟头上骂了几句，大家才不敢再乱打枪了。

二十一

到小街上集合以后，蹚将带着旧票和新票，以及各种抢掠的东西，浩浩荡荡地向东方出发。约摸走了二十几里路，偏午时候，杆子在相邻的两个村庄里盘了。

薛正礼这一小队盘在一个破落的小院里：两边的偏房已经烧毁，他们占据着依然完好的三间上房。这上房坐东朝西，南头的一间有介墙隔开，里边还留有一张大床和一张抽屉桌没有被主人运走。弟兄们让薛正礼和陶菊生占了那仅有的一张大床，刘老义在床前靠山墙摊一个地铺，其余的蹚将们住在外间。虽然昨晚整夜没睡觉,又走了一个上午,但因为打了胜仗,抢掠了不少牲口和东西,还拉来两个小媳妇和一个姑娘,他们一个个精神饱满,快活非常。只有薛正礼一个人流露出微微疲倦的样子,又像另外有什么心事,当别人快活的吵闹时他倚在床里边默默微笑。

那位小姑娘是刘老义抢来的,他想要她做妻子。她已经哭了一路。如今薛正礼靠在床里边休息,刘老义叫她坐在床沿上。她低着头静静儿抽噎,令人看着难过。她饭也不吃,茶也不喝,一句话也不肯说,看样儿她只想死去。几次三番,刘老义站立到她的面前,轻轻地拉一拉她的袖子,用粗嗓门发着从来不曾有过的低声恳求:

"别再哭了吧,姑娘!只要你肯嫁给我,我明儿就把你送到一个地方,让你安安生生地过日子,吃得好,穿得也好。你别哭,你说句话,我的好姑娘,你只说一句话。你说,你愿不愿当我的老婆?"

小姑娘把胳膊一抽,挣脱了老义的手。她把头垂得更低,不吐一个字,也不望老义一眼。刘老义越发弯下腰去,从下边仰望着她的脸孔:

"你想想,要不是遇见我,你不是被别人轮流糟蹋,就是被别人打死。为人要知好歹,是我救了你一条命……"

小姑娘不等他说完,把脸向旁边一转,滚下两串子大颗泪

珠。刘老义抬起身子,无可奈何地叹了口气。随即他俏皮地说:

"你,你是不是嫌我脸上的麻子太多?可是你别看我的脸丑,我的心比谁都好!"

这句话把薛正礼和陶菊生都引笑了。刘老义感到了一点儿不好意思,但他也跟着放声大笑,笑声震动得从屋梁上扑簌簌落下轻尘。笑过之后,他忽然抓起来靠在墙上的套筒步枪,向小姑娘拍拍枪筒,说:

"要是你高低不听劝,今夜黑老子一枪送你'回家去'!"

小姑娘不因刘老义的威吓改变她的沉默和倔强态度,这情形使刘老义大大地感到狼狈。他退后几步,抱着枪向墙根一圪蹴,无可奈何地摇摇头,咂一下发干的嘴唇,说:

"你真是豆腐掉地上,吹的吹不得,打的打不得!"随即他掏出纸烟,一边擦火一边转向薛正礼,恳求说:"二哥,你替我劝劝她。"薛笑一笑,不肯说话。老义点着纸烟后,又转向陶菊生,大声说:

"娃儿,老子平日待你那样好,你也不替老子帮帮言!"

外间里,蹚将们和女人们有说有笑,和里间的情形恰成对照。有好几次赵狮子跑进来叫刘老义出去玩耍,刘老义无心出去凑别人的热闹,只站在里间房门口向外间看看罢了。刘老义虽然焦急得叹气,但只要他想着那小姑娘必然会被他征服,做他的老婆,他就从心的深处涌起来幸福的快感。他圪蹴在小姑娘的脚前边,安静地望着她的脸,同时不住地吐着烟圈,掩饰着焦急情绪,像一个天真的大孩子一样地嘻嘻笑着。

薛正礼经刘老义不断用眼色求他帮助,他也担心老义的耐心会变成恼怒,只好用话开导小姑娘,劝她安心地跟刘老义过日子。小姑娘噙着满眶泪,像一个木头人儿,除沉默外没有作任何表情。看着劝不醒,薛正礼使个眼色让刘老义走到外间去,于是从床上跳下来,站在小姑娘的面前说:

"你听我的话会救你一命。刘老义是一个任性的人,他诚心实意地想要你跟他过日子,你要是不答应,他一旦发了火,连我也没有法子。你仔细想想,我是为救你才这样劝你。"

沉默的小姑娘忍不住抽噎一下,依然没说话。薛正礼叹了口气,在靠抽屉桌的一把小凳上坐了下去。平日他几乎是从不抽烟的,此刻感到十分无聊,从桌子上拿起一根纸烟来,放在嘴里点着了。菊生立在他的义父的身边,一双发光的大眼睛望着小姑娘,心中充满了怜悯和同情。这位乡下小姑娘的微黑的健康皮色,清秀的眉目,端正的鼻子,椭圆的脸,和又黑又粗的发辫,使他觉得她十分美丽。他久久地不肯离开她,眼珠滴溜溜地在她的脸上和身上转动。小姑娘偶然一抬眼,也发现了他在看她,赶忙把脸孔又低了下去。她一定很觉奇怪:为什么在土匪里会有这样的人?读书人在乡下已经少见,城里的洋学生在他们的眼中更觉神秘。虽然菊生在土匪中已近两月,但除增加了一部分野性而外,他的装束和神气都没有多的改变。在一种好奇心的驱迫之下,小姑娘借故儿用袖头擦眼泪,大胆地在菊生的脸上溜了一眼。这两个孩子的眼光不期然地碰在一起。各人都感觉到微微地不好意思。随即小姑娘把身子移动一下,转一个半侧面,回避开菊生的眼睛。菊生忍不住小声问:

"你几岁了?"

"十五岁。"小姑娘回答说,这是她今天第一次开口说话。

"十五岁!"菊生在心里叫了一声,马上转回头看着他的义父说:"二伯,她跟我同岁!"

薛正礼微笑着点点头,似乎感到有趣。

菊生又问小姑娘:"你是几月生?"

"十月十五。"小姑娘小声回答。

"比我小一个多月。"菊生快活地叫着说:"我是九月九,重阳节! 是虚岁十五吧?"

小姑娘点一下头,不由自主地用眼角向菊生一溜,没有再说话,随即又轻轻地打个哽咽。刘老义从门口探进头来,呲着黄牙笑着,向菊生挤挤眼睛,嘱咐说:

"娃儿,好好儿替我劝劝她,劝成了老子有赏!"

菊生对于小姑娘的不屈不挠的态度早已怀着敬意,如今更觉得她非常可爱。虽然他平素很喜欢刘老义,如今却不知为什么不愿意刘老义将她占有,希望她能够保持着纯洁的身体逃出匪窝。当一霎间从幻想中醒来时,他明白了他自己的地位不可能对她有什么帮助,便暗暗地有些难过。他突如其来地,转身来抓着薛正礼的手,感情激动地说:

"二伯!我真是喜欢太平年头儿,人人都能够安居乐业!"

薛正礼有点儿诧异地笑着说:"谁不欢喜安居乐业呀?你这娃儿说话真奇怪!只要人们有活做,有饭吃……"

"可是从我能记事的时候起,不是兵荒,就是匪荒,没一天安生日子。谁不让人们安安生生的做活吃饭呢?"

"这是劫数。不管哪一朝都有个'末梢年'①。娃儿,咱们眼下也是过的'末梢年'呐。"

"为啥有'末梢年'呀,二伯?我不信劫数,那是迷信!"

干老子抚摩着菊生的冻皴的手背说:"这都是书上说的。你没有听过唱本儿吗?从前黄巢乱的时候,杀死了八百万人;李闯王乱的时候,咱们这儿的人死绝啦,十字路口搁元宝没有谁拾②。你说,不是劫数是啥子?"

菊生说:"我还是不信劫数!你说这是劫数,那是劫数,难道刘胡庄死了那么多的人也是劫数?"

---

① 末梢年,迷信认为好运气终结的年头。
② 民间自古流传着一些故事、戏曲、唱本儿,站在封建统治者的立场,宣扬封建正统观念和宿命论,将黄巢和李自成两次大起义尽情诬蔑。从清朝到民国初年,河南民间戏曲尽力诬蔑李自成,同情和歌颂崇祯皇帝,可能与《铁冠图》有源渊关系。

"都是'在劫'。'黄巢杀人八百万,在劫难逃'。"

菊生不服气地说:"要是围子里有几支快枪,咱们灌不进去,不是都不'在劫'了!"

干老子安静地回答说:"围子里有快枪;有三支步枪跟一支盒子。"

菊生的大眼睛吃惊地一瞪,注视着他的干老子,问道:"真的?为啥子他们不拿出步枪来守围子?"

小姑娘忽然抬起头,愤恨地回答说:"刘大爷要守他自己的宅子,不把快枪交给百姓们守寨!"

"那是为啥子?为啥子他要坐视蹚将们撕开围子?"

"谁晓得为啥子?反正他家的宅子没有蹚将去动一根草,人也没伤害一根头发!"

菊生的眼前现出来那一所漂亮住宅,和大门外那些已死的和尚未死去的小孩。但为着在干老子面前不表露出他的愤怒,他只能同情地问:

"你为啥不躲在刘大爷家里呢?"

"他只让几家近族跟自己的佃户躲进宅子里,"小姑娘抽噎说,流下泪来,"你们冷清明攻寨时候,我搀着妈,拉着弟弟,跟着一群人跑往刘家大门口,哭着叫门。刘家不但不开门,还叫伙计们站在房脊上往下扔砖头,怕大家连累了他们。"

"后来呢?"

"大家跪在大门外,哭着不离开。后来,大家一看见你们已经打进来,登时乱了,各逃性命。弟弟在刘家门前丢掉了,我搀着妈跑回家去……"

"你妈后来呢?"

小姑娘再也支持不下去,大声地痛哭起来。外间的蹚将们和那两位年轻媳妇,本来正在淫声浪气地打闹着玩耍,听见了这哭声,立刻静下来。刘老义首先跑进来,在小姑娘的面前跺着脚说:

"唉唉,你真是眼泪布袋!既没有人打你,又没有人骂你,为啥子哭这样痛啊!你要再这样哭,"他大声威胁说,"老子就给你一枪!"

"喂,老义,"薛正礼静静地说,"不要吓她,她怪可怜的。你出去,叫那两个货来劝劝她。"

刘老义不肯出去,隔着介墙叫:"喂,两个臊货,别你妈的浪了,快进来替我劝一劝这位千金!"

两位小媳妇不敢怠慢,拉着手跑了进来。其中一位是高条个儿,瓜子脸,薄嘴唇,有一双风流眼睛;另一位是矮胖的,动作稳重,年岁也比较稍大。她们都是小姑娘的叔伯嫂子,向小姑娘称呼"七妹"。高条个儿的小媳妇站立小姑娘右边,抓着她的肩膀,劝着说:

"七妹,你听三嫂的话,快不要再哭啦。事到如今,你就是哭死啦有啥子办法？这年头儿,不比太平时候,叫蹚将拉来算不得多大丢人。性命难保,还讲失节不失节？到哪步田地说哪句话,你把心放宽点儿！"

矮胖的女人接住说:"你三嫂说的对,还是性命要紧！"

三嫂又说:"七妹,我说句粗话你不要恼。女孩家人长树大,反正得嫁人。这年头儿,嫁给庄稼人也不会有安生日子过,天天兵来匪往的,今儿不知道明儿死活。倒不如索性儿嫁给蹚将,天天'吃香的,穿光的①',又不愁有人欺侮。二嫂,"她转向矮胖的媳妇问,"你说我这话对呀不对？"

"你的两片薄嘴唇真是会说！"

"七妹,别哭,你听从三嫂的话没有错儿。俗语说:'人到矮檐下,不敢不低头。'你现在已经被抓来,就是长翅膀也来不及飞出去了。管啥丢人不丢人,只要能保存性命就好。说不定年儿半载一收抚,你还是官太太哩。"

"俺家里……"

小姑娘勉强说出来半句话,又忍不住痛哭起来。那位矮胖的小媳妇的眼圈儿忽然一红,悄悄地叹口气,转回头向薛正礼和刘老义喃喃地说:

"她家里七口人只剩下她一个了！"

---

① 这是当时乡下贫苦人形容土匪生活的两句歌谣,含有羡慕之意。

陶菊生不知为什么满心难过,只想到没人的地方放声哭一场。噙着满眶泪,最后望一眼可怜的小姑娘,他于是咬紧牙根,默默地从屋里走了出去。没有人问他要到什么地方去,连他自己也不知道要到什么地方去。走出院外,在麦田边徘徊一阵,随后又倚着一棵树,久久地望着远方的云天出神。当听到赵狮子在屋门口呼唤时,他不觉吃了一惊,因为旷野已经是一片苍茫了。

二十二

一吃过晚饭,陶菊生就瞌睡得抬不起头,便早早地上床睡了。近来杆子的实力日益壮大,不怕军队的袭击,所以只要没特别情形,菊生总是把衣服脱光睡觉,免得内衣上的虱子咬他。这一夜,菊生又睡了一个香甜的觉,直到屋里大亮了以后才醒。睁开眼睛,他先向床头边靠山墙的地铺上看去,发觉那位小姑娘默默地拥被而坐,似乎已经醒来很久了。刘老义躲在小姑娘的身边,伸出来两只粗壮的胳膊,拿着内衣捉虱子;捉到之后,用指甲一挤,发出很响的格嘣声音。外间的蹚将们和女人们也都醒来,一块儿喊喊喳喳地小声说话。看见义父薛正礼还没起床,菊生也不愿起来受冷,继续躺在温暖的被窝中。他伸出来右胳膊,用拳头照墙上咚咚地打着,练习功夫,因为他希望将来功夫练成后能一拳打倒一个人,像从前的"英雄"一样。薛正礼听见菊生在练拳,笑着问:

"娃儿,你夜里为啥不起来听墙根①呀?"

菊生说:"你为啥不叫我醒呢?"

"你睡的那么死,别说叫你醒,把你抬扔到红薯窖里你也不知道。"

赵狮子在外间快活地责备说:"老子嘱咐你不要睡着,你偏偏睡得跟死人一样。娃儿,你老义叔就怕你听他的墙根儿!"

菊生嘻嘻地笑着向地上看一眼,看见小姑娘害羞地低下脸孔,而刘老义很得意地露着黄牙傻笑。他已经不像昨天那样的为小姑娘难过,也不对刘老义怀一丝妒意,如今只微微地替小姑娘的遭遇感到惋惜。为怕小姑娘更增加不好意思,他没有回答赵狮子,继续向墙上打了几拳。狮子和女人们咕哝一阵,唤着菊生:

"娃儿,来这里玩来!"

菊生知道赵狮子叫他去不会有好的事情,回答说:"我不去!"

---

① "听墙根"是一种风俗。结婚三天之内,准许人们闹房,有人夜间躲在暗中偷听新郎和新娘的谈话和动作,叫做"听墙根"。

赵狮子亲爱地叫着："快来吧！听你叔的话，快点跑过来，来试试俺们的被窝多暖和！"

"快来，娃儿！"另外的两位蹚将也叫着。"不要穿衣服，快点来！"

"不去！不去！"菊生坚决拒绝。

赵狮子大声威胁说："娃儿，叫你来你就来，你敢不听老子的话？"

薛正礼小声吩咐菊生说："别去，别听他们的话！"

狮子大声问："娃儿，你真敢不听叔的话？"

另外的一个蹚将说："不听话就把他送回票房去！"

薛正礼劝阻说："你们别教他学坏啦，真是！"

狮子说："二哥，你别管。娃儿不小了，我教他长长见识。"

蹚将们和女人们又咕哝一阵，随后那个高条个儿的女人娇声地唤着菊生。菊生的脸羞得通红，不敢回答，用被子蒙住了头。赵狮子见菊生没有动静，随即骂了一句，披上衣服，从外间跑了进来。揭开被子，不管菊生的用力挣扎，他把他抱起来往外就跑，扔到外间的大地铺上。地铺上的蹚将们和女人们都快活得乱叫着，掀开被子，迎接菊生。那位高条个儿的女人睡在中间，她把菊生的胳膊一拉，搂到怀里，使他的光身子压着她自己的胸脯，顺势儿照他的脸蛋上吻了一口。菊生尖声地大叫一声，光身子向下一溜，挣脱了女人的怀抱，跳起来就跑。幸而赵狮子和别的蹚将们只顾大笑,没有拉住他。他满脸通红,心头狂跳,逃回到里间床上。当他跑过刘老义的地铺旁边时,刘老义想抓他没有抓住,在他的大腿上打了一巴掌。"娃儿,长见识了没有?"他问,眨眨眼睛,麻鼻子同时也耸了几耸,跟着大声笑起来,像突起的一阵风暴。

几分钟后,全屋的人们都起来了。这一天,杆子没有向别处移动,等着刘胡庄的人们来赎女人和牲口。那两位小媳妇的婆家托人找了来,带着馃盒子,纸烟箱,大烟缸子。薛正礼只同找来的说客们打个照面,让他们同赵狮子们直接谈判。在另外的房间里摊开大烟摊,说客们同蹚将们躺下去一边抽大烟一边商谈。起初蹚将们说娘儿们都不愿再回去,拒绝赎走;后来经说客们再四恳求,蹚将们才肯答应赎,但要的赎价很高。说客们低声下气的苦苦哀告,说她们的家里房子差不多已经烧光了,人打死了好几个,车辆农具都完了,牲口也死的死,拉走的拉走了,实在拿不出多的款子。蹚将们有的拉硬弓,有的拉软弓,也有的替说客们帮衬几句好话。价钱讲了大半天,得到了折中数目,说客们要求见见花票,好回去取钱,于是两个小媳妇被带到说客面前。

两个小媳妇很不好意思地同客人们打了招呼,眼圈儿跟着红了。矮胖的小媳妇流着泪,哽咽地问:

"二舅爷,小妞儿现今在哪里?"

"她舅把她抱去啦,"带胡子的客人回答说,"你不要操家里心,也不要心急,一两天款子一办好,你就可以回家了。"

"唉,还有脸回家!"矮胖的小媳妇颤栗地低声说。"要不是小妞儿没离脚手,我有几个还死不了!"

矮胖的小媳妇一直没有敢抬起脸孔,这时用手帕角擦着眼睛,忍耐不住抽噎起来。带胡子的客人劝解说:

"蔡姑娘①,你千万不要往窄处想,荒乱年啥事儿都得看开。胡相公②跟你婆子没有人说过一句二话,都巴望着能快点把你赎回。"

"着着,你得想开壑一点,"另一位中年客人接住说,在地上磕着烟袋锅,"别说啥丢人不丢人,这年头被蹚将拉走的上千上万,一切都讲说不着啦。胡相公跟你婆子都是明白人,还能够褒弹你一句不成!"

"婆子待我好我很知道,平素做错事她从不肯数说我一句。可是人要脸,树要皮,你看我有啥脸再活在世上!我生是胡家人,死是胡家鬼,等我回去后……"

矮胖的小媳妇抽噎得说不成话了。带胡子的客人叹口长气,正要再劝,那位高条个儿的小媳妇突然间抬起脸孔,口齿爽

---

① 从前,婆家亲戚和同族长辈,对已出嫁的妇女,不管她的年岁多大,都称"姑娘",以示亲切,上冠娘家姓氏。
② 在河南亲戚长辈称晚辈为"相公",是客气的称呼。宋朝宰相称为"相公",何时变为对一般年轻和晚辈的称呼,未考。又,从前在河南各处,长辈对商业行中的学徒和年轻店伙,也称"相公"。

139

利地说：

"二舅爷，我有几句话要同你老人家说到明处。"她咽下去一口唾沫，继续说："我外厢人出去吃粮三四年，今年秋天开到山海关外一直就没有音信。婆子是一个古董蛋①，一天不吵我骂我就满嘴发痒。小姑子是个长舌女，打算在家里扎老女坟②，幸而她这次往舅家去了。她们母女俩拧成一股绳子对付我，骑到我的脖子上欺负我，里里外外的活儿全堆在我身上，还从来不说我一句好，巴不得我死去，从她们的眼中拔出这根刺！……"

带胡子的客人拦阻说："我知道，我知道，你不用说了。"

"自从我外厢人没有音信，她母女俩天天嘀咕着要把我卖掉。要不是我行的端，立的正，还能够在胡家存留一天？如今她们要赎我回去，不过想赎回去把我再卖了，多赚几个。"她忽然难过起来，撇撇嘴唇，用袖头擦去眼泪，接下去抽噎说："二舅爷！你老人家看吧，我已经丢人了，如其回家去叫她们卖，不如我死在杆子上，到处黄土都可以埋人！"

"你这姑娘说的是哪里话啊！"带胡子的客人说。"你只管放心，我担保不会卖你，也不会折磨你。"

"哼，不会！从前我没有一点可以挑剔的地方，她们还那样

---

① "古董蛋"是不明事理，性情乖扭的人。"蛋"是附加的名词语尾，表示不值得尊敬的人，如"忘八蛋"、"糊涂蛋"、"傻蛋"、"混蛋"等。
② "扎老女坟"是永不出嫁，老死娘家。

待承我;如今我有把柄拿在她的手里,她们还能会放我过山?太阳不会打西边出来!"

带胡子的客人狼狈起来,喃喃地说:"不会的,不会的。"

高条个儿的小媳妇睁着一双红润的眼睛问:"二舅爷,你也说她们不会放我过山吗?"

带胡子的客人赶快分辩说:"不是,不是。我是说她们不会折磨你。"

"你还是这句话!二舅爷,我实话告你说:你老人家辛辛苦苦地跑来说票,我当然很感激;可是我回去以后,我婆子把我卖了,我可要跟你算账。我娘家虽说穷,可没有死绝,告起状来少不得有你的名字!"

"唉唉,你这姑娘光说丑话!"

"丑?丑话说头里,免得你日后受牵累!"

两位说票人心上压着沉重的担子离开杆子时,太阳已经偏西了。矮胖的小媳妇看来比早晨还要忧愁,行动也格外迟缓起来。高条个儿的小媳妇却依然动作轻快,爱说爱笑,同蹚将们打得火热。她抽空儿扒在矮胖的小媳妇的肩膀上,小声嘱咐说:

"你不要那样忧愁,事情到头上忧愁死有啥子办法?快点对他们随和一点,别死死板板的,惹他们不高兴。"

"唉!我打算回去看一眼小妞儿,一头栽井里淹死……"

"可不要这样想!被土匪拉来不能算偷人养汉。刀架在脖子里,失节是不得已啊!"

菊生无意中听了她们的谈话,对于矮胖的小媳妇的寻死念头十分担心。他想劝劝她,却找不出适当的话;沉默片刻,他望一眼坐在院中擦枪的刘老义,忽然用下巴尖向里间一指,喃喃地小声告诉面前的两位女人说:

"你们听,她一个人在屋里,又哭了!"

二十三

杆子一连转移了几个地方,总是下午起,晚上盘住。在刘胡庄拉的花票们差不多都被赎走了,少数没有赎走的也都被蹚将们窝藏起来。在起初的两三天内,每次出发,陶菊生因为有许多蹚将喜欢他,总有一匹牲口骑,不是马便是毛驴。在夕阳斜照的荒原上,有时他骑着马同赵狮子互相追逐。他们是那么地快活而兴奋,忽而大声地呼叫着,忽而高声地唱了起来。有时从枯草中惊起来一只兔子,赵狮子欢呼着从肩上取下步枪;枪声一响,只见那只纵窜狂奔的兔子突地一跳,腹部的白毛在阳光中一闪,落下地不再动弹。菊生将马一打,疾驰而去,从地上将死去的兔子捡起。后来,牲口有的被主人赎回,有的被蹚将们自己卖掉,菊生暗暗地有一种失望之感。尤其使菊生感觉空虚的,是一个月色朦胧的夜晚,填过了瓢子不久,刘老义提着步枪,带着那位姓胡的小姑娘离开杆子,送往一个地方窝藏。菊生明白,永远不能够再看见她了。

好几天来,刘老义比谁都感觉幸福,麻脸上经常地堆着喜笑。有时为着给他的心爱的人儿解闷,他故意当她的面前同赵狮子比赛枪法,拿天上的一只飞鸟或枝上的一片残叶作为枪靶。有一次,一只乌鸦缓缓地飞向东南,刘老义故意向西北跑几步,正跑着忽地打转身,步枪一举,乌鸦随着枪声扑噜噜落下地来。他回头看着小姑娘,得意地把大腿一拍,大拇指往鼻子前边一比,咧开大嘴,露着黄牙,笑眯眯地问:"说实话,单凭老子这一手,配不配要你做老婆?"小姑娘脸皮一红,低下头去。于是刘老义放声大笑,笑得那么洪亮,竟使小姑娘骑的毛驴儿大吃一惊,停住蹄子,抬起头,竖起耳朵,愣怔片刻,随后直着长脖子叫了起来。但小姑娘的心好像一个谜,刘老义常常有猜错时候。又有一次,正在行军时刘老义发现半里外有两个老百姓躲进坟园,仅露出黑色的头顶。他嘻嘻笑着,殷勤地问小姑娘:"你要我先打哪边的一个头顶?"小姑娘登时脸色煞白,恐怖地瞪他一眼,用力咬紧嘴唇,低下头去。恰好菊生在他的身旁,拉了他一下,使个眼色,小声阻止说:"老义叔,她怕看打死人。"刘老义失悔地伸一下舌头,眨眨眼睛,天真地笑了起来。"我不是她肚里蛔虫,"他带着抱怨地分辩说,"操她娘,老摸不清她的心事!"小姑娘越是沉默,刘老义越是爱她,因为他认为一个真正的好姑娘就应该像她这样。

如今他带着幸福的心怀,辞别了薛正礼和众位兄弟,送走小姑娘。他打算再过几天,托人把他的母亲接来,择个吉日,在老母亲面前他同小姑娘正正经经地拜拜天地。将来土匪一收编,大小弄个官儿到手,让苦了一辈子的老母亲临到入土前享几天清福,有一个温柔孝顺的儿媳妇在身边侍候。他还想,一年后她会给他生下一个白胖小①,不但给老母亲增加了无限安慰,并且他以后就令被打死,也不怕断根了。想着这些事,他又忍不住露着黄牙,乜斜着眼,从后面望着小姑娘的大辫子,嘴唇一咧一咧地想笑。小姑娘的大辫子在月光下轻轻地摆动着,刘老义的心挂在辫梢上,随着摆动。

过了三天,杆子已经换过了两个地方,刘老义还没回来,也没有一点消息。第四天中午时候,管家的召集各股的头目开会,决定杆子连夜朝北方拉去,向红枪会的区域进攻。原来在附近几县里,除掉马文德之外还有一个小军阀叫做徐寿椿。徐寿椿是一个师长,过去受吴佩孚节制,南阳以北有三四县是他的势力范围,师部驻扎在方城城内。因为他的部队的纪律太坏,给养又全由民众担负,于是几百个村庄的红枪会联合起来,包围了方城

---

① "小",即男婴孩。

和另外的几个市镇,要把他的军队解决。双方已经相持有两天了。管家的李水沫很早就想打红枪会,如今正是千载难遇的一个机会。他把这决定向全体头目们宣布之后,大家都非常兴奋,只有薛正礼的心里边闷腾腾的,暗暗着急:"老义为啥子还不回来?"根据经验,他深知同红枪会打仗远比同军队打仗危险,因为一则军队不像红枪会遍地皆是,二则军队同土匪作战不像红枪会那样拼命。如今正需要战将时候,刘老义偏偏不在,薛正礼像失去了一只膀臂。整整的一个下午,薛正礼虽然嘴里不说,却时时刻刻盼望着刘老义及时归来。

"说不定会出了啥岔子,"他怀疑地自言自语说,慢吞吞地搔着鬓角,"要不是出了啥岔子,一准是叫那个黑脊梁沟子迷住心啦。"

挨黑时候,刘老义背着步枪和一双新鞋回来了。弟兄们把刘老义围了起来,问他到底为什么会耽搁四天,并问他是不是已经同那个小姑娘拜了天地。刘老义稍微有一点不好意思,勉强咧开来大嘴嘻嘻笑着,大声说:

"拜个屁!命里不该咱有女人,枉操一场心!"

大家愣了一下,都猜想着一准是小姑娘寻无常[①]了。可是刘老义坐下去后,掏出纸烟说:

"我操他娘,事情巧得很,你们做梦也不会想到。"

[①] "寻无常"是指自尽。

在大家催问之下,刘老义简单地报告出事情的经过情形。虽然在常人看来这事情是很伤脑筋的,但刘老义却仿佛并不恼恨,态度轻松得像平时一样,向大家叙述说:

"俺俩走着说着,走到了俺换帖大哥的庄上。我拍拍大哥的门,把院里的皮子惊醒了,汪汪乱叫。大哥也醒了,大声问:'那谁呀?'我说:'快开门,是我呀,我送你弟妹来啦。'大嫂也醒来了,脆呱呱地说:'老义呀,你真的带了个女人来?'我说:'我诳你我是鬼孙!你快点爬起来,看我给你找的弟妹俊不俊。嗨,呱呱叫!'大嫂还不肯信,说跟我一道的准是狮子。我说:'大嫂,你别瞧不起我刘老义,带来的真是一个没有把儿的,脱了裤子跟你一样!'……"

大家嗡一声笑了起来。

赵狮子赶紧追问:"老义,以后呢?"

"大哥先穿好衣服,"刘老义继续报告说,"趿着鞋走了出来。他一边走一边说:'你到底听了我的话,带了个弟妹回来。'大哥骂住了皮子,把大门一开,登时一怔,脸色一寒,说:'进去吧。'大哥的那种神情,那种口气,还没有叫咱感觉着要出岔子,因为咱心里想,大哥见了弟妹应该要板起脸孔,装得很正经。那个小姑娘头也不抬,也不怵场①,很快地走了进去。她不进客

---

① "怵场"近乎怯生,就是说遇着场面时害怕或害羞。

房,一直往里院走去,看起来路很熟。更奇怪的是,那个花皮子看见她直摇尾巴,拦着她跳上跳下,十分亲热。唉嗨,这可叫老子有点儿发疑了。"他敲敲烟灰,深深地抽了两口烟,接下去说:"我还听见上房里有了哭声,可是立刻又听不见啦。当下咱心里就毛毛的,不敢说话,只是在心里自思自忖:这是怎么一回事儿呀?大哥把咱让到客房里,到后边去端出来烟盘子①,又弄了一大堆火。随后大嫂送了壶热茶出来,笑眯眯地说:'老义,你好久不来啦,真是稀客!'乖乖儿,我的心里边越发毛了。'真奇怪!'我心里说,'为啥子大哥跟大嫂都对她一字不提呢?'趁大哥往后边去了,我赶忙问大嫂一句,探一探船到底湾在哪儿②。我问:'大嫂,你觉得你弟妹怎么样?'大嫂笑一笑,说:'很好嘛,你这个麻子还有艳福哩!'大嫂说过后只恐怕我再问,连二赶三地跑开啦。大哥又从里院走出来,替我烧了两口烟。随后,伙计把酒菜端出来,大哥又陪我喝了几杯酒。大哥一直同我谈着没干系的话,就不提那个女的。我也不敢提,只在心里胡琢磨,可也琢磨不出来一个道理来。"

一个蹚将说:"妈的这才是一丈二尺的佛爷,叫人摸不着头脑!"

---

① 即鸦片烟盘子。
② 事情的原因在哪儿。

另一个蹚将说:"要是我,我一定立刻问个明白。"

陈老五望一眼说话的蹚将:"要是你?你临时沉不住气,慌慌张张地一问,反而不好哩。"

赵狮子说:"都别说废话,听老义说下去!"

薛正礼挂心地注视着刘老义的麻脸孔,说:"是的,填过瓢子以后,你大哥对这事不能够永远不提。他到底怎么开口呢?"

"那才妙啦!"刘老义哈哈地大笑几声。"你们猜一猜大哥的老母亲见了咱说出啥话?"

大家问:"她说出啥话?"

"大哥的老母亲颤巍巍走进客房来,噙着眼泪说:'刘相公,你真是活菩萨。你真是救命恩人。你让我跪下来给你磕个响头!'她老人家说着说着可就要往地上跪,我赶忙上前搀住她老人家,说:'大娘,有啥话说到明处,你老人家可别要折罪孩子!'你们猜是怎么一回事?"刘老义不等别人回答,接下去说:"乖乖儿,那个小姑娘竟然会是她老人家的娘家侄女,是大哥的亲表妹子!"

赵狮子大声叫道:"乖乖儿,这才巧啦!你后来怎么办呢?"

"老母亲说这姑娘是从小儿许过人的;要不是有了主的,就可以跟我成亲啦。'刘相公,'她老人家又噙着眼泪说,'她一家人都死光了,只剩下一个叔叔。要不是你救她一命,她怎么能够得活？我这几天托了好些人打听她的下落，都没有打听确实。你大哥这几天有事在城里，迎黑儿①才赶了回来。要是他在家，早就该派人去找找你啦。刘相公，'她哭着说，'你已经救了她一条命，如今又把她送回来，多么巧啊！唉，我十辈子也不会忘掉你的大恩！只求你把她留给我，我会变骡子变马报答你！'大哥也从旁说了一大堆人情话。咱是讲朋友义气的好汉子，有一肚子难过也不敢哼一声儿。为人不能不讲交情。老母亲跟大哥叫咱怎么咱只该怎么，有啥法儿呢？"

刘老义嘻嘻地笑了起来，但这笑没有掩饰住内心的失望之感。弟兄们都同他开着玩笑，说他没有要老婆的命，活该一辈子当光身汉。陶菊生对于刘老义的报告很觉有趣，但同时又感到一点惘然。他望着刘老义的眼睛问：

"老义叔，你以后又看见她了没有？"

刘老义回答说："临走的时候又见啦，大哥留住不让我走，大酒大肉地待我两天。昨儿早晨我告诉大哥说非走不可，大哥看实在留不住，只好答应了。临走前，大哥故意躲个空儿，叫他表妹子出来同我见见面。他妈的，两天没见，真想得有点心慌！可是她一见我，脸就红得跟倒血的一样；我也怪没腔的，停了半袋烟工夫，俺俩都没有开口说话。"

---

① "迎黑儿"就是黄昏时候。

一个蹚将心急地问:"后来是哪一个先开腔呀?"

"当然是咱先开嘛。"刘老义又点着一根纸烟,抽了几口,然后说:"我说:'我不晓得咱们是亲戚,弄得真不好,可是我对你的心确实不坏。'她说:'我知道你是好人;只要我不死,我永远忘不下你的救命之恩。'她站在我面前只是脸红,也不敢抬起头来。后来,我让她走啦……"

赵狮子不相信地问:"你没有再干她一下?"

"别打渣滓①!你妈的,从前咱是不知道;现在既然咱知道了还要忍不住,怎么能对得起换帖大哥?"

弟兄们故意都装做不相信,用顶粗野的话同刘老义开着玩笑,闹成一团,薛正礼不愿他们闹得太凶,向刘老义插嘴问:

"这双新鞋子是不是她做的?"

"这是俺娘给俺做的,"刘老义心事沉重地回答说,"我在大哥那里住了两天,拐到家里看看娘,又耽搁了一天。娘戴着老花眼镜做成了鞋帮子,底子是现成的,又央西院二妹子连夜绱好。唉嗨,看起来非要找一个老婆不可,到现在还要处处叫老娘操心!"

"要是我,我就同换帖大哥说明,要他表妹子跟我成亲。"陈

---

① "打渣滓"就是开玩笑。渣滓是琐屑没用的东西,加上一个"打"字语头,成为一个词儿。"打"字这个语头在中国词儿构造上用处很广,表示从事于某种活动或职业,如打牌、打柴、打水、打鱼、打猎之类。

老五说,口气上有点抱怨刘老义过于慷慨。

刘老义不服气地说:"何必为这事得罪大哥?天下的女人多着哩,犯不着为一个黑脊梁沟子跟好朋友犯生涩①。大哥在城里有熟人,说不定日后有用他时候。再说,她娘家是滋滋润润的小地主,日后怕也不见得会一心一意地跟咱过日子。"

薛正礼说:"老义,你回得正好。快去休息一下,喝罢汤就得起了。"

"要往哪儿拉?"

"要去打硬肚②。"

"好哇!"刘老义跳了起来,快活地叫着说:"只要是打硬肚,让老子三天三夜不睡觉也不困倦!"

蹚将们的话题立刻转到打红枪会的方面去了。陶菊生默默地蹲在一边,手放在火上烤着,眼光也落在火上,而那位小姑娘的影子清清楚楚地浮现在他的眼前。正在胡思乱想着,他忽然记起来很久以前,一天夜晚,杆子从一个村子中间走过,刘老义指一座黑漆大门告诉陈老五说:"那是我的一位换帖弟兄的宅子,他在这方圆左近很有点名望,快要当里长③啦。"这印象唤醒

---

① "犯"是发生的意思,生涩是锈了或不光滑的意思。朋友之间发生不快意事,影响感情不和,就叫做"犯生涩"。
② 红枪会、大刀会、红灯照、金钟照等等迷信组织,都宣传他们喝符水念咒之后,枪弹不能入身,刀砍不伤,所以俗称"硬肚"。
③ 里长地位大体等丁国民党统治时期的保长。

之后,他立刻断定小姑娘的表哥就是刘老义所说的这位人物。于是,那位小姑娘怎样同刘老义站立在这座黑漆大门外低着头等待开门,她怎样在月光下瞟了她表哥一眼走了进去,都像银幕上的画面一样,在他的面前现了出来。

二十四

杆子在半夜出发,走到天明以后盘下来,下午又走。因为票房没有跟着来,所以行军的速度极快。沿路附近的小股土匪,一听说李水沫要打红枪会,争抢着前来参加。当大队人马进入到离红枪会地带三十里以内的时候,太阳快落了,所有的二道毛子①都带领着成群的贫穷农民,拿着土枪和刀矛,陆续跟随在杆子后边。往日,红枪会打进非红枪会的地带,认为村村通匪,大肆烧杀奸淫,并且趁机会抢劫耕牛农具和各种能够拿走的什物。如今土匪去打红枪会,穷百姓随着前往,一则报仇,二则要照样抢劫东西。起初蹚将们不断地骂他们,不要他们,但跟随的人群仍然不断增加。后来蹚将们也乐得这样更声势浩大,更可以给

---

① 义和团时代,中国人称洋人为"大毛子",降随洋人的小汉奸称做"二毛子"。后来,跟着土匪混的人被称做"二道毛子"。二道就是二等的意思。

红枪会痛快地报复一下,索性沿路号召穷人们跟随一道。这样一来,杆子很快地变成了可怕的宽阔洪流,在苍茫的暮霭中向红枪会地带奔涌前进。

已经是旧历的腊月下旬,月亮迟迟地不肯出来,黑夜的原野上呼啸着尖冷的北风。土匪的洪流冲进红枪会地带以后,大地立刻在枪声和杀声中沸腾起来。红枪会因事前来不及集中力量,只有零星的抵抗,每一处的抵抗都迅速地被洪流粉碎。土匪们每打进一个村庄,见人就杀,见东西就抢,见房子就点火。本来草房子见火就着,又因风势一催,燃烧得越发猛烈。那些跟随来的小股土匪、二道毛子和穷人,特别地喜欢抢东西,连破衣服、牛绳子、犁、耙、锄头之类都要。如果遇到牛或驴,他们常常会因为争夺而互相吵骂,甚至拼命。也有不少人因为只顾抢东西和队伍脱离,被隐藏在村庄附近的零星红枪会突然捉住,来不及抵抗就死掉。烧杀抢掠到鸡叫时候,李水沫带着他的主力在一座大的村庄盘下。一部分地位较低的蹚将们监视着抢来的女人们赶快做饭,一部分蹚将们被派去村外布哨,地位较高的都找地方休息和过瘾。但那些跟随来的零星小股,二道毛子和穷人,依然在周围的村庄中放火和抢劫,乱得像没王的蜂群一样。

陶菊生跟随着义父薛正礼的一股盘在离管家的不远的一座院里。可是他同赵狮子们几个人到屋里打一转,立刻又跑了出来,站立在大门外的末子堆上①。周围的村庄燃烧得越发猛烈,头顶的天空变成了一片红色,把月光照得昏昏苍苍的毫无光彩。向刚才来的方向一望,约摸有四五里宽,没有尽头的都是火光。不过那些全是草房的村落,一烧就完,所以向远处望去,许多地方的火光已经转暗,仅有树梢上和低压的天空里反映着酱紫的颜色。刘老义和赵狮子们对着这燃烧的夜景非常兴奋和满意,时常忍不住向天上放枪,像顽皮的孩子一样。菊生虽然也兴奋,但在兴奋中夹杂着莫名其妙的悲痛感情,因而他的大眼睛充满泪水,脸颊绷紧,嘴角痉挛,故意装出微笑。忽然,半里外的田野中发出来一群女人和孩子的哭叫,声音是那样惨痛,刺得他的心陡地一震,起一身鸡皮疙瘩。他立刻转过脸去,望见一群女人,有的携着包袱,有的带着孩子,被土匪们围绕着,向一座坟园驱赶,一边走一边挨打。坟园中没有树木,人影在坟墓间可以望得很清楚。起初土匪们搜索东西,随后又进行强奸。有许多女人鼓起勇气来挣扎反抗,只见人影在墓影间纷乱地奔跑起来。土匪们的刀光在火光中频频闪动,步枪沉闷地响了几声,一些女人和孩子在恐怖的尖叫声中纷纷倒下。于是坟园中暂时地静下来,只剩下孩子们的偶然忍抑不住呼唤妈妈的颤栗哭声。陶菊

---

① 北方农民当冬天闲的时候,从河边或坑边挖起来淤泥土,堆在门口,春天或秋天和着粪散到地里,这种土堆就叫做"末子堆"。

生不自禁地把头低下去,咽下去涌到喉头的一大股眼泪。

"他妈的,你们瞧瞧那几个雄货,"赵狮子愤愤地说,"真是眼子①得了地,比谁都可恶!"

"朝坟园里打两枪②,骇骇他们。"薛正礼吩咐说,他不知什么时候就站在菊生背后。

"好,让我来酥③他们,"刘老义用平静的口气说,从肩上取下步枪,"我就恨这些霸爷们!"他补充说,向一个站着的人影发了一枪,那人影应声倒地。

"让我也收拾一个。"一个年纪最轻的蹚将说,随即也发了一枪。

那几个土匪愣了一下,跳出坟园,像兔子一样向对面的正在燃烧着的村庄逃窜。那个年纪最轻的蹚将连着又发两枪,都没打中。赵狮子把步枪一举,一个正跑着的人影跟跄着栽倒下去。薛正礼喃喃地说:

"不要打中人,骇一骇算了。"

赵狮子不以为然地说:"霸爷们都是狗仗人势,打死几个也不亏他们!"

陈老五拉住赵狮子的枪筒说:"算了吧,都是吃这路瓢子

---

① "眼子"是"光棍"的反义词。
② "打两枪"意思是打几枪。北方口语中的"两"字往往作"几"字解。
③ 物品粉碎叫做"酥",此处作为动词用,等于"毁"字。

的。和尚不亲帽儿亲。"

这一段小插曲刚过去,正北面二里外的枪声陡然间紧急起来,同时传过来一片杀声。片刻工夫,正在北边抢劫和烧杀的蹚将们被一支红枪会冲得七零八散,在火光照耀的田野间乱窜乱跑。虽然有两三股蹚将还在拼命地抵抗,但因为红枪会攻势太猛,而他们自己又是各自为战,便很快不能支持。许多人被压迫进一座坟园中,眼看着被红枪会包围消灭。那些由二道毛子和穷人结合而成的众多股头,在红枪会的突击之下完全丧失了战斗力量,像被洪流冲碎的冰块一样,向着李水沫所盘驻的村子奔来。那些缺少战斗经验或爱财如命的家伙,不肯把抢来的东西或拉来的牛驴抛掉,最容易被红枪会追上。红枪会一个个用红布包头,褪一只光臂膀,嘴中哈出来可怕的怪声,连腰也不弯,冒着枪弹声直往前攻。他们虽然也有不少快枪和土枪,但很少发枪,追上蹚将时就用大刀劈和矛子戳。看着看着,他们离土匪主力所在的村子只剩有半里远了。从村子外边到村子中心,到处是张惶奔跑和嚷叫着的人,到处是牵着乱跑的牛和驴,整个的局势就要决定于呼吸之间。

薛正礼挥一下手说:"我们顶上去。好家伙,他们欺负到咱们头上了!"

说完这句话,薛正礼带着他的打手们跳下秣子堆,顶了上去。别的蹚将看见他们顶上去,也一阵风似的跳出村子,呐喊着顶了上去。菊生紧紧地跟随着赵狮子,心中只觉得非常紧张,跳下末子堆前的害怕心理已经消失了。眼看着同红枪会是那么接近,他不仅清清楚楚地看见了对方的矛头上的红缨子,并且还看见了他们的已经力竭发喘而仍然哈着怪声的大嘴。他觉得有一个扬着马刀的家伙再有几步就冲到他的跟前,他本能地向旁一跳,打算从赵狮子的左边躲闪到右边。但恰巧一块石头绊了他一下,他向右前方踉跄两步,栽倒下去。"完了。"他心里说。当他从地上一跳起来时,面前的情形完全改变了。那个扬着马刀的和另外的几个家伙,都在这刹那间仰着脸朝后倒去,其余的转身就跑。菊生跟随着蹚将们跳过了几个死尸,向前追赶。因为同红枪会距离太近,蹚将们既没有工夫发枪,也没有工夫呐喊,而那些被紧紧追赶的红枪会们也没有机会回头来抵抗一下,也不再哈着怪声。菊生的眼睛死盯在一个宽大的脊背上,耳膜上只有沉重的奔跑声和急促的喘气声。这情形约摸继续了十来分钟,蹚将们稍微停顿一下,菊生重新听见沉闷的枪声,看见有人在前边倒下,而他刚才死盯着的那个宽肩膀的农民也摇晃着倒下地去。

一面打,一面追,又跑过几个地头,薛正礼首先站住,叫住了他的人们,随后又喘着气说:

"好啦,别再追啦,快回去填咱们的瓢子去。莫大意,他们的大队在后哩。"

刘老义站住后擤了一把鼻涕说:"要不是老子肚里饿得咕噜叫,不会让他们有一个活着回去。"

一个很年轻的蹚将说:"有一个家伙我差一点儿抓到手里,给狮子哥从旁边一枪打倒啦。"

"你又没有绳子绑他,他又不是一个肥家伙,抓他砍的①!"赵狮子用手背擦着前额上的汗珠说。

"快填瓢子去!"刘老义大声嚷叫。"乖乖儿,再不填瓢子,老子连枪栓也拉不动了!"

别的几股蹚将们继续向前追赶,薛正礼带着他的人们转回头了。可是他们再也找不到陈老五,大家都觉得非常奇怪。他们分明记得陈老五跟他们一道出了村子,也没有半路挂彩,怎么会能够丢掉了呢?为着防备他万一受重伤,他们沿路呼唤着他的名字,并且把地上的死尸都看了看,结果仍然找不到他的踪影。他们疑心他半路上折了回去,坐在屋里烤火吃东西。但回到屋里以后,知道陈老五确确实实没有回来,于是他们的心都慌了。刘老义已经在火边坐下,想了一下,猛地跳起来,拍一下屁股说:

"操他娘的,老子找他去,非把他找回不可!"

---

① 北方农民说话时喜欢带很多与性有关的字。"砍"是手淫,是一个词儿的略语。

"你往哪儿去找他?"薛正礼拿不定主意地问。

"一准是给硬肚们抓去了,马上追赶去还来得及!"刘老义不约任何人,提着枪转身就跑。

"老义哥等一等,我跟你一道!"赵狮子跳起来追了出去。

别的弟兄们都要去搭救陈老五,纷纷地追出院子,但被薛正礼叫了回来。他认为陈老五也许没有被硬肚们抓去,可能是跑岔起儿了,跟别的蹚将们一道儿还在追赶。即让陈老五果真是被硬肚们抓去了,他想,如今追赶去也已经没有用了。

"我们快点儿填瓢子,"他吩咐大家说,"越快越好,大队红枪会马上就来,恶战还在后头哩!"

二十五

薛正礼一伙蹚将还没有把瓢子填毕,外边的枪声和喊声又紧了。大家立刻放下碗筷,从火边跳了起来,端着枪往外就跑。他们走到末子堆边时,看见刚才追出去的几十个蹚将果然被打卷过来,一面抵抗一面向村边撤退。红枪会大约在两千人以上,像排山倒海似的,用半包围形式攻到离村边只剩有一箭之遥。蹚将们有的伏在村边的干沟沿上,有的伏在粪堆或末子堆上,有的倚着墙头,顽强地抵抗着,打阵儿发着喔吼。红枪会被打倒一批人,立刻又有一批人冲上来,死不后退。他们有的哈着怪声,有的喔吼,有的喊着要土匪缴枪。因为双方面都在拼命地放枪和喊叫,战场显得特别的恐怖和悲壮;每一次喔吼声起来时,大地仿佛在轻轻震动,一直震动到天边为止。

看见情势很危急,薛正礼作个手势,命令他的弟兄们都在末子堆背后跪下去,赶快射击。陶菊生蹲在地上,觉得呼吸有点艰难,两条小腿止不住轻轻打颤。枪弹在他的头顶上,前后左右,不住的尖声呼啸。好像是为了自卫起见,他从地上摸到了一块砖头,紧紧地攥在手里。过了一会儿,他觉得正面的喊声稍稍地远了,最激烈的战斗是在另一个方向进行。他想向义父问一问情形,但话到嘴边还没有吐出,刘老义从右边慌慌张张地跑过来。菊生正要站起身来迎接他,一颗枪弹在耳边唧咛一声,他马上本能地又蹲了下去。随即他听见义父向刘老义急急地问:

"找到了老五没有?"

"老五挂彩了。"老义回答说,不住喘气。

"要紧不要紧?"弟兄们一齐惊问。

"不晓得。狮子找他去了。"

"你怎么知道他挂彩了?"薛正礼问。

"听说有人把他从地里背回来,可是还没有背进村子,红枪会又攻上来,眼下说不清……"

"那边打的怎么样?"薛正礼望着战斗最激烈的方向问。

"那边打的不大妙。不过二驾已经带着一起人顶上去了。"

"老义快进屋里填点瓢子去。你们就守在这里不要动,"薛正礼转过头望着大家说,"让我去看看情形。"

薛正礼还没有走几步,管家的连派两个人跑来找他。薛正礼似乎已经猜中管家的找他有什么事情,回头来向菊生招一下手,说:

"娃儿,你跟我一道来!"

陶菊生跟着薛正礼匆匆地向管家的盘驻的宅子跑去。枪弹在他们的周围乱飞,但他却已经忘掉了害怕。管家的所盘驻的那座宅子的门口和院里,站满了护驾的蹚将,盒子枪和步枪都提在手里,两匹马都在牵着。随着薛正礼走进上房,菊生看见李水沫正闭着眼睛,困倦地躺在烟榻上,对面有一个护兵在替他烧烟。烧烟的护兵向薛正礼欠欠身子,用一个眼色告诉他管家的还没有过足烟瘾,请他等会儿再同管家的说话。薛正礼在一条板凳上坐下去,让菊生坐在身旁,静静儿看着烟榻。屋里虽然也站着几个蹚将,但大家连呼吸也不敢大声,外边的混乱和沸腾更使这屋里显得出奇的哑默静悄。菊生的一双大眼珠不安地向各处转动,希望能够多了解一点周围的情形。刚才他把小朋友张明才完全忘了,这时不期然地发现他坐在斜背后,吃力地咬着嘴唇,紧绷着苍白的脸皮。他们的眼光碰在一起时,菊生把头摇一摇,意思是说不要紧,让他的小朋友不要害怕。不过他自己自从进到院里后就又害怕了,心头紧缩得像用手捏着的一样。

正当满屋里鸦雀无声的时候,忽然跑进来一个提着步枪的蹚将,直走到李水沫的烟榻前边,神情张惶地报告说:

"报告管家的:二驾说恐怕顶不住,请管家的先出水。"

李水沫打个哈欠,依然在闭着眼睛,用带着倦意的口气回答:"去对二驾说,顶不住也得顶,不能让鸡毛翼挡住条子!"

来的人重复说:"二驾说请管家的先出水……"

李水沫把眼睛一睁,骂道,"妈的×！他愿出水他自己出水,老子不出水！"

来的人不敢再做声,匆匆地走了出去。李水沫把眼光转向薛正礼,正要说话,又慌慌张张地跑进来一个蹚将,吃吃地报告说红枪会越打越多,已经把村子包围三面。李水沫带着若无其事的样子,接过来烟枪说:

"包围啦好么。让他们把四面都包围住才好哩。"

李水沫又半闭起一双眼睛,开始抽起大烟来。刚抽一口气,突然一颗枪弹穿透了屋脊,几片碎瓦和一些干土块子哗啦一声正落在烟榻前边。屋里的蹚将都骇了一跳,抬头向屋脊望去。李水沫向地上瞥了一眼,没有动弹,继续把像指头肚那么大的烟泡抽完。烟枪向床上一扔,他就烟灯上燃着了一根烟卷,从床上坐了起来,向薛正礼下命令,像平常讲着极不严重的小小的讨厌的事情一样:

"二哥,你带着你的人出村子外边瞧瞧。你去看那是谁带些鸡巴红枪会在村边胡闹,叫他们滚蛋。子弹袋都满不满?"

薛正礼回答说:"打了一夜,子弹袋都不满了。"

"子弹少就少放几枪,乱打枪也没有用。"于是管家的转过脸向一个蹚将问:"是谁在院子里说话?"

被问的蹚将回答:"都是护驾的。"

管家的生气地骂:"护你妈的×驾,老子不要一个人护!快都跟薛二哥去,叫老子清静一会儿!"

来的时候就料到了管家的会把这样艰难沉重的担子放在他身上,薛正礼扭转脸嘱咐菊生说:"娃儿,你同张明才留在这儿,别乱走动。"话一说毕,他毫不耽搁地站起身来,提着枪往外就走。除掉五六个必须护驾的蹚将之外,其余的都跟着他一道去了。

李水沫重新躺下,闭起眼睛,似睡不睡地噙着烟卷。过了一会儿,外边的喊杀声突然间落下来,沉闷的枪声稠密得像雨点一样。他微微地皱皱眉头,睁开眼睛,将烟卷一扔,从躺在对面的蹚将手里要过来烟钎子自己烧起来。很快地烧好一个烟泡子,吸进肚里,他一翻身坐了起来,穿上鞋子。"烟家具不要收,"他吩咐说,"我去看一看回来再吸。"他跳下床,戴上红风帽,从烟盘子边拿起盒子枪,他连跑带跳地出了屋子。就在这片刻之间,陶菊生决定不同张明才留在屋里,跳起来追了出去。跑出大门

后管家的发现陶菊生跟在背后,回头来看了他一眼,没有说话。一位护驾的蹚将也看了他一眼,责备说:

"你跟出来做啥子?快回屋去!"

"我跟着看看。"菊生勉强地陪个笑脸说,心中很怕。

"快回去!妈的枪子儿这么稠……"

"让他跟着吧,"另一位蹚将说,"这小家伙很有种的。"

"他是想找他的干老子哩。"不知是哪一位蹚将又这样解释一句。

菊生的义父这时候正带着一起人冲进红枪会集结最多的地方,像一股凶暴的旋风一样。红枪会的快枪毕竟太少,主要的武器是土枪和刀矛之类,所以在薛正礼冲出之前已经有惨重伤亡,依赖着一股拼命的决心支持攻势。薛正礼带的都是杆子里最能打仗的人,而枪支又最好,吃不住他们三冲两冲,红枪会纷纷地垮了下去。一看见红枪会的阵势被薛正礼的一支人冲乱了,二驾也带着一支人反攻出去,于是两支人像剪刀一样地从两边把红枪会向一个狭窄的洼地驱赶。那些分散在附近各村庄的零星股匪和二道毛子,这时候也都从四面八方跑过来加入战斗,越发使红枪会没法应付。在这种可怕的混战中,红枪会没工夫哈出怪声,任何人都没有工夫再发出喔吼和喊叫,战场上几乎只剩下奔跑声和短促而沉闷的枪声。

来到村边,李水沫站到一座粪堆上,指挥着他的部下。忽然,他旁边有一位蹚将大声惊叫:"唉呀,糟了!"大家向他所指的方向望去,在约摸一箭远处,赵狮子的枪筒正被一个高大的农人抓住,两个人拼命争夺,而另一个农人拿一把大刀从赵狮子的背后赶来,再有三四步就可以把赵狮子一刀劈死。就在这叫人不能够呼吸的当儿,菊生只听见一声枪响,拿大刀的农人应声倒下;又一声枪响,那个夺枪的农人也倒了下去。赵狮子在最后倒下去的农人的身上补了一枪,然后叫骂着追上了薛正礼带的一支人。菊生松了一口气,向管家的望了一眼,才恍然明白原来是管家的发了两枪。可是管家的已经把眼光转向另一个方向,指挥着一个拿步枪的蹚将:"打那个。……好。打倒了。再打跑着的那一个,快打!"受指挥的蹚将发一枪没有打中。他怕那人跑入坟园,就从身边蹚将的手里要来步枪,不用瞄准,随意发一枪果然打中。"你们只可以吃屎,"他嘲笑说,"我闭住眼睛也比你们打得准。"有时连着几枪打死几个人,他就对左右高兴地说:

"瞧瞧,丢麦个子①也没有这么容易!"

红枪会本来也没有什么严密组织,一看被赶进洼地,四面八方都有土匪,自家人一个跟一个地倒下去,立刻失去了作战勇

---

① 麦子在地里割倒之后,为装车方便起见,捆成腰粗的捆子,叫做"麦个子"。"丢"是从上往下扔的意思。

气。他们的首领骑着一匹白马在后边督战,用嘶哑的声音叫着:"快点把符吞下去①!快点吞符!顶上去呵!"他正在奔跑着,嘶叫着,用大刀威吓着后退的人,突然身子一歪,栽下马去。一看见首领被打死,大家像被野兽冲散的羊群一样,乱纷纷地争着逃命。土匪在后边紧紧地追赶着,喊杀声和喔吼声重新起了。

"快去把骊子牵来!"李水沫命令说,文弱的苍白的脸孔上流露出兴奋的笑意。

太阳闪边了。喊杀声渐渐远了。陶菊生仍然立在村边的粪堆上,朝着红枪会逃去的方向张望。田野间到处横着死者和负伤者,有少数负伤者在麦田里蠕动和挣扎。大路上和没有长出庄稼的赭黄色耕地里,到处有红枪会抛弃的武器:刀啦,矛子啦,矛子上的红缨啦,都在寒冷的阳光下闪着凄凉的光彩。两里外的一座烧毁的村庄旁边,在红色的墙壁和绿色的田野之间,有三四匹马向前奔驰。其中一匹白马正是刚才从红枪会中夺得的,如今骑着李水沫的一个护驾的。那匹高大的枣红马上骑着管家的,另一匹栗色马骑着二驾。菊生怀着天真的羡慕和崇拜心情,凝望着枣红马上的耀眼的红风帽……

---

① 红枪会认为吞过符以后,只要心诚,可以不过枪刀。但符的力量只能维持几个钟头,所以过几个钟头再吞一次符才能够避免伤亡。

二十六

　　打了一夜和一个早晨,除掉同来的小股土匪和二道毛子的死伤不算,单只李水沫的杆子上就死伤了十多个,还有几个失踪的,大概也凶多吉少。薛正礼所带的一支弟兄里有一个死了,虽然是初来的生手,但也使大家非常难过。幸而陈老五平安地跑回来,并没挂彩,手里还牵着一头叫驴①。

　　原来夜间陈老五同赵狮子们出村子追赶硬肚的时候,发现这头叫驴在他的右边奔跑,于是他撇下敌人向驴子跑去。驴子很凶猛地向他踢几下,使他没法子走近身边。他赶快绕到驴子前边,驴子打转身又踢他一蹄子,纵跳一下,大声地鸣叫着,一漫东南奔去。他越追越上火,一直追赶了两里多路,才在一位二道毛子的协助下把驴子逮住,但红枪会的大队已经攻过来,使他回不去杆子了。天明时把红枪会打溃以后,他才带着一群二道毛子同杆子会合,还参加了一阵追击。

　　早饭后,蹚将们将死者和负伤者,女人和财物,装在几十辆抢来的牛车上,派人保护着运出了红枪会地带。为着一夜间损

---

① "叫驴",即公驴。

失了那么多蹚将,李水沫非常愤恨,决心要把红枪会所有的村庄烧光。杆子漫山遍野地烧杀前进,没遇见一点抵抗。有些村庄是完全空了;有些村庄只有极其稀少的老年人留下看门;有些老百姓来不及向附近的围子逃避,便只好扶着老的,抱着小的,牵着牲口,背着包袱和农具,躲到山凹里,河沟里,不临官路的坟园里,荒野上的废窑里。但很多很多都被土匪找到或碰到了。由于一种原始性的报复心理,许多蹚将,尤其是那些同来的小股和霸爷,像发狂了一样的喜欢杀人。只要是被蹚将找到或碰到的,除掉少数服从的年轻女人,很难被蹚将饶命。有人侥幸被这一起蹚将饶了一条命,碰上那一起蹚将时仍然得死。李水沫带着睡意,骑在马上,很少说话,也懒得打枪。但他时常抬起头向各处望望,不满意地皱皱眉头,对跟随在左右的人们说:

"传:要烧光嘛,别留下一间棚子!"

火光和枪声在前边开路,人马不停地直往前进。为着不耽搁时间和避免牺牲,李水沫不让他的人攻打围子。但蹚将们所抢的女人啦,牲口啦,东西啦,渐渐地多了,行军的速度也渐渐地慢下来了。李水沫几次勒住骡子,回过头暴躁地大声骂:"妈那个×!你们都是八辈子没见过女人,没见过牲口,见了女人跟牲口都迷了!都快点儿给老子扔了,不扔了老子枪毙你们!"虽然他的一切命令都像阎王的谕旨一样,只有这样的命令没人听从。大家害怕他,带着女人和牲口之类故意走慢,同他保持着较远的

距离。他又默默地走了一阵,到一座没有烧掉的大庙前跳下骡子,向跟随在左右的人们说:

"去,把那些雄货们跟那些带×的都叫到这儿来,不来的都给我敲了!"

自从早饭后出发以来,陶菊生一直同他的义父薛正礼这一支队伍跟随着管家的一道,没有休止的放火和杀戮使他的心情变得很沉重,时常感觉到无限凄怆。天明时他对李水沫所起的那种羡慕和敬佩之情,如今已经没有了。他觉得李水沫正如所有成功的土匪一样,残酷得使他简直不能够理解。每一次管家的瞟他一眼,他就感觉到像有一股冷水浇到身上。看见刘老义和一群蹚将去传达命令,菊生毫不迟延地跟了去,为着离开管家的他可以呼吸得自由一点。料想到严重的事件就要在这大庙的前边发生,菊生忍不住向刘老义问:

"老义叔,管家的叫他们来做啥子呀?"

"做啥子?"刘老义瞪他一眼,"不会有好吃的果子!"

"我很少看见他这样生气。"菊生又喃喃说。

"眼下是正在作战,不能跟平常一样。"

刘老义们走近那些抢有女人和牲口之类的蹚将群,把李水沫的命令叫出来,但没说谁不去就把谁枪毙。那些胆怯的和眼亮的小股蹚将和二道毛子,有的无可奈何地把不重要东西扔到田里,有的毅然决然地拉着女人或牲口回头就跑。刘老义们半真半假地喊叫着不让他们逃,还故意打了几枪,然后带着余下的一部分转回大庙。有一位三十多岁的陌生蹚将,掂一支本地造步枪,带着一位身体壮实的年轻媳妇,一边走一边同刘老义攀谈,显然他希望同刘老义做个朋友,必要时请刘老义帮他点忙。因为他的脸孔同走掉的王成山有点相似,陶菊生立刻对他发生了好感。从刘老义同他的谈话中,菊生知道这位陌生的蹚将姓吴;而且知道他是今年春天才下水蹚的。刘老义也很喜欢这位姓吴的,送给他一根纸烟,用眼睛笑着问:

"吴大哥,你拉的这一位还怪枝楞的①,也一定很能做活。你打算把她留下呢还是等着她家里来赎?"

"我要留下她过日子,"姓吴的说,"有钱人娶十个八个姨太太有的是;像咱们这下力人不当蹚将连半个女人也弄不到手,所以为了娶老婆也得下水。"

"谁说不是!"刘老义同意说。"眼下指望吃下力气积攒钱,苦一辈子也别想办②起一个人呀。"

姓吴的又说:"俺老子弟兄四个,只有俺老子一个人成了家,三个叔都耍光身汉苦了一辈子。俺弟兄三个,大哥没有女人,如今已经半截子入土了。二哥出去吃粮,好多年没捎回来一

---

① 形容一个女人干净、利落。
② 办就是买,如买货叫做"办货"。

封信啦。你想,我要是不赶快弄个女人,眼看俺这一家人就要绝啦。"

刘老义触动心事地沉默片刻,然后擤把鼻涕,耸耸肩头,关心地问:

"老母亲还活着吧?"

"娘还活着,可是眼睛早花啦。十来年以前就得我替她穿针,现在大小针线活都得央人。"

"我的老母亲还能够连连补补,稍微细致一点的活也不能做啦。"

"俺娘生我的时候,吃不饱,穿不暖,不满月就打开冰凌洗衣裳,遭落得一身是病。我要是成了家,有个媳妇给她老人家端碗水喝,也不枉她老人家生咱养咱,苦了一世。"

"对,对。"刘老义点头说。

当他们一群人走到大庙门前时,管家的已经等得不耐了。他愤怒地跳到台阶上,拔出盒子枪向空中连放三响,望着那些拉有女人和牲口的蹚将们大骂起来:

"你们这些鳖儿子,竟然敢不听从老子的命令。老子今儿非要枪毙你们几个不可!你们是这样子没有纪律,老子操你们八辈儿祖宗!"他转向站在旁边的跟随人咆哮说:"快拉他们几个出来给我敲了!"

左右的跟随人面面相觑,都不肯执行命令。那群被骂的蹚

将们都吓得变脸失色,不敢做声。李水沫没有坚持他的可怕命令,又转过脸来骂着:

"我×你妈们,你们这一群'望乡台上打楞楞'①的家伙,敢在火线上把老子的话当成耳旁风啊!你们想想看,这一带都是硬地,不是软地②。咱们是趁人家不防备打进来的,可不是人家下帖子请进来的。人家正在前边打徐寿椿,冷不防咱们打后边抄了窝子,一气烧杀了三十多里,人家不会跟咱们甘休哩。"他喘了一口气,继续咆哮:"不用说,人家的大队人马夜黑儿就接到了不知道多少封鸡毛信,马上就会涌过来。老子现在要问问你们:要是人家排山倒海地涌来啦,你鳖儿子们是顾女人呀还是顾打仗?……你鳖儿子们为啥不回答呀?我操你们八辈儿祖宗!"

看见没有人敢哼股气儿,李水沫在石阶上来回地走了几趟,于是站定脚,大声命令:

"女人们都到庙里去!"

大家愣了一下,立刻把三十多个姑娘和媳妇驱进庙院。李水沫愣着眼看最后一个女人走进了庙门以后,皱皱眉头,停了片

---

① 婴儿站在大人手掌上,站又站不稳,然而很快活,这在我的故乡叫做"打楞楞"。望乡台是迷信传说死后魂灵望乡的高台。"望乡台上打楞楞"是一句歇后语的前半截,下半截是"不知死的鬼"。
② "硬地"就是红枪会统治地带,"软地"就是土匪活跃地带。

刻,忽然命令:

"把庙门锁起来!"

一个蹚将把庙门锁了。

"从后边给我放火!"

大家骇了一跳,不安地浮动起来。李水沫望着他的一个护驾的把脚猛一跺,愤怒地大声叫:

"还不快去!"

大家都希望这不过是一个恐吓,决不会平白地把几十个娘儿们烧死庙里。但顷刻之间,庙后的两间草房子吐出了黑烟和火舌,娘儿们凄惨地哭喊起来,拼命捶打和摇晃着锁了的大门。李水沫像完毕了一件麻烦的工作似地从石阶上走下来,向着那些不知所措的蹚将说:

"好啦,我让你们都心净啦,准备跟红枪会打仗去吧。"

从管家的跳上石阶大骂的一刻起,陶菊生就吓得两条腿轻轻打颤。如今他突然全身都痉挛起来,跟跄地走了两步,紧抓住刘老义的一只胳膊,困难地哽咽说:

"你快点儿救救她们!"

没有人敢为那几十个凄哭惨叫的娘儿们讲一句情,可是许多人不忍的转开脸去,咂着嘴唇。薛正礼把菊生拉一下,垂着眼睛向庙后走去。看见那个放火的蹚将正在点别的房子,薛正礼把手摇了摇,难过地说:

"算了,别再点了!"

那个放火的蹚将虽是李水沫的护驾的,却很听话地抛掉手中的引火东西。薛正礼拉着陶菊生把大庙绕了一周,又走到庙的前边。"我去向管家的求个情去,"他喃喃地说,"世界上没有这样的道理。"正在这当儿,三个便衣带枪的人骑着马奔到庙前。他们中间的一个大个子向管家的招呼一声,赶快跳下马来,跑到了管家的跟前。菊生认出来这家伙正是来过两次的那位招安代表,认识他的人都叫他"营长"。营长似乎对庙院中的娘儿们的哭叫顾不及关心,凑着李水沫的耳朵咕哝起来。李水沫也说了几句话,随后又皱皱眉头,很决断地放大声音说:

"好吧,既然是旅长的意思,我当然没话说,立刻照办。"

"对,对,这样办对我们大家都有好处。只要旅长的地盘扩大……"

"你不要在这儿多停,"李水沫扬扬手说,"快上马走吧。"

"好,我此刻就上马,你也赶快下命令出水。"

营长和他的两个护兵匆匆地跳上马,同李水沫招呼一声,向刚才来的方向奔去。李水沫回头向庙院望了一眼,草房已经把瓦房引着,浓烟呛得他咳嗽几声。向地上吐口黄痰,他对着庙门微微地笑了一下,转过脸来幽默地说:

"把庙门打开吧,各人找各人的女人,别要认错了。"

蹚将们蜂拥上前,顾不得找钥匙,叮叮咚咚地砸开庙门,把几十个娘儿们救了出来。到这时候,噙在菊生眼角的泪水才禁不住迸了出来,赶快背过脸装做擤鼻涕,悄悄把眼泪擦去。那位姓吴的带着他抢来的女人站在一棵树下面,递给女人一块蓝土布手巾让她擦眼泪。菊生正要告诉他的干老子说这位姓吴的有几分像王成山,但话还没有说出口,李水沫望着薛正礼急急地命令说:

"二哥,你带几个人赶往前头传一传,叫大家快点儿向正南出水。"

于是菊生来不及再说话,随着薛正礼和刘老义们赶快的离开庙门。但这几分钟内的事态变化,使他迷进雾里了。

二十七

一路烧杀着,奸淫着,抢劫着,杆子从红枪会区域中撤退出来。那些临时参加的小股蹚将和二道毛子,一出硬地,大部分陆续散去,只有少数人入了杆子。但李水沫的牌子①却红得发紫,杆子每天在增加人马和枪支。几天以后,小年下已经到了。蹚将们为要舒服地过一个新年,就在小年下这一天,把杆子拉到

---

① "牌子",即名字。

薛岗。

薛岗和茨园这两座围子,一方面有不少的旧世家和大地主,一方面也是这一个杆子的老巢。两座围子虽然远不如前清末年和民国初年的旺气,但房子还保存有十之七八。至于那十之二三的损失有的是由于火灾,有的是由于兵灾,有的是由于败家子的拆卖,只有很少的一部分是土匪烧的,但也是两年前的事。当几年前乡下才乱的时候,那班夜聚明散的零星刀客①,都不敢得罪薛岗和茨园,甚至连他们的佃户也不敢招惹。后来,土匪多起来,出现了大股子,偶尔在半夜间突然来到寨门口,嘭嘭放几枪,贴一张片子,喊一喊帮饷②。再后来,越发乱了,竟然有土匪偷袭进围子来,放火烧一两座柴禾垛,几间不很重要的房子,并且拉票了。地主们惊慌起来,有的搬进城里住,有的赶快买枪看家,但最聪明的办法是拉拢几个土匪头,或找几个穷亲戚、族人下水去蹚,而薛正礼就是受到同族的支持而拉人架杆子,归到李水沫的旗下。李水沫的杆子上的重要干部,差不多都是这方圆左近,十五里以内的人。所以在到处残破与荒芜的今日,大体说来,薛岗和茨园这一带还像似一个世界,就是说,这一带大大小小的村庄里还有树木,还有房屋,还有鸡叫,还有牛羊在村边吃

---

① 民国初年的土匪还称做"刀客",后来土匪不再用刀作武器,"刀客"的称呼也渐渐地不再用了。
② "喊帮饷"是只用口叫出索款的数目和期限,不用片子。

草,还有灰色的炊烟缭绕,而村与村之间还纵横着青绿的麦田。

杆子盘驻到薛岗以后,周围二十里内的村镇天天有人给他们送礼物。在几天之内,杆子收到的酒啦,肉啦,白面啦,纸烟啦,足够他们用过元宵,另外,杆子还收到了不少的现款和烟土。这些年礼,由管家的依照着人数多寡,分给各股。各股头目又依照着有枪和没有枪的差别,将现款和烟土分给大家。薛正礼的这一股有两个体己票子,还有不久前送出的一张片子,也赶在年底收到了三笔进款,每个弟兄捞到了更多油水。像这样舒服的新年在一般农民是很难有的,所以每个蹚将都感到非常愉快。

年三十的下午,薛正礼带着菊生和赵狮子回茨园去了。小年下的晚上薛正礼回过家一次,但只叫赵狮子一个人跟他同去,菊生同刘老义们留在薛岗。这次薛正礼带着菊生一道,原是出自他母亲的要求。她曾经对薛正礼大夸赞菊生的聪明懂事,长得好看;据她说,自从上次看见过菊生以后,她总是忘不下这个孩子。前天她叫人顺便给薛正礼带个口信,要他在年三十务必带菊生一同回来。薛正礼同赵狮子和菊生一进茨园,就像是从远方回来的两个客人,到处受着男女老少的亲切招呼。小伙们用羡慕和尊敬的态度追赶着薛正礼和赵狮子,而孩子们把眼睛睁得大大地打量着他们身上的枪支,打量着菊生。薛正礼和赵狮子应接不暇地回答着人们的招呼和询问,在一片和睦的空气中到了家里。

菊生的干奶和干娘正在忙着包饺子。一看见他们回来,干奶和干娘都慌了手脚,又是给他们腾地方坐,又是给菊生拿火罐。赵狮子向案板头旁边一蹲,枪靠在他的怀里,望一望面叶子和饺子馅,嘻嘻地笑着问:

"二嫂,我洗洗手帮你包吧?"

薛二嫂回答说:"用不着你插手。好好儿蹲在那儿吸烟吧。你看,马上就包讫了。"

"二嫂,你不知道二哥的口味,让我替你尝一尝馅子咸甜。"赵狮子用筷子抄了一把饺子馅放在手心,往嘴里一填,连两边的腮帮都鼓了起来。

薛大娘笑着捣他两指头,责备说:"你总不像是一个大人!"

赵狮子咽下嘴里的馅子,顽皮地恳求说:"大娘,刚才这一嘴咽得太快,没有得尝出味道,你让我再尝一嘴。"

"馅子里的肉半生不熟的,还要吃!"薛二嫂把赵狮子面前的筷子抢到手中,接着说:"在外边你杀人不眨眼,一回到家里来欠吵欠骂,跟十来岁的孩子一样!"

薛大娘望着狮子说:"我不信他真是熬淡①!"

薛二嫂回答说:"你让他装佯! 他们当蹚将的是'夜夜娶亲,天天过年',熬淡个屁!"

---

① 多天不吃肉,见肉垂涎,叫做"熬淡"。

赵狮子趁她们不提防,蓦地用手去抓了一把填嘴里,跳起来跑到锅台前,一面笑一面吃着。那一群挤在门口的青年和小孩都忍不住笑了起来,还有一个拿扎鞭的半桩孩子①,咕咚一声咽下去一嘴口水。薛大娘走到菊生面前,把他的火罐提起来,用烟袋锅插到火罐底别几下,使火色发旺,然后推着挤在门槛里边的孩子们大声说:

"这儿没有玩把戏的,也没有吹糖人的,都挤在这里干啥子? 快给我爬开去!"

但是她的慈祥的脸色和声调使她的话不发生多大力量,青年人和孩子们都望着她嘻嘻笑着,不肯散去。一个四方脸的青年农人从门框边探着头向薛正礼问:

"二叔,你们这回打红枪会得了几根枪?"

薛正礼回答说:"得的可不少,光我这一股就得了好几根枪。"

"有好枪没有?"

"也有好枪。"

"二叔,你让我跟着你,不管给我一根啥枪都行,只要能放得响。"

薛正礼笑了笑,用教训的口气说:"还是安分守己地在家做

---

① 大半人高的孩子(十五六岁之谱)叫做"半桩孩子"。

庄稼好,别胡生心思。"

四方脸的青年已经上到门槛上,用头顶抵着门楣,说:"二叔,你是看我不够料是不是? 你问他们,"他向挤在旁边的几个青年看一眼,"我比谁都有种……"

一个尖下巴的青年接着说:"强娃确有种,让强娃跟着二叔,包不会叫二叔丢面子。"

薛正礼没有说话,露出为难的神情,把脑袋摇了几摇。但是那位叫做强娃的方脸孔青年越发热心地恳求说:

"二叔,你千万提拔提拔我,让我过罢年就跟着你去。小年下你回来一趟我不晓得,这两天总说往薛岗找你可总是抽不出空儿。听说你今儿要回来,我上午就在等着你,不敢离茨园一步。二叔,随便给我一根枪就行,才上来我情愿背根坏枪。"

薛正礼伸出一只手在脸上慢慢地抹了一把,喃喃地说:"别跟二叔学,还是老老实实地种地有出息。"

"二叔,请你放心,我已经跟我爹商量好啦,他情愿让我去蹚。他说,只要我跟着二叔一道蹚,他决不阻挡。"

薛正礼坚决地拒绝说:"你爹答应,我不答应。"

强娃失望,转向薛二嫂,恳求说:"二婶,请你替侄儿帮帮言,明儿一拂明我就给你老来拜年,你要我磕几个响头我就磕几个响头。"

薛二嫂一面包饺子一面说:"我给你帮句屁言!你二叔干

蹚将是不得已,如今想洗手也不容易。你仔细看,自来干蹚将的有几个得到好果?"

屋里,空气突然间沉重起来,孩子们脸上的笑影散失了。薛正礼吁出一口气,慢慢地捺着指关节响了几下,然后劝四方脸的青年说:

"做庄稼吃饭虽说不容易,可总算正门正道,没有人敢说你不是好人。一下水就成黑人,一年到头得提心吊胆,混到煞尾还是——还是——"他瞟了母亲和女人一眼,"还是得不到一个好果。"

"屎,只要能够痛快地活几天,死了拉倒!"尖下巴紧跟着冒失地说。

"这年头,怕死不算是英雄好汉!"背后又有人接了一句。

薛大娘停止工作,变脸失色地望着两个说话的青年责备:"都给我爬走!妈的×,大年三十,光说些不吉利话!嘴痒往树上操操去,别站在老子的门口放快①!"

拥挤在门口的青年人和孩子们互相地观望着,片刻间没有人敢再说话,但也没有人愿意离开。薛大娘的脸色又稍微温和起来,一面装着烟袋锅子一面说:

"你二叔轻易不回来一趟,每次回来你们都这样缠他,不叫

---

① 说不吉利话叫做"放快"。

他安静一刻!"

四方脸的强娃说:"只要二叔答应俺们跟他去,以后俺们就不再缠了。"

"你们都别急,"薛正礼含着微笑说,"等我站定脚步了,你们谁买不起牛的我给你们牛,买不起女人的我替你们买。"

青年们纷纷说:"我们等不着,我们现在就要跟着你下去蹚!"

薛正礼无可奈何地说:"唉,蹚,蹚,蹚!……"

强娃又恳求说:"二叔,你把你的枪给我一根!"

尖下巴跟着说:"也给我一根!"

另一个青年说:"也给我一根,好坏都行!"

又一个青年说:"我愿意当甩手子,遇着打仗时我自己会夺来一根。"

拿扎鞭的半桩孩子接着说:"二爷,你给我一根短枪!"

一个比他矮半个头的孩子说:"我也要一根!"

另一个孩子说:"我去当小侠子!"

又一个拖鼻涕的孩子说:"我也当小侠子!"

这一群青年人和孩子们用天真的热情的眼光看着薛正礼的脸,互相拥挤着,你一言我一语地要求下水。一看见这情形,薛大娘不知是感动还是安慰,满是皱纹的脸孔上绽开来并不轻松

的一丝笑,把烟袋拿离嘴唇,用慨叹的口气说:

"唉,这世界挖根儿变了,连小小的娃儿家也要去蹚!"

"大奶,"一个青年说,"等二叔一收抚①,你就是老太太啦。"

"哼,老太太!"薛大娘不相信地说,但显然为这话感到愉快。

"二婶也是太太了。"又有人加了一句。

薛二嫂笑着说:"我没有那么好的命。我只盼望他们能够早一天收抚成,赶快洗手,以后日子穷一点没有干系。"

"都快给我散散吧,"薛大娘向大家挥着烟袋说,"别再挤在门口了,扰得我想跟菊生说句话都不能够!"

"俺们求二叔的事二叔还没有答应哩!"几个青年差不多同声说。

"好好,你就答应他们这一群小冤孽,"薛大娘望着她的儿子说,"别让他们挤在这里絮叨个没休歇!"

"好好,都散散吧,开了年每个人给你们 根枪跟我蹚去。"薛正礼只好顺口答应说。

虽然多数人看出来薛正礼的这句话不会可靠,但也都怀着一个突然增大的希望而快活起来。那些半懂事不懂事的孩子们

---

① "一收抚"即一旦收抚了。

实信了他的允诺,快活得乱蹦乱叫。薛大娘从草墩上站起来,慈祥地笑着,挥着烟袋,要大家别尽在门口拥挤。青年人和孩子们开始有少数散去,大部分还留恋着不肯离开。赵狮子从锅台前边跳出来,到门口连推带拉,大声叫着说:"走,都跟我学打枪去!"这确是一个极有力量的号召,青年和孩子们都争着要学打枪。赵狮子在前边跳着跑,一群大大小小的人在后边欢叫着追随。于是门口突然一豁朗,只剩下稀稀的几个人了。

四方脸和尖下巴都没有走。四方脸坐在门槛上,从地上拾起来一根麦秸棒,慢慢地用指甲掐着,等待着说话机会。尖下巴走进屋里,靠着锅台一蹲,取下搭在肩上的小烟袋,把烟布袋和独山石①烟坠儿在手里抡得滴溜溜地转。门槛外站着一个脸带菜色的瘦小青年,两个十岁左右的小女孩。女孩们怯生生的,好奇地打量菊生,但菊生用大眼睛回看她们时,她们就害怕地躲在墙边。后来她们又露了两次头,不再出现了。在沉默中,薛正礼微感困倦地打个哈欠,伸出手从前额抹下来,到嘴上迟疑地停了片刻,然后继续着抹过下巴,喃喃地叹息说:

"唉,现在的年轻人,没有一个愿意安安分分地在地里做活!"

---

① 独山离南阳城北十八华里,产一种带花的玉石称"独山石"或"独山玉",可做各种小什物和装饰品,在周围几百里以内很为流行。

二十八

  陶菊生坐在门后的一把小椅上,提着火罐烤着手,一声不做,大眼睛向屋中滴溜溜地转来转去。干奶向地上磕去烟袋锅中的火灰,到里间屋里拿了一把红枣和没有炒的干花生走出来,放在菊生的怀里。

  "菊生,你把这放在火里烧烧吃,"老婆子关切地说,"要是饿你就言一声,让你干娘给你下扁食①。你现在饿不饿?"

  "不饿,不饿。"菊生感激地连声说。

  干娘也嘱咐说:"这是在自己家里,扁食也是现成的,要饿你就言一声,可别作假呵。"

  菊生说:"我真是不饿。"

  干奶说:"也不要想家。菊生,你很想家吧?"

  "不想。"菊生说,笑了一下。

  干娘叹息说:"唉,谁都愿骨肉团聚,你怎么会不想家!"

  菊生确实在想家。这屋里每一种为过年而预备的东西都使他想起来自己的家,想起来过往的许多年节,有些记忆已经模糊

---

  ① 饺子在这一带许多县份称做"扁食"。

得如像遥远的片断残梦,有些还新鲜得如像昨日。他想起来在九岁以前,故乡的土匪还没有起事,他同着全家人住在乡下。每到年节,全家人从腊八过了就开始忙起。母亲日夜加工,忙着给三个小孩子赶制过年的新鞋新衣;伙计们忙着为过年煮酒,套磨①,杀猪,宰羊,上街赶集。小年下过去,越发地紧张起来:二十四扫房子;二十五做豆腐;以后天天蒸馍,蒸包子,下炸锅,把食品预备得满筐满柜。二十九和三十这两天,父亲白天忙着给邻居和自家写对联,晚上还要教三个小孩子演习从古时传下的种种礼节。母亲和伙计们,和老祖母,为着给过年预备饺子,预备迎神,预备明早应该穿的和戴的,三十这晚上一直要忙到深夜。他们三个小兄弟问大人们要过压岁钱,前院跑跑,后院跑跑,这屋串罢串那屋,兴奋得不肯睡觉,时常跑到院里去燃放鞭炮。这一切童年的印象是那么美丽,使菊生很久很久地沉浸在怅惘的回忆之中。但后来想到近几年的艰难家境,每到过年关时债主盈门和父亲躲债的情形,他的心突然沉重,思路转回到现实中来。正当他开始想象着今日双亲在家中如何相对绝望痛哭的情形时,他的思路又被下面的谈话打断:

"并不是怕下力气。"四方脸的强娃说:"一年到头下力气也难吃一顿饱饭。从前过年时还可以磨一点麦子,全家人吃几顿

---

① "套磨"即磨面,本来是套上拉磨的牲口。

白蒸馍;从上个年下起就没有见过白面,今年更不用提了。你说,二叔,这年头谁下力气谁饿肚子,年轻人为啥子不想下水?"

"可是穷富都是命。"薛正礼安慰说。

"咱也知道上辈子没给咱留下来半亩田地,活该给好主做佃户。可是二叔,你不是没做过庄稼,指望种人家的田地过日子,十辈子别想翻身!再说,我种的这几十亩地,东家正在往外当;一当出去,咱就得马上丢地;一丢地,老老少少七八口子就得讨饭!"强娃用一根柴禾棒在地上画着,眼圈有点儿发红。

"只看你们东家将来把地当给谁,"薛大娘插嘴说,"央人说说情,不丢地总也可以。"

"哼,不丢地!"强娃叹息说,苦笑一下。"想想看,到时候又得送人情,拿押租,七拉八扯,驮一身债。要是送的人情轻,押租少,新东家看不在眼,还是掐地①。别看种庄稼没出息,可是穷人多啦,人们会卖儿卖女,挤破头来拱②。"

薛正礼问:"你眼下不是没有背债?"

"为啥子能不背债?去年死了牛,东家不管,咱只好八下抓钱,塌了一屁股两肋巴③。前几天人家债主逼的紧,我跑到姐家

---

① "掐地"就是从佃户手中把田地收回,好像掐掉一个草叶之类的东西一样的把佃户掐掉。
② "拱"字上声。以头掘地叫做"拱"。此处作为"拱门子"的省略语,等于"钻"字。
③ 即是"塌了一屁股两肋巴的债"。

去,央着姐夫求爷告奶地又揭①了十几块,拿回来把利钱还上,余剩的还了还药账,办了点年货。你看,旧的窟眼子还没有补起来,新的窟眼子又塌在身上,明年的荒春又得揭债,以后光这些债也会把咱拖死!"

薛正礼咂咂嘴唇,沉吟片刻,慢吞吞地说:"我明天问问你爹,看他是不是真的叫你蹚。只要他真的叫你蹚,开年后你就跟着我,还能够不想法子给你一根枪?"

强娃无限感激地喃喃说:"二叔对我的好处我永远不会忘下……"

薛大娘也无可奈何地附和说:"蹚一个时期也好。捞几个钱把身上的窟窿补一补,也让你妈治一治病。她那病非有钱连着吃几副药不行,再耽搁下去就变成痨症了。"

"是的,大奶,我也是这么盘算。我一下去蹚,手头上总比较种庄稼活一点,我妈的病也不会拖着不治。再说,我爹跟我哥在家种地,只要不欠租,不打拐②,就是换了东家,人家看在我当了蹚将,也不会平白地把地掐掉。"

薛二嫂突然抬起头来说:"你不要想得这样美,强娃。常言道:'饿死莫做贼,屈死莫告状。'你想想,一下水就落个贼名,跳

---

① 揭高利贷叫做揭债、揭借,简称"揭"。
② "打拐"近似舞弊。但打拐限于钱财,且较轻微。骗取叫做"拐","打"字是语头,表示从事于拐骗活动。

到黄河也洗不净。听说南乡的杆子快收抚成了。万一水一清,大批军队开到,到那时可怎么好?人不能不要前后眼,光看眼前一时不行呵!"

老婆子也忧愁地说:"唉,你二婶看得也对。水不能永远溷①下去,就怕的你们这些年轻人痛快一时,后悔一世!"

看见强娃不说话,薛二嫂又说:"万一钱没有捞到手,军队一来,撵得大家鸡飞狗上墙,全家人都不能落窝,到那时后悔也来不及了。"

薛正礼举起一只手在脸上迟钝地抹了一把,很重地咂一下嘴唇。他又去捏他的指关节,但两只手都没有再捏得啪啪响,似乎只有一个指关节发出微声。薛二嫂瞟了她丈夫一眼,低下头去,带几分伤心地抱怨说:

"不怕你们不听我的劝,等日后你们吃了后悔药,才知道我的话都是'金个换'。自古来菜里虫儿菜里死,没看见几个当蹚将的能得善终!"

尖下巴突然冒失地说:"尿,二婶,这年头,胆大的撑个死,胆小的饿个死!撑死总比饿死强,何况再过二十年又是一条好汉!"

强娃接着说:"就是呐,反正在家里迟早是饿死,不如当蹚将死个痛快。"

---

① "水溷"指地方治安乱起来。

薛大娘的脸孔上笼罩了一片暗云,赶快大声说:"大年下,你们把'死'字挂在嘴上,多不吉利!要是你们不愿忌讳,都给我爬到远处说去,别让老子听见了心里不舒服!"

薛二嫂和两个青年农民都恍然想起来他们自己的失言,低着头不敢做声。老婆子也不再斥责下去,默默地吸着烟袋。

在这满屋中鸦雀无声的当儿,陶菊生又想到他的故乡。自从他九岁进城以后,村中许多从前常在一道玩耍的儿童,都成了半桩少年,几年来都没有机会见面,据说大部分下水蹚了。他有一个叫做天福的近门叔父,比他大三岁或者四岁,因为饥饿而做贼,已经被杀了。去年他曾经看见另一位近门叔父,三十岁左右年纪,从前是枝楞楞的一表人物,而现在脸色发青,眼窝深陷,眼睛无光,鼻子瘦得起棱,脖颈歪着,完全给饿走像啦。还有两个被村中的人们称做蛮子娃儿的双生兄弟,比菊生也只大两三岁,前年他们的伯父带着他们逃往远方,到现在没有音信。这许多人的面影一个接一个地浮出眼前,鲜明而又亲切。在这片刻中,从他的沉淀的记忆中浮现出来童年时代在村中无数有趣的生活场面。他一方面恍若此刻还生活在童年伴侣们中间,一方面又慨叹着他们的变化、逃亡和死去,于是他的心被乱纷纷的回忆和感触层层地包围起来。

一个老人的沙哑声音在呼唤着一个叫做"银娃"的名字,呼唤了几声后就停下喘息起来。那个站在门槛外一直没有做声的,脸带菜色的瘠瘦青年,听见这呼唤就悄悄地去了。他在的时候,似乎大家都没有留心到他的存在;等他像影子似地离去之后,大家才仿佛蓦然间发现了他。薛二嫂抬起头来望一望他的背影,小声地喃喃说:

"银娃比你们都过得苦,他早就有心下水蹚,刚才在门口站半天没有敢说出口来。"

她的丈夫问:"他跟你提过?"

"唉,提过几回啦。每一回他一开口说要跟你去,我就嚷他一顿。银娃这孩子起小就腼腼腆腆的,从来不爱多说一句话,也没看见他跟别的孩子打过架,如今竟然因为没饭吃,一心想下水蹚!"

尖下巴抡着烟袋说:"哼,瞪着眼睛饿死在家里也不会有人给他立碑!"

"他爹会亲自来找二叔,"四方下巴的强娃说,"求二叔收留银娃。"

"唉,真是!"薛正礼摇了摇头,向尖下巴望了一会儿,带着忧郁的神情问:"胜娃,你是不是也想下水?"

尖下巴冷淡地笑一下:"我不蹚。二叔,你老人家不用发愁。"

"你不蹚?"薛正礼感到意外地问,"你为啥不蹚?"

"我要吃粮去。"尖下巴的胜娃回答,一面装着烟袋锅。"过破五就走,已经约好了十几个同伴。"

"都去吃粮?"薛正礼继续着诧异地问。

"都想跑得远远的,见见世面。"

薛大娘不满意地骂着说:"胜娃,你这个坏东西,你自己愿吃粮就去吃粮好啦,为啥还要勾引别人陪着你?"

胜娃生气地分辩说:"哪鬼孙勾引别人!大家看蹲在家里没有好日子,都愿意出去吃粮,谁也没勾谁!"

薛大娘叹息着说:"唉唉,这真是末梢年!年轻人不当蹚将就当兵,庄稼活越来越没人肯做,田地不都要荒起来了?"

"荒起来活该。"胜娃把烟袋锅探到菊生的火罐里吸着,又带着嘲讽的口吻说:"地都荒完了,让那些好主们跟穷人们一样地扎住脖子。"

"劫数!劫数!这一劫刚刚开头,看看将来得多少人死呵!"

"哼,要不叫人们自己来剔剔苗儿,再过几十年不是要挤破世界?"胜娃冷淡地笑着说,向菊生看了一眼。

菊生虽然不相信宿命观念,但也不得不承认如今确是人民的一大劫难。他想起来当他刚能够记事的时候,那些留着长发的"善人们"[①]常常用悲哀的声音对群众唱读"善书",警告人

[①] "善人"是一种斋公,一般都有秘密和公开组织,向人们宣讲所谓劝善惩恶的迷信书,即所谓"善书"。

们,说大劫眼看就来到头上,到那时,血流成河,白骨如山,父母妻子不能够团圆。除兵灾和匪灾之外,还有旱灾,水灾,各种各样的疫灾。经过这一切灾难之后,良好的田园都要荒芜,十成人要死去七成。每次当"善人"站在板凳上唱出来这种预言的时候,那些坐在地上的听众都害怕得不敢做声,女人们偷偷地流着眼泪。这些预言变成了乡下人的谈话资料,到处传播,到处使人们的心为它浮动。人们一提到这种预言,就同时要提到黄巢和闯王的故事,和不知什么年代的一次顶顶惨重的旱灾。菊生那时候还不晓得黄巢和闯王是历史上的人,还以为他们还都在活着,所以每次大人们谈到这两个人物,他就躲到母亲的怀里叫怕,几乎要张开嘴大哭起来。这些记忆已经有十年左右了。十年的时间在成年人看来不算太长,但在一个像菊生这样的孩子看来,就长得有些渺茫。此刻干娘和胜娃的几句话把他的心带回到遥远的过去,他仿佛又听见那些"善人们"的像哭泣一般的声调在空中飘扬……

"这是谁送来的?"薛正礼突然望着挂在梁上的一只羊腿问。

薛二嫂回答说:"是丁国宝他妈送来的。她说你派人给她送去了五十块钱,她没法报答,特意买了一只腿送来。我不要,她高低不依,还跟她争执了半天。"

"丁国宝!"菊生心里叫,想起来被红枪会打死的那一个年轻蹚将。

薛正礼说:"唉,苦命人!"他摇摇头,眉毛头深深地皱了起来。

薛二嫂叹息说:"你看,国宝的媳妇才十九岁,往后还有悠悠几十年,日子咋过!"

(一个印象从菊生的脑海里闪出来:丁国宝不止一次地说他的女人是童养媳妇,跟他的感情极好。)

薛正礼用低沉的声调说:"穷人家不能够太讲究。等小孩子离了脚手,她要是愿意走①也不必勉强她守②。"

"守啥子啊!"薛大娘插进来说。"荒乱世界,年纪那么轻,又不是有钱有势的家儿,守个屁!"

"下水还不到两个月……"薛二嫂又喃喃地说了半句。

屋里的空气越发显得沉重,谈话忽然间停顿下来。菊生在想象着丁国宝的贫苦的小家庭,在心中替他的母亲、他的媳妇、他的婴孩,一个一个地塑造形象。他仿佛看见了他们的可怜的贫穷生活,看见他们正扶着死者的简陋的棺木哀哭。正在这当儿,门外的柴禾垛边闪出来一位穿皮袍的陌生人物。薛正礼和两个青年农民都在屋里站起来,满脸堆笑地迎接这一位来客。

---

① "走"即改嫁。
② "守"即守节,寡妇不改嫁。

菊生看见这情形也不敢坐着不动,便赶快丢下火罐,倚着门站了起来。

二十九

穿皮袍的人物一到门口,薛正礼的母亲和女人也都赶快站了起来,亲热地打着招呼。

"这是你七叔,"干娘笑着告诉菊生说,"现在先认识认识,明儿你还得给你七叔跟七婶拜年哩。"

"他就是菊生?"穿皮袍的人物问。"你今年几岁了?"

这位苍白的、清瘦的、带有几分书生气和败家公子风度的青年人物,把菊生端详一阵,亲热地拍一拍他的肩头,夸奖几句。坐定之后,客人抽着他自己的漂亮的旱烟袋,同薛正礼拍起话来①。胜娃和强娃蹲在门后,静静儿听着,不敢插嘴。菊生很觉无聊,把两手插进袖管里,靠着门框站着,眼睛向寨墙那方面瞟着。他很想去跟着赵狮子一道玩,但又找不到机会走掉,只好一面听着大人们的闲谈一面胡想。干老子跟客人

---

① 谈话,河南人叫做"拍话";也说"拍拍",如四川说"摆摆"。"拍"字可能是"喷"字的转读,但也可能是指谈话时两片嘴唇的动作而言,我是采取这后一种解释。

起初谈一些关于过年的事情,后来又扯到十天前打红枪会的那件事上。

"二哥,"客人说,"听说为红枪会那谱事情,徐寿椿快要跟马文德开火了,你们杆子上有没有听到风声?"

"也只是听到一个荒信儿,不知靠住靠不住。"

薛大娘忍不住插进嘴来:"我的天!为啥子军队又要跟军队打起来了?"

薛二嫂冷冷地低声说:"哼,还不是为争权夺利,要小百姓在中间遭殃!"

薛正礼点头说:"就是呐,一个槽上拴不下俩叫驴,说来说去还是争地盘。"

薛大娘恍悟地叹息说:"怪道呢,马文德要急着把南乡的蹚将收抚,原来是为着打仗!"

"徐寿椿说是红枪会打他是老马在后主使,我看也不见得可靠。"穿皮袍的人物吸口烟,向地上吐了一口唾沫,又补充他的理由说:"如今的军队谁不痛恨?今儿要柴,明儿要草,后儿又要麦呐,要面呐,要麸料呐,捐大户呐。不管谁一披上二尺半就立刻变了性子,动不动开口骂人,伸手打人,谁敢有一点反抗就抓起来非刑吊打。他们明的强派,暗的抢夺,这还不够,还要动不动借一个因由讹人。这一切还是小,他们还强奸女人!实在说,这一次闹这么一个大乱子,还不是因为老百姓不管贫富都逼得无路可走,才齐齐心遍地起漫①?"

薛二嫂跟着说:"真是,有蹚将的地方老百姓叫蹚将闹得鸡犬不宁,没蹚将的地方又叫军队闹得神鬼不安!"

"屎,一头半斤,一头八两!"尖下巴的胜娃忍不住冷冷地冒了一句。

薛正礼说:"有时候军队还赶不上咱们蹚将,蹚将还'兔子不吃窝边草',拉票也拣拣肥瘦;军队是一把篦子,不管大小虱子一齐刮。"

薛大娘叹了一口气,说:"看从前我年轻的时候是多么太平,蹚将跟军队都没有,人们到晚上敞着门儿睡,哪像现在的世界杀一条人命还不如杀一只鸡子重要!"她忽然想起来刚才穿皮袍的人物提起的那个问题,向她的儿子追问:"马文德跟红枪会真没有一点干系?为啥乡下都传着是他在背后主使?"

薛正礼说:"这谱事他通不通气儿咱怎么晓得?不过杆子是他叫出水的,这倒是人所共知。他一听说杆子去抄红枪会的后路,就连夜派人去追,逼着叫杆子出水。"

"就凭这一点他也不能够洗得干净!"薛二嫂批评说,像看透了一切阴谋。

---

① 一个地方的普遍骚动,从前我的家乡下人叫做"起漫",也许是表示像洪水一样淹漫对方。

穿皮袍的人物玩弄着玛瑙烟坠说:"设若真是他叫红枪会去打徐寿椿,这一次红枪会可真是上了大当。那天上午,徐寿椿的军队趁机会来个反攻,红枪会整个被打垮下来,死伤了两千多人。"

薛大娘咂咂嘴说:"看看多惨!"

一直到现在,陶菊生才猜出来这位穿皮袍的人物就是他时常听说的那位七少。七少虽是富家公子出身,却喜欢拉扯蹚将,遇事情愿意给蹚将帮忙。从前吴佩孚坐镇洛阳的时候,曾经严令镇守使和驻军进行清乡,这一带有一个短时期差不多水快清了。仗恃有人在城里给他撑腰,七少很做了些令蹚将们感激难忘的事情。例如,瓢子九是由于他的通风报信才没有被军队捕获,赵狮子是因为他的设法窝藏才能平安地把大腿上的枪伤养好,另外像薛正礼们许多人的枪都插①在他家里,在他的协助下暂时避到别处。不久水又溷起来,而七少稳坐家中就有人给他送烟土吸,送钱使用。七少在绿林朋友间是那么吃香,别说他的话人们宾服②,就连他的唾沫掉地上也会叮当响。七少的声望一天天地大起来,方圆十几里内的老百姓没人不巴结,连搬住在

---

① 把枪藏起来,在我的故乡说是"把枪插起来",自然"插"字比"藏"字富于形象性。从前的长枪(即红缨枪一类)是要插架的,如今换了快枪,插枪的用语未改。

② 心中佩服叫做"宾服"。

198

城里的地主们也只好买账。如今七少俨然是地方领袖,尤其是茨园寨地主集团的一座靠山。

无意中发现菊生目不转睛地在看他,七少把菊生拉到身边,又微笑着把他通身上下打量一遍。他仿佛有点儿关心这孩子的将来命运,紧拉着菊生的双手,打听着他的家庭情形,并且很奇怪为什么菊生的家里还没有来人说票①。菊生被问得穆怜怜的②,有许多问题他简直回答不出。自从菊生被抓来以后,家庭没托人来过一次,自然连任何礼物也没送过。一个半月来靠着瓢子九对他的特别仁慈,保全了他的二哥的一条性命。又由于他几次为二哥讲情,赵狮子又从旁关照,独眼龙李二红也不再给他的二哥苦吃。虽说他的性子越来越野,对蹚将生活发生了不少兴趣,但究竟不能就这样长久下去。今天他本来就在想念他的母亲和挂念他的二哥,经七少三问两问,他的胸膛里就暗暗地填满了凄怆情绪。

干奶本来有一些体己话想跟菊生谈,注意到他的脸穆怜怜的,惟恐他想念家乡,赶快吩咐强娃带他找赵狮子一道玩去。强娃带着他走出屋子,已经过了柴禾垛,干奶又亲切地大声叫他,嘱咐他早点回来把对子贴上,免得别人会贴颠倒或翻了过儿。

---

① 议论赎票的款子和手续,叫做"说票"。
② 小孩子显出愁苦或哭相,默默地不肯做声,在我的故乡就叫做"穆怜怜的"。

"胜娃,"她又向那位蹲在门后的尖下巴好意地责嚷说,"家家户户都在忙着过年啦,你尽曲蹴在这儿做啥子?光听人家拍话儿不能当饭吃,快给我爬回家去!"胜娃无精打采地站起来,喃喃地发着牢骚说:"人家过年咱不过年,人家吃肉咱断顿①,没有啥忙的。"他冷淡地走出屋子,跟随在强娃和菊生背后;但走到场边时,他忽然迟疑地停住脚步,在一棵枣树上磕去烟灰,把小烟袋往肩上一搭,默默地向另一个方向走去。

  菊生和强娃翻过西寨墙,看见赵狮子和一群大大小小的孩子们正在呐喊着追赶兔子,已经跑得离寨墙两里开外。兔子在赵狮子的前边很远,忽而在麦苗地里窜跳着,忽然跳进地沟或被地圪邻遮起来,不见踪影。赵狮子开了几枪没有打中,气得头上冒火,死追着不肯撒手。又追了一里多路,才一枪把兔子打死,然后他肩头上挂着步枪,手里边提着兔子,带着一群孩子们勾回头来。离茨园两里远在田野中有一个土孤堆,赵狮子们走到土孤堆那里时停下来,坐在土孤堆上边休息。等菊生和强娃走到时,赵狮子们一群人已经从土孤堆上站起来,仿佛没有看见菊生和强娃,而是纷纷地向大路看去。原来大家看见两个骑马的人从正西边顺着大路跑来,离土孤堆约摸有半里远近,到一个三岔路口犹豫地勒住缰绳,频频地向土孤堆这边张望。这显然不是

---

① 每一次饭叫做"一顿",所以"断顿"就是断炊。

来过此地的熟人,但又不像同杆子毫无关系。菊生凝望着两个骑马的人,向赵狮子问:

"是不是马文德派来的人?"

赵狮子推测说:"我看像是从南乡过来的蹚将。走,到跟前瞧瞧。要是南乡的蹚将走错了条子,我就叫他们把枪跟驮子留下。"

强娃不放心地问:"我到围子里再叫来两根枪?"

"用不着,等你叫了来已经迟误了。"

赵狮子连二赶三地推上一颗子弹,望着那两个骑马的人摆了摆手,用命令的口气大声喊:

"嗨!两个骑驮子的朋友站住!"

两个骑马的人果然很听话地停在岔路口,其中有一个故作镇静地点着了一根纸烟。赵狮子叫大家都留在土孤堆上,一个人提着枪向骑马的人们跑去。为着一种好奇心理的驱使,菊生随着赵狮子跑下土孤堆,紧紧地跟随在他的背后。但走了一半,赵狮子回头来对菊生把眼睛一瞪,拿枪托威吓着,低声说:

"你又没有枪,跟来做啥子?快给我趾①在这儿!"

赵狮子又继续往前走去。他一面小心地注视着对方的动静,大声问两个骑马的人是干什么的,从什么地方来。那两个人

---

① 脚步不前叫做"趾",此处意思是窝藏。

很讲礼貌地跳下马来,不肯直截了当地去回答他的盘问,却向他赔笑问着:

"往薛岗可是从左边这个条子走?"

赵狮子执拗地问:"你们是干啥的?"

"我们是特意来找你们的管家的,他可在薛岗盘着?"

赵狮子的口气柔和起来:"你们到底是从哪里来的?"

"我们是……"

赵狮子已经走到了那两个陌生人物的跟前。他们客气地给他纸烟,同他小声地说了一阵。菊生虽然不能够听多清,但知道那两个人对赵狮子说出了他们的来历,而赵狮子也指点他们往薛岗应走的路。刚才的紧张情形,在他们的一阵谈话中消散完了。

看着两个人骑上马走了以后,赵狮子一脸喜气地转过头来,向菊生招一招手。菊生跑到了三岔路口,赵狮子悄悄地告诉他说:

"娃儿,咱俩都没有猜对,人家是徐寿椿派来的人呢。"

"徐寿椿为啥子也派人来跟咱们的杆子拉拢?"

"可不准随便乱说!"赵狮子嘱咐过后,接着又说:"一定是徐寿椿怕咱们的杆子叫马文德收抚去,才赶紧派人来吊吊膀子。娃子,你猜这两个货的马袋里驮的啥子?"

"啥子?"

"烟土跟钉子①。好极啦。"他快活地拍拍缠在腰里的子弹袋,"俺的子弹袋又该灌满啦!"

"要是徐寿椿要跟马文德开起火来,咱们站在哪一头?"

"管家的想站在哪一头咱们就站在哪一头。"赵狮子想了想,又不放心地嘱咐一遍:"可记清,别谈闲条②!"

留在土孤堆上的一大群大孩子和小孩子都赶了过来,围绕着赵狮子打听消息。赵狮子含糊地说那两个人是从南乡的杆子上来的,和管家的是很好的朋友,特意来给管家的送烟土过年。在田野里玩了一会儿,天快黑了,赵狮子带着大家绕到了南门进寨。他把打死的几只老鸹送给别人,只留下那只兔子叫菊生拎着。"都各回各家,"他说,"谁再跟在我屁股后谁是兔子!"果然大小孩子们一哄而散,只有许多只眼睛依恋不舍地追随着他们。走过柴禾垛,菊生向屋里看:七少已经走了,干老子也不住了。

"快点吧,菊生,"干奶站起迎着他说,"再晚啦就看不见贴对子了。"

---

① 土匪喜欢把子弹说做"钉子",取其有相似之处。
② "闲条"就是闲话,是土匪中常用的黑话。闲话有两种:一种是真正没有关系的话,一种是与己无干而足以泄露别人秘密的话。土匪中所说的"闲条"往往是指的后者。

三十

毕竟是荒乱年头,百姓和杆子为怕有人前来劫寨,不许燃放鞭炮,大家在静悄悄中度着除夕。

在薛大娘的窄房浅屋中,神也被挤在一起。在中间的后墙上挂着一幅陈旧的立轴,上半截画的是关公,下半截画的是增福财神。财神脚下贴着两个用黄表叠成的牌位,一个供的是历代祖宗,一个是薛大娘的十年前亡故的丈夫。立轴右边相隔着两尺远近,贴着一幅新买的灶君的夫妇神像;神头上印着简明日历,脚下是四个进宝童子;灶君夫妇和进宝童子的衣服全都是大红大绿的,在多灰的烟熏的墙壁上特别出眼,可算是这屋中惟一的艺术品了。

红对子和绿对子贴过以后,薛正礼匆匆地赶回来了。薛大娘在神面前点着蜡烛和香表,虔诚地跪下磕头。然后薛正礼,最后薛二嫂,都跟着磕过了头。陶菊生素不信神,当干奶用眼色催他磕头的时候,他向后退了一步,微笑着摇了摇头。干奶笑着叹口气,慈爱地责备说:

"成天在枪刀林里串来串去,你也该给关帝爷磕个头,求他老人家保佑保佑。"

看菊生无意跪下,干奶也不勉强他,望着他的干娘说:"菊生跟狮子娃一定都饿啦,赶快下扁食吧。"

由于神前的两对红蜡烛照耀得满屋通明,又加上红绿对子,以及屋梁上滴溜着的羊腿和猪肉,案板和缸盖上到处是包好的饺子,这小屋中到底也充满了过年的气氛。在吃着饺子的时候,薛大娘特别地显得快活,时常回想到太平时候,絮絮叨叨地叙述着当年寨里地主们每逢过年的热闹景象。薛正礼怀着心事,不大凑腔,但在他的母亲前又不得不装出来快活的样子。赵狮子显然很满足于目前的蹚将生活,对于老婆子的叙述没有兴趣;等老婆子的话告一个段落时,他顽皮地笑着说:

"大娘,你说了半天,尽是说的好主们怎么样排场,怎么样雷动风响,跟咱们有啥相干?"

"有啥相干?"薛大娘想了一想,说:"太平年光总比荒乱年光好!"

赵狮子嘻嘻笑着说:"有啥子好?太平年光人家好主们抄着手过日子,坐吃承穿,安享清福,可是咱们呢?咱们不出牛气力不能吃饭,出了牛气力也不会像现在一样大酒大肉地吃着。"

"狮子,你一定是天上的杀星下凡,世界越乱你鳖科子越是喜欢。"

赵狮子依然嘻嘻笑着,回答说:"当然咱喜欢。乱世年头咱才能'吃香的,穿光的',也叫别人看一看咱的威风。"

薛二嫂忍不住指责他说:"可是这能算正门正道?"

"二嫂,只要眼前痛快,管他算不算正门正道!"

薛二嫂又感慨地说:"唉,我看还是平稳年光好。常言道:'宁作太平犬,不作乱世人。'平稳年,人不抢咱,咱也不抢人,纵然一天只喝碗凉水也心里舒服。"

薛大娘接住说:"就是啦,乱世做人不如太平年景的狗。要不是年光坏,死守着咱们那几亩地苦扒苦做,小日子还不是滋润润的!"

一接触现实问题,屋里的空气马上就沉重起来。有很长时间,薛大娘和薛二嫂都不说话,赵狮子也不敢随便乱讲。菊生一面吃饺子一面回想着往年家中的除夕情形,同时他们的谈话也字字跳进了他的耳膜。大家一沉默,他抬起眼睛来溜了一圈,想起来第一次跟着干老子回来时,干奶和干娘对他说的那些话,他深深地同情她们。但跟着他又想到了他的二哥,胸腔中忽然间充满了酸楚,眼眶也潮湿起来。他把眼光盯在一支蜡烛上,看着烛光在朦胧中摇晃,而从烛影中现出来他的二哥和整个票房,一会儿又现出来可怜的父母和破落的家庭,一会儿又现出来他的那位从军的大哥的面影。正在乱想着,干奶在他的袖子上拉了一下,喊他说:

"菊生,快吃吧,碗里的扁食已经冷啦!"

赵狮子小声问:"又在想家了?"

菊生凄然一笑,摇摇头,赶快吃了起来。干奶叹口气,喃喃地说:

"世界一乱,不知有多少家不能够过年!"

薛二嫂接住说:"咱们这茨园总算还好,可是你们听一听,连一家放纸炮的就没有!"

薛大娘叹息说:"一年不胜一年!"

沉默了半天的薛正礼忽然对赵狮子说:"七少叫你丢下碗以后到他那里去一趟,他有件事情要你去办。"

"啥子事情?"

"他要当面告诉你。"

薛二嫂冷冷地说:"哼!好事不背人,背人没好事!"

薛大娘不放心地嘱咐说:"狮子,坏良心的事情咱可不要做!七少找你去一定没有好事情;他就会推死人上树,使派憨狗去咬狼。"

薛二嫂说:"他要杀人,却叫别人抹一手鲜血!"

狮子说:"不会的,大年下他还能叫我去干那种活?"

"但愿他不会!"

薛大娘又嘱咐说:"不管他叫你去做啥子,你总得自己想一想这事情可做不可做。人靠心,树靠根,坏良心的事情少做为妙。万一水清了,你自己塌的血债有谁来替你偿还?"

薛二嫂看了她丈夫一眼,含有深意地说:"现在都把七少当靠山，终有一天你们会知道是叫谁推进火坑里！"

薛正礼皱着眉头说："你少说闲话好不好？万一这些话传进七少耳朵里，有啥子好处？"

"我窝了一肚子死血，你永远不让我吐出来！"

看情形严重起来，深怕薛二哥跟薛二嫂大年下发生冲突，赵狮子赶快把话题引到杆子的收抚上面。他把黄昏时碰见徐寿椿派来的两位代表的一段经过报告出来，登时引起了大家的兴趣。薛大娘和薛二嫂向来希望薛二哥能早日不当蹚将，既然如今徐寿椿同马文德争着要收抚杆子，她们感到了无限安慰，霎时间愁去喜来。薛正礼对于杆子的收抚问题虽然不重视，但他是一个很有孝心的人，看见母亲喜欢，他的眉毛头也跟着展开了。

吃毕饭，大家继续谈论着收抚问题。薛大娘希望杆子能叫马文德收抚去，因为马是本地人，军队可以不至于开往远处。赵狮子希望叫徐寿椿收抚去，因为离家乡稍远一点，免得仇人们找他麻缠。薛大娘担心地说：

"要是跟着徐寿椿，日后开到远处去，你们就像是离了水的鱼，还能不听人家随便摆布？"

赵狮子说："哼，开的太远了谁跟他去？"

大娘说："吃人家的，穿人家的，说啥子不听调遣？"

赵狮子毫不含糊地说："尿，等他发了粮饷，发了钉子，刀把儿攥在咱手里，咱想听他调遣就听调遣，不想听调遣就把杆子往乡下一拉,又照样儿蹚了起来。"

"既然你们贼心不改,何必叫人家收抚?"

"大娘,这不是贼心不改;只有这样收抚几次变几次,二哥才能够做大官呢。"

薛大娘骂着说:"你个鬼东西,一肚子歪材料,一定是跟老义学的!"

"这年头,走正路还混不阔哩。二嫂,你说对么?"

薛二嫂正在洗碗,说:"眼下别想得太远;不管谁收抚,只要能早一点收抚成就好。"

七少派伙计来请薛正礼和赵狮子,还嘱咐把菊生一道带去。薛正礼因为他母亲和女人都喜爱菊生,尤其除夕应该让母亲多多高兴,他叫赵狮子一个人先去,他自己同菊生留着同母亲闲叙家常。赵狮子走过了门前的柴禾垛,立刻消失在漆黑的夜色里边,但大家却听见他一边走一边扳动枪栓,快活地大声叫着:

"操他娘,'要做官,杀人放火受招安'!"

赵狮子的叫声一住,黑影中火光一红,突然枪声把菊生惊得一跳,枪弹刷啦啦向天边响去。薛大娘把笑容一敛,望着柴禾垛那边无边漆黑的夜色责骂:

"狮子娃,你的手痒啦!"

三十一

薛大娘把神前的蜡烛吹熄,只留下锅台上的一盏油灯。不过毕竟是过年派头,油灯里比平常多添了一根灯草。因为人丁单薄,过年的蒸馍和包子都已经在上午蒸齐备了。现在她们再没有事情可做,同薛正礼和菊生都围着一个火盆,闲拍着话儿熬年。约摸到二更天气,七少又派人来请了一次,薛正礼就带着菊生去了。

在一盏灯笼的飘动的光照之下,三座黑漆大门并排儿威风地竖在路边。中间的大门外有一对石狮子,一个刻有石猴的拴马桩和几棵大树。隔着大路是一个大的打麦场,场边堆着十来堆高大的麦秸垛,大半用青泥在下边糊了半截。菊生随着干老子走进西边的那座大门,发现这宅子实际上已经破落;花台边堆着一堆烂砖头,许多花盆里没有东西,对厅和偏房不是柱子倾斜,便是窗棂断折,而且东屋门上挂了一把锁,空空地没有人住。二门和两旁的厦子早已烧毁,墙壁倒塌了几个豁子,似乎不久前才用土坯将豁子补了起来。七少同赵狮子躺在西屋里烧着大烟,听见沉重的大门响动,他朝着院里发问:

"是二哥来了吗?"随即他又向打灯笼的伙计吩咐:"把大门关好!"

等薛正礼和菊生走进屋子,七少和赵狮子赶快从床上跳下来,让薛正礼躺在上边。薛正礼在床沿上坐下去,探着腰就火盆上烤着手说:

"没有别人来? 我以为你这儿会有好些人来烤火拍话。"

七少说:"刚才来了几个。我因为要跟狮子谈那件事情,扯个故把他们都赶走了。"

"商量好了?"薛正礼没有表情地望着狮子问。

"那有啥? 反正七少怎说咱怎办。"

七少笑着夸奖说:"狮子中。狮子有孤胆。"

狮子说:"反正当蹚将就是提着头过日子。"

薛正礼有些顾虑地说:"唉,我怕万一活做得不干净,日后会生出麻缠。那个家伙从前当过衙蠹①,不是好惹的。"

七少说:"没有啥。这事情也只有我们三个人知道。"

"可是没有不透风的墙,天机密的事情都会有水落石出的日子。"

七少沉吟片刻,说:"日后事情不戳穿则已,戳穿了,天塌有我长汉顶着,决不让石头砸住狮子。二哥,你躺下去,我替你烧一口,这是瓢子九送来的好川土。"

---

① 在衙门中丁差事的人。

薛正礼和七少头对头躺了下去。七少用皮袍后襟将双脚包紧,掂起钎子插进牛角烟缸中搅一搅,然后在灯上滚着钎子。黑色的烟膏子在钎子上咝咝地发出微声,不停地膨胀着,开着似乎透明的金花,散发出扑鼻的阵阵芳香。等烟膏在火上烤到半干时,他将钎子尖向左手食指的指头肚上轻轻一按,翻个过儿又一按,再用两个指头肚轻轻一捏,将烟泡捏成扁圆形,又插进烟缸中蘸了一下,重新再烧。因为烟膏稠,他只须蘸两三次,烟泡就差不多有小拇指头肚那样大小。他一面极其熟练地烧着烟泡,一面讲说着他最近曾经将四川土、云南土和甘肃土所作的仔细比较。薛正礼也许深深地感到无聊,或者有一种不易解脱的烦闷压在心头,他没有表情地静静儿躺着,出神地注视在钎子头上。烟泡烧好后,他虚虚地推辞一下,就把烟枪接到手吸了起来。

"二哥,你别吐出来,"七少一面用钎子拨着烟泡一面说,"你把烟气往下咽,咽到肚子里。不然烟都糟蹋了。"

吸到一半,吸不通了,薛正礼趁势将烟枪推过去,让七少自己把剩下的半截吸掉。七少用烧红的钎子将烟泡扎通气,又让薛正礼。薛正礼坚决不吸,说:

"你烧的泡子太大,我再吸就要醉了。"

"一口烟怎么能吸醉人?二哥,你还是把这半口吸了好,我看你有点伤风。"

"刚才我的鼻子有点齉,吸了这半口已经通了。"薛正礼故意用力地呼吸几下,证明他已经不再伤风。

七少笑了一下说:"唉,你真是一个谨慎人!要是你生在太平年头,一定会治很大的家业。"

赵狮子和菊生坐在床前边隔着火盆的板凳上,一直没做声。菊生本来很瞌睡,但到了生地方,一切新鲜,又稍稍地精神起来。他虽然用眼睛向屋中各地方溜了一遍,把几幅旧字画欣赏半天,但他的一多半注意力却是被二门内的一些声音吸引了去。从二门内传出来的切菜声,剁肉声,油锅的炸物声,不断的说话声,他想象出厨房中的忙碌情形,同时又回忆到儿童时代他自己的家庭是怎样忙碌而热闹地过着除夕。一会儿,他的心完全从现实离开,在童年生活的河流中漂流浮沉。七少对于烟土所发挥的渊博知识他没有注意,不过在薛正礼吸烟时烟榻上被一片香雾笼罩,使他不自禁地偷偷地抽几下鼻子。

从二门里慢慢地走出来小小的镶铜木鞋底①落在砖地上的叮当声,到窗外停止了。过了片刻,菊生听见窗外站的女人吹着纸捻,咕噜噜吸了一口水烟,随即把烟灰吹落地上,轻轻地咳嗽几声,吐了一口痰,朝着屋里问:

"你们要不要吃点东西?"

---

① 从前缠小脚的女人们所穿的一种高跟鞋,底子是用木头做的,也有的怕磨损太快,加有铜底。

七少回答说:"还早着哩,等等吧。"

窗外的人声说:"你看,二哥跟狮子轻易不回来,你们想要吃啥子,我就吩咐伙计们早点预备。"

薛正礼在床上欠身说:"我们都还饱饱的,不用预备。你不来屋里坐坐吗?"

"七少奶,没有外人,来屋里坐坐吧。"赵狮子转过头朝向窗子说。

窗外的声音问:"你们常常说的那个菊生也来了?"

赵狮子赶忙回答:"也在这儿。你进来看看吧,七少奶,他明儿一早还要给你拜年哩。"

木鞋底叮当叮当地响了几声,于是风门一开,闪进来一位年岁不到三十的少奶奶,怀里抱着一把白铜水烟袋。薛正礼赶快从床上坐直身,赵狮子和菊生都从板凳上站了起来。这位七少奶远远地站在屋当间靠后墙的方桌旁边,向菊生瞟一眼,转望着烟榻说:

"看我多不懂规矩,二哥在这里我就随便走进来①。"她又转向赵狮子:"他就是菊生?"

菊生不好意思地微笑着点一下头。

赵狮子笑嘻嘻地问:"七少奶,你看他像不像好家孩子?"

---

① 按封建礼教,妇女不应该随便同"阿伯子哥"(丈夫的兄长)见面。

"明眉大眼的,可像!"

七少奶在方桌边坐下去,把水烟袋放在桌上,用长指甲弹一弹左手袖头上落的烟丝。菊生几乎是目不转睛地看着她,觉得她一定会问他许多问题。但这位眼泡微微虚肿的年轻主妇并不像别人一样的对他亲切。她又瞟了他一眼,就转过去望着烟榻说:

"听说杆子破五前后要拉到茨园来,特意派伙计进城去买了很多的海菜,要丰丰富富地治几桌酒席请请你们。"

薛正礼客气地说:"其实用不着海菜,只要有肉就中。"

七少奶笑了一下:"肉可吃不完。今年咱自己杀了一口猪,一只羊,佃户们又送来了几只猪腿跟羊腿。有一家新佃户只送来两只老母鸡,怪不懂事的,我打算下一季把他掐了。"

薛正礼劝说道:"你可以教训教训他,让他以后逢年过节多送一点礼好啦。眼下穷人家给人家种地也很苦,丢了地就等于丢了全家人的命。"

"唉,二哥你不知道,为着祖上留的这几顷地,我一年到头生不尽的闲气,操不尽的闲心!你七兄弟是家务事完全不管,千斤担子撂在我一人身上。这年头,人心不古,佃户们没有一个好东西。他们明地拐,暗地偷,看着几顷地,见打不见收的,吃剩下的才分给咱主人家。就这样一来二去,把佃户们惯得不像话,不掐掉 两家做榜样就没法弄了。"

赵狮子坐下去,半开玩笑说:"七少奶,这年头要那么多地有啥用?我看还不如你把地卖一顷换成枪,交给我,我准定孝敬你的黑白货比地里出产的要多好几倍。"

七少笑着说:"对,这倒是一个好办法。"

七少奶笑着同意说:"卖地我倒不心疼。反正他这个人是鹰嘴鸭爪子,能吃不能挣;花钱像一股水,铁打铜铸的江山也会叫他踢零散。"

七少说:"你也别说我是鹰嘴鸭爪子,咱们俩是弯刀对着瓢切菜。"

七少奶抱屈地说:"你要是跟我一样,对佃户们绳子拉紧一点,也不至于在几年内出去了一顷多地!"

"咱家里两根大烟枪,又好拉扯①,地里出产的包缠不住,不出地有啥法子?"

"包缠不住?哼,你稍微睁开眼睛瞧一瞧,佃户们不敢无法无天地随便打拐,不是就包缠住了?"

"你可知道:男子治外,女子治内。家务事你多操一点心,还能算是抱屈么?"

"我倒不是怕抱屈。我怕伙计跟佃户都叫我得罪完了,你还要埋怨我大处不看小处看,不如你七少爷大马金刀!"

---

① "拉扯"即交际。

薛正礼劝说道:"本来这年头也只可睁只眼,合只眼,不能够太认真了。"

七少奶顺风转舵说:"谁不是睁只眼合只眼? 我这个人生就的是刀子嘴,豆腐心,说要把绳子拉紧,实际上佃户们毫无管束。我自己也把世界看穿了,慌慌乱乱的,得过且过,结的冤仇多了没好处。咱又不想挂千顷牌①,只要马马虎虎地能够包缠住也就罢了。"

赵狮子说:"你拔一根汗毛比穷人的腰还粗,屑来小去的事情不计较也好。别说你家里只有两根大烟枪,再加上两根也不会吸穷。"

"单凭吸大烟固然吸不穷,可是现在的世道不同往年,用钱的地方多啦。"七少奶拿起来桌上的水烟袋用左手抱住,抽出来插在水烟袋上的长纸捻,用长指甲弹落纸灰。把纸捻吹着后,她接着说:"前年大妹子出阁,办嫁妆就花了两千多块,家中旧有的东西还不算在内。大妹子在省城里读过书,嫌那不好,嫌这不好,东西都是她自己挑的。挑了许多洋货,虽是好看,就是不耐用,也不合老规矩……"

七少不高兴地说:"你懂得啥子啊,多管闲事!"

---

① 封建时代曾经有过奖励巨富的办法,据说超过千顷以上,官府赐"千顷牌"以为褒荣。

"我没有到省城里上过洋学堂,当然不懂!你不爱听你不听,我是闲对二哥提起来,难道连跟二哥叙叙家常你就不准么?哼!"

七少没有再说话,把烧好的烟泡安上斗门,向薛正礼和赵狮子让一下,自己噙着烟枪嘴吃吃地吸了起来。七少奶向七少的身上愤愤地剜一眼,不点水烟,吹熄纸捻,转向薛正礼接下去说:

"比如说,从前陪嫁妆都是陪的铜洗脸盆,一辈子也不愁用坏了;现在要陪个洋瓷盆,一碰瓷就掉一块。从前陪铜灯,现在陪洋灯,不说合规矩不合规矩,洋灯罩一碰就打,一烧就炸,还不如请吹糖人儿的来吹一套嫁妆省事!"

"现在洋货是时兴嘛。"薛正礼笑笑说,困乏地躺了下去:"你看,土枪就没有洋枪值钱,水烟袋也没有洋烟方便。"

摸不清他的话是感慨呢还是真的称赞洋货,七少奶又吹着纸捻,低下头去,咕噜噜吸了一口水烟,然后吹出烟灰团,抬起头来说:

"东西耐用不耐用,合规矩不合规矩,跟我倒毫不相干。只是羊毛出在羊身上,不卖地卖粮食有啥法子?咱一没有经商,二没有做官,家中又没有摇钱树,聚宝盆,一切全指望祖上留下的这几顷田地。日子紧了,只得把佃户跟伙计们管得紧一点,背后落怨言也是活该了。"

一个小丫头送进来一个铜火罐,放在七少奶的脚边。但七

少奶没有烤脚,她打个哈欠,懒洋洋地站起来,向她的丈夫说:

"等会儿你们饿了,喊伙计们下扁食也好,下鸡汤挂面也好。"随即她转向薛正礼:"二哥,你跟狮子在这儿拍闲话,我要到后头去了。"

七少奶走了以后,七少的话匣子就跟着打开了。话题三转两转,转到马文德和徐寿椿将要打仗的消息上面,后来又转到杆子的收抚问题。陶菊生坐在火盆边不住地栽盹。他的干老子把他叫醒,用下巴指一指靠山墙的床铺说:

"娃儿,快到那个床上睡去吧,今晚上不回薛岗啦。"

"不要睡,"七少说,"等一会儿吃了东西再去睡。"

菊生跄跄地向床边走去,喃喃地说:"我不吃东西,不吃东西。"

"好吧,"狮子说,"早点睡去吧,明儿一清早我就叫醒你起来拜年。"

七少和薛正礼是什么时候离开这座屋子的,菊生一点也不知道。他在老鸹叫的时候从床上醒来;但没人叫他,他是被自己的尿憋醒了。

他睁开眼睛,向屋中各地方巡视一遍。虽然屋里很暗,但他的眼睛好,很容易看清楚所有的家具和墙上字画的轮廓。一切的布置依旧,只是人空了。靠后墙的那张大床,昨夜七少和薛正礼头对头躺在上面,现在枕头的位置依旧,但烟盘子拿走了。

"七少睡在后院。"他心里想。"干老子睡在他自己家里。赵狮子哪儿去了?"

他想了一会儿,觉得赵狮子的不在这屋中也许和昨晚他们所谈的那一件机密有关;但那究竟是一件什么阴谋,他仍然不能知道。因为怕冷,不愿意离开被窝,他望着地上的快要熄灭的火盆静静儿出神。后院中有轻微的人语声,他想着一定是已经接罢神,七少奶重新睡了。

忽然,他听见有人跳下矮墙来到院里,并且向他住的屋子走来。他赶快从枕头上把头抬起,紧张地抑止呼吸,看着屋门。果然有人轻轻地推开门,拿着枪走了进来。看出来这位进来的人就是赵狮子,菊生快活地小声叫:

"狮子叔!"

三十二

赵狮子把步枪向床边一靠,在火盆边坐下去,伸手在将要熄灭的火上烤着。陶菊生不敢打听他夜里到什么地方去了;他自己对这事也一字不提,只是催菊生赶快起来。菊生不敢怠慢,连二赶三地穿好衣服,跳下床来。

洗过脸以后,天还在乌楚楚的,老鸦也还在树上叫着。赵狮

子带着陶菊生一直走进上房去。虽然伙计们拦阻他别惊动主人睡觉,但他却执拗地把七少唤醒。他站在上房的当间①叫:

"七少,你醒一醒,菊生来拜年啦。"

七少在里间的床上问:"啊,狮子,你已经回来啦?活做了没有?"

狮子说:"做了。活做得很干净。"

"好,好。你真成,真成!"

赵狮子一被夸奖,满心高兴,说:"我跟菊生来给你跟七少奶拜年啦。你们别起来,我们就磕在这儿了。"

"免了,免了。狮子,你快去客屋歇一歇,叫伙计们给你酾酒②喝。"七少向院里大声说:"那谁在院里站着?快给狮子们酾壶热酒!"

"我们不喝酒。我们给你拜了年就走啦。"

"算啦。我还没起来,你们也不要拜啦。"

"你不用起来,我们就磕在这儿啦。菊生,你先给你七叔磕,然后再给七婶磕。"

"荒乱年就不算年,省了吧,磕的啥头!"七少奶带着瞌睡地阻止说,声调有点儿大模大样的。

---

① "当间",即上房正中的一间。
② 酾酒,即斟酒。

菊生刚磕完了两个头,七少已经披着衣服跑出来,把狮子拉住了。他很亲切地对狮子说:

"快到客屋去歇歇,火不旺就多放几块炭。今儿你别到别处去,好好儿睡一下,等晚上没人时咱弟兄俩再细细地拍拍。"

赵狮子同菊生离开上房。七少又回到里间床上。当一位年轻的伙计拉着狮子在天井里询问着关于杆子要收抚的消息时候,菊生听见七少奶在屋里小声责备她的丈夫说:

"唉,事前你瞒住我,大年下你作了一件屙血事①。你自己不说啦,难道就不往儿女身上想一想!"

"你懂得啥?少管闲事!"

"固然你平常不信报应,可是蠓虫过去都有影,雪里能埋住死尸么?"

"你不用管。没有荷叶我不敢包粽子,天塌自有我长汉顶着。"

七少奶愤愤地说:"好吧,你不听我的话,终会有夜走麦城的时候!"

赵狮子似乎也听见了七少同七少奶的这段抬杠,脸色忽然间有点沉重,赶快同菊生走出二门。他们没再在七少的客屋停留,一直跑到菊生的干老子家里。

---

① "屙血事"即坏良心的事。

这时村子里勤快的人们已经开始拜早年,来来往往像穿梭一样。薛正礼一家三口都是勤快人,接过神①以后没有再睡,围坐在火盆边等待天亮。神桌上点着两对红蜡烛,照耀得小屋通明。赵狮子和菊生来到小屋中,狮子先给薛大娘磕了一个头,当他要跪下去给薛正礼磕头时候,被薛正礼勉强地搀了起来。薛二嫂也不肯受他的头。菊生先给干奶,后给干老子和干娘,挨次儿磕了头,然后又给赵狮子拜年。干奶和干娘每人给了个红纸封子,每个封子里包着沉甸甸的两百压岁钱。菊生不好意思要压岁钱,但干奶和干娘执意给他。赵狮子从旁带劝带嚷地逼他接受。最后还是干奶将两个红纸封子硬塞进他的绿袍子的口袋里边。陶菊生又给狮子磕了一个头,狮子也笑嘻嘻地塞给他二百压岁钱。这之后,干娘就忙着去烧锅下饺子,干奶忙着给他和赵狮子拿花生和麻叶②。干奶是那么的好心肠,她不仅亲菊生,也把狮子当她自己的孩子看待。看见赵狮子的脸色发暗,眼睛有点红,她用责备的口气问:

"狮子娃,你做啥又熬个通夜?是不是又赌博了?"

"我没有。我夜里睡的很好。"

"放你丈母娘的屁!别说瞌睡在你的脸上挂着,单看看你

---

① 古老的迷信风习认为年终诸神上天,新年回来,所以大年初一五更家家举行简单的接神仪式。
② 一种油炸的面点心。

那双红眼睛,我也不会信你没有熬通夜!"

赵狮子做着招认的表情,望着薛大娘顽皮地笑着。薛大娘含笑地撇撇嘴唇,捣他几指头,然后叮咛说:

"狮子娃,今儿是大年初一,你不要嫌我啰嗦,我嘱咐你几句话你记在心上:第一,你以后切记着少赌博,积攒几个钱将来好改邪归正;第二,切记着不要随便打死人,要知冤仇好结不好解,该饶人时且饶人。狮子娃,你要是肯听从大娘的话,你日后很要发迹哩。"

"你看我能够发迹么?"

"只要你少打死几个人,为啥子不能发迹?"

"发个屁迹!"赵狮子笑着说,笑得有点不愉快。"大娘不知道,有时我纵然不想打死人,但也非打死不成。"

"你这话是啥意思?"

看见薛正礼送过来一个眼色,赵狮子含糊地回答说:"因为当蹚将就是这么回事儿。"

薛大娘刚才的满心高兴暗暗地受了损伤,不自觉地收拾起脸上笑容。她本来还想说话,但恰好有人来拜年,话头就此打断了。

吃过饺子,赵狮子带着陶菊生离开茨园。薛正礼送他们走过柴禾垛,小声地问赵狮子:

"活做得还干净?"

"我用手拍拍大门,"赵狮子报告说,"说是从南乡来的,送一封紧急信。一个伙计起来开了大门,又替我把他住的上房的屋门叫开。他一点也不防,站在上房当间里问我:'信在哪里?'我说:'在这里。'嘣的一枪打在他的心口上,当时就把他打慇①了。那个伙计打算跑,我怕他走风,也让他吃了一颗洋点心。"

"这个伙计也算倒霉。……没有伤害他的老婆跟孩子?"

赵狮子迟疑一下,说:"都完了。一个女人,两个小孩,都打死在里间床上。"

"唉,他只是跟七少有仇,跟咱们井水不犯河水,何苦要斩草除根?"

"谁不是这么想的?可是听见他女人在里间叫了一声,我不知怎么心一横就闯了进去,硬着手膊子把她跟两个小孩子都干了。"

停了一会儿,薛正礼用手在脸上抹了一下,说:"已经做了也就算了,只是不要让别人知道。"

"活做了以后,我心里也有点不舒服。"赵狮子后悔地说。

回到薛岗,赵狮子蒙头便睡,直睡到午饭以后。陶菊生对于这一件打孽②事儿不敢向赵狮子打听任何消息,也不敢告诉别

---

① "打慇",即打死。
② "打孽"就是报仇。民国年间,河南农村打孽之风很盛。

人。给平常待他好的蹚将们拜年以后,他在村子里无聊地荡来荡去,看大人和孩子们在地上赌博,看人们穿着新衣服或干净衣服串门拜年。下午,赵狮子和刘老义们都出去赌博去了,菊生寂寞地留在屋里,心里有一种捉摸不定的悲哀。后来陈老五从外边回来,告诉他王成山的消息,他才又突然间快活起来。

"你赶快去吧,"陈老五说,"他正在瓢子九那里拍话儿,刚才还问到你哩。"

"就只他一个人来了?"菊生问,想知道王三少是否同来。

陈老五回答说:"还跟了一个小伙子。快去吧,他会告诉你许多有趣的消息。"

菊生像飞一样地蹦跳着跑出院子,一面唱着歌,往瓢子九的票房跑去。

三十三

"成山哥,你来啦!"

菊生还没有跨进门槛,就用充满着感情的声音叫着。王成山正在跟瓢子九拍话,听见了他的叫声赶快扭转头来,亲热地唤他一声,从瓢子九的烟榻上跳了下来。等菊生三步两步跑到床边时,他就用粗糙的、像熊掌一样有力的大手抓紧了菊生的双手,使他紧贴着自己身子,眼睛盯着他,半天没说出一句话,只是从他的纯朴的脸孔上继续静静地流动着极其喜悦和深厚的笑。菊生喘着气,也想不出什么话来。他虽然心里也极其高兴,但却不由地暗暗吃惊,因为王成山离开杆子不过一个月带零光景,竟然脸皮黄瘦,眼睛无光,憔悴多了。

"你胖了,"王成山继续望着菊生的泛红的脸颊说,"听说大家待你都很好,是不是?"

"没有人折磨他,"瓢子九抢着说,"他跟着蹚将们天天吃好的,吃饱了不是玩就是睡觉,当然上膘①。"

菊生用鼻孔轻轻地嗯了一声,露着鲜白的牙齿腼腆地微微笑着。瓢子九忽然停住烟钎子,伸出一只脚蹬蹬他,用不怀恶意的大声嚷叫说:

"你妈的×,老子非把你叫回票房不成!老子哪一点得罪了你,你不来给老子拜年?"

"我怎么没有来拜年?"菊生辩护说:"我上午来了一趟,找你找不到,二红叔说你回家了。你怎么说我没有来拜年?"

"你来了我怎么不知不晓?"

"你不在此地怎么知道?"

"老子有千里眼,顺风耳,你能够骗住老子?"

---

① "上膘"原是指牲口说的,对孩子说是亲昵口吻。

"你不信,你问问二红叔我上午来过没有!"菊生急起来,也提高声音嚷叫。

"老子不问,明儿你早点跑来多磕一个头,不然老子就把你叫回票房。"

瓢子九重新烧烟泡,很快地烧成了安上斗门,随便举着烟枪向周围让一让,用快活的调子吸了起来。王成山在床边坐下去,拉菊生贴近他的腿边站着,说:

"菊生,你知道王三少在哪儿么?"

"我不知道。"菊生回答说。

"他离开这里不久就往南乡去,投顺安浆糊的杆子了。"

"你没有跟他一道?"

"没有,我不愿意跟着他混。"

"那么你自己在什么地方?"

"我回到家里看一看老娘,借了几个盘缠到南阳去找一家穷亲戚,打算在南阳下力气,以后不蹚了。可是住了半个月找不到活,小年下那一天又回到家里。"王成山凄然地笑一下,说:"我以为你已经赎回家了,谁晓得你还在这儿!"

"南阳那么大地方,为啥会找不来活?"

"年光坏,雇人的主户少,找活的人太多。"

"你还回家么?"

"这次来就不打算再回去了。"王成山松开了两只手,腾一个位置让菊生坐在身边,然后接着说:"本来打算在家里混过破五以后来,可是今早听到一个坏消息,说是有人想黑我,我只好赶快来了。"他用眼色和下巴尖向墙角一指:"他是跟我一道来的。"

那个跟王成山一道来的人耸耸身子,望着菊生笑了一下。他只有二十岁上下,脸皮蜡黄,有点发淤,眼泡虚肿,白眼球网着红丝。他的上身穿着一件黑色的撅尾巴破棉袄,补丁摞补丁,肩头上和肘弯处絮絮缕缕地露着棉花;腿上穿一条青不青、蓝不蓝的单裤子,两只膝盖上补着补丁,有一个补丁上破了个三尖口子,露着肉皮。菊生在这位年轻的庄稼人的脸上和身上打量一下,正要说话,刘老义从外边一路地骂着进来:

"王成山,我的小亲家母,老子天天想你来,你鳖儿子可来了!"

王成山刚刚站起来,刘老义已经冲进屋里,抓着他的肩膀说:

"老子正在掷色子①,一听说你来了,跳起来就往这里跑。怎么,操你娘听说你不再走了,可是真的?"

"没有看见狮子么?"王成山急着问。

"狮子刚才又往七少那儿了。快说呀,我的小亲家母!你到底还走不走?"

---

① 掷骰子,河南人通称"掷色子"。常见赌博的一种。

"不走啦。可是我这次来带的是甩手五指盒,有没有我背的枪?"

"操你妹妹的还没有你背的枪?别说枪,我的小亲家母,你就是要老子的心,老子也情愿拿刀子把它挖出来!"

瓢子九伸出腿往刘老义的屁股上用力踢一脚,骂着说:"妈的×,你说话不能用小点声,想把房坡上的瓦都震掉么?"

刘老义立刻放下王成山,在瓢子九的屁股上摸了一把,猥亵地斜着眼睛责备说:"怎么,我的小亲家母来到了,你有点吃醋么?老子要问问你,为什么你今早晨回娘家给你爹拜年不告诉我一声儿?"

瓢子九没有办法地拿着烟钎子威胁说:"滚,滚,滚!你不滚老子就用烟钎子扎你鳖儿子!"

刘老义向后退一步,放声大笑,笑声震荡得灯亮儿连连摆动。笑过之后,他在瓢子九的腿上又拧了一把,然后安静地坐在床边。似乎才发现墙角落站着的年轻客人,刘老义咧咧大嘴说:

"坐下嘛,客气啥子?我认识你,你不是在替人家种地吗?"

"地已经早丢啦。"客人恭敬地回答说,不敢坐下。

"喂,快坐下拍一拍……你是不是叫个招财?"

"招财是我哥,我叫个进宝。"

"啊,对啦,你叫个进宝!种地不是怪好嘛,为啥子把地丢了?"

进宝在凳子上坐下去,用毫无怨恨的平静的声调说:"秋天传牛瘟,咱看的那只老犍子死啦。后来没有钱再买牛,东家就把地让给别家种啦。"

"招财呢?"

"俺哥?他起初还想央人写地①,卖了一个女孩子和两只山羊把钱凑起来。俺哥说,只要能够写下地,牛总是得买的,买不起大牛就先买一只小牛,跟邻居们合用。央人问了几下里,都要的押租很贵。俺哥说,缴了押租就没钱再买牛,算了吧,穷人家活该饿死,地暂时不要种啦。他带着俺嫂子跟三个小孩子上陕西啦,听说那儿年光好,能找到活就做活,找不到活就讨饭。俺嫂子就是陕西人,民国初年逃荒下来,卖到俺家,她娘家还有人哩。"

菊生问:"你为啥不跟着他们一道去?"

"俺娘不愿去。俺娘说,咱们开天辟地就住在这儿,一辈辈死人的骨头都是在这儿的地下沤朽的,这儿的黄土也是咱先人的汗水浸出来的。她宁死不情愿离开这儿。俺娘还说,在家乡既然没办法,到陕西生脚踏生地,没根没秧的,也不会有办法;既然迟早要饿死,不如饿死在家里,鬼魂还可以跟俺爷俺伯们团聚。俺娘既然不肯去,俺只好陪着她留在家里;恰巧,俺哥走的时候俺正在害病,缠缠磨磨地病了一个多月,过了腊八才抬起

---

① 佃户向地主租地要写文约,所以叫做"写地"。

头来。"

刘老义拍一下大腿说:"好,我不知道你还是一个孝子哩!你既然还有这一点孝心,妥啦,没有枪不要紧,没有枪我刘老义给你想办法!"

刘老义同瓢子九决定叫王成山跟着薛正礼的一股儿,把进宝留在票房里。在瓢子九的房间里又谈了一大会儿,有人来报告消息,说有一起子土客带着两挑子烟土从附近经过,管家的已经派了十几个蹚将出寨拦截。刘老义听到这消息后把步枪往手中一掂,匆匆地跑了出去。王成山急于要见薛正礼,就跟着菊生去了。

"我这次回到杆子上一定得好好儿干下去,"他走到没人的地方站住告诉菊生说,"老母亲等着我拿钱养活呢。"

菊生问:"你大年初一离开家,她不难过么?"

"我临走的时候她哭了。不过她知道有人想黑我,也催着叫我快走。"王成山从怀里摸出来两个红薯面加高粱面蒸的黑窝窝让菊生看一下,说:"你看,她不晓得我是来杆子上的,还塞给我这些干粮!"

"你没有告诉她你要来杆子上再蹚么?"

"是的,我骗她说有人从南阳城里带回来一个口信,活已经找下了,要我赶快去上工。"

有一个片刻,陶菊生望着王成山的有点儿湿润的眼睛说不出话,嘴角边吃力地挂着空无内容的微笑。后来,他觉得王成山在用眼睛和全部面孔上的表情期待他发表意见,他必须说句话,于是他就随便地问一句:

"进宝的娘也不晓得他要来蹚么?"

"也不晓得。他对他娘说,他是跟我一道往南阳找活去的。"

陶菊生避开了王成山的眼睛,没有再说话,继续走起来。王成山在后边默默地跟了一会儿,又叹息了一声说:

"我一定要想法子自己弄根枪。像刘老义们一样背的是自己的枪,多么好呵!"

三十四

蹚将们好酒好肉地过着新年,会赌博的都贪迷着赌博消遣。一天下午,菊生和王成山到票房去玩,恰巧一大群蹚将把一张方桌围了四五层,正在押宝,吵叫得非常热闹。菊生和王成山觉得有趣,便挤在人堆背后,站在土坯上探头向宝桌观看。出宝的宝倌是独眼的李二红,头上戴着一顶瓜皮帽,帽沿下压着一条叠成巴掌那么大小的蓝布首帕①,遮着前额和眼窝。不管人们怎样

---

① 妇女头上蒙的蓝布。

吵叫,李二红只不抬头,也不说话,人们别想从他的脸上看出来一点消息。开宝的宝倌是赵狮子,坐在二红的身边。虽然押宝的人少说在三十位以上,钱码子摆满方桌,而且还有些不住移动,但赵狮子也不抬头来看人面孔,单凭着听声音和看见手上的特征,他会记得每一个钱码子的主人是谁。每一宝揭开后,该吃的吃,该赔的赔,兼算积账,或找或补,不错丝毫。菊生和王成山对于赌博虽不懂,但也在人堆后挤来拥去地看得呆了。

陈老五挤在第二层,用很小的钱注小小心心地押宝,时常在快要揭宝的时候又不放心地把放好的钱码子挪个地方,惹得赵狮子十分不快。"输不起的不要来!"狮子叫着:"操你先人的,不准挪动!"好像运气故意和陈老五开个小玩笑,他连着输了多次,输得他的新刮的脸皮上罩满了颓丧气色。把怀里的铜壳子输光以后,陈老五又从最里边的衣服口袋里摸出来一个沉甸甸的小纸包。绽开了一层布片和两三层纸,里边是十几块白花花的银元。陈老五把银元数了一遍。犹豫了一会儿,决心拿出来一块银元,其余的仍旧一层一层地包裹好,塞进最里边的那个口袋。他把这一块银元兑成铜壳子,不一时又输得只剩下三个当百的大铜壳了。陈老五的脸色越发难看,咂咂嘴唇,嘴里不干不净地嘟噜着,好像在抱怨自己,又好像在咒骂别人。他把三个铜壳子狠狠地往桌上一拍,手按在铜壳上,久久地不肯开离。那枣树皮一样的手背在铜壳上轻轻颤动了一会儿,当快要揭宝时候,他忽然不放心地向二红的鬓角上瞥了一眼,迅速地拿起铜壳子。宝一揭开,陈老五又失悔又生气地用手向桌上一拍,骂着说:"他妈的,真倒霉!"他又在宝桌边犹豫片刻,摇着头咂咂嘴唇,从人堆中挤了出来。

"五叔,你输了多少?"菊生拍了一下陈老五的肩膀问。

"他妈的,输干啦,"陈老五愤愤地说,"今儿好像是摸着姑姑子的×了,一出手就不顺!"

陈老五走出屋子,在门口立了片刻,转回头来喊:"菊生,你出来,咱俩商个量。"

菊生跑出来站立在陈老五的面前,用眼睛问:"商量啥子?"

"把你身上的两串压岁钱借给我,"陈老五用硬邦邦的手掌按着菊生的头顶说,"我要再捞捞本儿。"

"要是再输了呢?"

"输了拉倒,过几天我手里有钱的时候就还你。"

陶菊生一肚子地不高兴,无可奈何地把所有的钱都掏出来,递给陈老五,眼睛带怒地看着他翻身回屋,挤进人堆。王成山从屋里走了出来,小声问:

"你把钱借给他了?"

"他都要去了。"菊生说。

"只要他赢了,也许会还你。"

"哼,肉包打狗!"

菊生气得撅着嘴,拉着王成山走出了票房院子。他们正在大路边站着不知道到什么地方去玩,瓢子九匆匆地从里边出来,拍了一下菊生的后脑勺,问:

"你两个站在这儿干啥的,不跟我去玩玩么?"

"哪儿玩,瓢子叔?"

"听说管家那里逮住了一个探子,你们跟我去瞧瞧去。"

他们刚跑到管家的所盘的宅子门外,看见薛正礼同另外几个蹚将头急急慌慌地从里边走了出来。一见瓢子九,薛正礼挥着手说:

"老九你快回去,叫他们别再赌了,快上围子!"

"啥事情?"

"有军队……"

薛正礼话没说了,管家的李水沫戴着一顶红风帽,噙着纸烟,带着一群护驾的走了出来。他瞟了大家一眼,没有表情地吩咐说:

"别慌集合,让我自己到围子上望望再说。"

大家都跟着他爬到寨上,向着西边的岗上望去,果然发现十里外的岗脊上隐隐约约的有大队军队向这边行进,起码有五百以上。瓢子九指着隐约的军队说:

"好家伙,真要来跟咱们干了!"

李水沫向背后一位护驾的说:"去,把那个探子拉出去敲了。"

没有人关心探子的事,都把手遮在眉毛上向远方凝望,希望看出来这支军队的企图到底如何。一会儿,岗脊上夕阳下闪出来一面红旗,在风中飘着卷着。分明旗心有一个白点,但谁也看不清这白点是个啥字。瓢子九擤了一把清鼻涕抹在鞋后跟,纳闷地问:

"他妈的,这是马文德的人还是徐寿椿的人?"

一个李水沫的亲信气忿地回答说:"是安浆糊鳖儿的人!操他妹妹的,他归顺马文德还不到十天,可忘了他自己几斤几两,来咱们面前显他的威风!"

"还不是为了年初一打了他的两担土,他心里不舒服?"瓢子九恍然说。"昨天他派人来要土,说话不中听,管家的把他们的枪摘了,臭骂了一通,他今儿才故意来搔一下咱们的脸,×他妈的!"

大家纷纷地在寨上议论着,谩骂着,并等候着队伍动静。寨里边正在赌博的,睡懒觉的,烤火聊天的蹚将们,听到风声,都提着枪跑上寨来。老百姓也上来很多,同蹚将们挤在一起。菊生看见刘老义、赵狮子和陈老五一杆人都站在右边不远,便拉着王成山挤了过去。刘老义向菊生悄悄地摇一下手,挤挤眼睛,叫菊生往陈老五的脸上看去。菊生向陈老五的愁苦的脸上望了一眼,顽皮地耸耸鼻子,跟刘老义和赵狮子交换了一个会心的笑。

237

跟着,他看见李水沫将烟屁股投到寨外,对瓢子九冷笑一下,坚决地说:

"九哥,马文德把安浆糊编成个独立团,算他把眼药吃到肚里啦。从今后,他老马别想再收抚咱们——有安浆糊就没有咱们,咱们同安浆糊永远算尿不到一个壶里!"

二驾把大氅一抖,骂着说:"安浆糊算个屌!管家的当团长的时候,他还扛着草筐子在南山坡上喊梆子腔①。他天阔老子也不把他放在眼角!"

另一位蹚将说:"王三少也在他那里,还能不烧着他跟咱们作对!"

李水沫打个哈欠说:"二驾,你跟薛二哥带几个弟兄迎上去,撵撵他们,别叫他们在西岗上晃来晃去。"

李水沫把命令下过以后,像了结了一个问题,又点着一根纸烟,带着几个护驾的回宅子里过瘾去了。

二驾和薛正礼带着几十名勇敢善战的蹚将跳下寨墙,沿着大路沟散开着向西迎去。王成山没有跟去,同菊生留在寨上看。但二驾和薛正礼所带的蹚将们出寨不久,安浆糊的队伍发现蹚将们已有准备,不再前进,放几枪向南去了。出发迎敌的蹚将们又折回寨上,一团云雾从大家的心上散去,有些烟瘾发了的蹚将

---

① 意思是他那时还雇给人家割草喂牛。梆子戏是这一带流行的一种土戏。

们也陆续散了。

陈老五拉着赵狮子叫:"走呵,走呵!快回去出宝①啊!"

"你妈的输不起算拉倒,宝是不出了,愿意跟老子打架你就试一试!"赵狮子推开陈老五的胳膊说:"怎么,你不服气吗?"

"老子不跟你打架,老子要猜宝!"

"老子不出了,你愿猜就爬你妈的×上猜去!"

"你不出不成!"

"老子偏不出!"

"……"

赵狮子和陈老五在寨墙上一递一句地骂着,吵着,递着手脚,惹得大家都围绕着他们两个看热闹,把军队的行踪不去管了。虽然陈老五和赵狮子的脸上都带着怒容,但他们却竭力露出笑意。特别是赵狮子只恐怕因小事伤了他同陈老五之间的朋友感情。大家因为知道他们不至于真正翻脸,不但不劝阻他们,反而从旁烧火,打趣。刘老义和瓢子九一个烧这边,一个烧那边,大声嚷叫着,惟恐他们不打一架让人家开心。薛止礼觉得站在旁边做声不好,不做声也不好,一转身离开人堆,扶着一个寨垛子向军队走去的方向张望。他看见茨园的寨墙上也上满了人,而军队似乎有向茨园转去的模样,于是他心中一动:"他们

---

① "出宝",一种赌博,又称"压宝"。

会不会攻打茨园?"他正在心里疑问着,忽然从茨园那面响起来一阵枪声,跟着又传过来军队的冲锋号声。薛正礼顾不及同二驾商量,挥着手向寨墙上的蹚将们大声喊叫:

"带枪的都跟着我来,安浆糊在打茨园了!"

他喊过后就跳下寨墙,也不等后边的人,过了寨河向茨园跑去。刘老义、赵狮子、瓢子九都跟着跳下寨去,随即二驾和几十名蹚将也扑通扑通地跳下去了。

"快救茨园啊!快去救啊!……"

蹚将们呐喊着向茨园跑去,而茨园寨上也遥遥地传过来雄壮的喔吼声和稠密的枪声,王成山和菊生也跟着大家一道,正跑着,王成山喘着气告诉菊生说:

"我要夺一支枪回来……"

三十五

幸而有不少蹚将在茨园玩耍,和老百姓合成一气,打得安浆糊的人马不敢近寨。安浆糊的队伍也只是对李水沫示威一下,原不想真正开火,看见茨园寨也有准备,装腔作势地攻一阵,等薛正礼们的救兵一到,就在苍茫的暮色中撤走了。

薛正礼和二驾带着一杆人出茨园追赶了一两里路,看看天已昏黑,恐怕吃亏,便占住地势放了一排枪,骂了一阵,收兵进寨。薛七少提着手枪从寨上下来,把二驾和薛正礼们一部分蹚将请到他自己家里,另一部分安排在别家院里,大酒大肉地招待起来。吃过饭,已经有更把天气,二驾叫薛正礼带着刘老义们二十几个人留在茨园,他同瓢子九带着其余的转回薛岗。为提防夜里万一有山高水低,薛七少从村中的小主户和佃户中派出去一些人拿着土枪,快枪,灯笼和梆子,到寨上守寨。薛正礼也吩咐他的手下人小心在意,轮流着到寨上走走。七少把他的前院西屋腾出来,又把东屋和南屋叫伙计们打扫干净,在地上生好火,又预备了几个大烟盘子和几种赌具,让杆子住在里边。把弟兄们的住处安排停当后,他端着烟灯把薛正礼和菊生带进内宅,让他们住在两间小巧温暖的书房里边。

"菊生,"七少说,"你要是现在瞌睡,就睡在那张小床上;要是不瞌睡,就在这儿烤着火玩。二哥,你躺下去,我替你烧一口解解乏。"

薛正礼坐在一张有顶棚的大床上,把盒子枪向床上一撩,弯下腰在火上烤起手来。七少走到靠山墙的茶几边,从包壶里倒出来两杯酽茶放在大烟盘子上,然后往床沿上一坐,脱掉两只双梁儿绣花绒靴,用皮袍后襟将双脚包好,向卷作枕头的被子上躺了下去。他凑在灯苗上吸着了一支纸烟,拿起烟钎了向镶银箍的牛角烟缸中蘸了一下,忽然停住手,抬起头来向薛正礼小声咕哝：

"这样弄下去,不是要跟马文德闹生涩么?"

"到眼下也讲说不着啦。"薛正礼向床上躺了下去,惋惜地说:"马文德既然给安浆糊一个团长名义,李管家的就心里不服,非要当旅长不成,可是马文德他自己还只是一个混成旅旅长哩。"

"可是安浆糊的实力不比咱弱啊。"七少重新蘸了一下钎子说。

"那,究竟他的出身嫩,单凭枪支多也不能叫人心服。"

七少把头放到卷作枕头的被子上,一面烧烟一面问:"收抚安浆糊,老马事前没派人来同水沫商量?"

"老马知道咱北乡杆子跟南乡杆子不对,所以事前不肯让水沫知道,只听到些风言风语。"

薛正礼和七少从南乡杆子的收抚谈到马文德要跟徐寿椿作战的谣言,后来又谈到初一五更派赵狮子干的那件事。据七少说,打死的那家人的本族到现在还没有进城报案,大概是不敢响了。他们嘀嘀咕咕地继续谈着话,陶菊生无聊地走到靠窗的抽屉桌边,从窗台上拿起一本书,拍去灰尘,看见暗灰的书皮上工整地写着《古文观止》四个字。他把书随便地翻了一下,又去翻别的书。窗台上堆的书有"四书"、"五经"、《唐诗合解》、《千家诗》,还有详注本《七家试帖诗》。这些书全不能供菊生排遣无聊,于是他就悄悄地从书房里走了出来。

走出二门,听见东屋和南屋里冷清清的,只有抽大烟的吃吃声音,大部分蹚将都在西屋掷色子,大声地叫着,笑着,骂着,骰子也刷刷拉拉地在碗中响着。他任何赌博都不懂,也自小对赌博不感兴趣,就迟疑地停留在西屋门口,偷偷地看一看王成山是不是也在里边。那色子碗放在地上,旁边插一支蜡烛在萝卜头上,人们水泄不通地围了一圈:最前边有一排在地上蹲着,后边有三四排弯腰站着,轮到后边人掷时就向前挤一挤,俯下身子,从别人的肩头上探出胳膊。后边的人不住地向前挤压,前边的人不住地用脊背和肩膀向后反抗,使这个小小的人堆没一刻不在动着。菊生好容易发现王成山也夹在人缝中间,既不在前一排,也不在最后一排,身子随着人堆在动来动去。菊生走进屋里去在王成山的撅着的屁股上拍了一巴掌,又把王成山的破棉袄的后襟用力一拉。王成山从人堆中直起身子,转过头来。一看是菊生在背后拉他,王成山赶快拉住了菊生的手,问:

"你怎么还没有睡?"

"我没有瞌睡。你赢了么?"

"我是闲看的。"王成山笑了一下说。

菊生想起来王成山没钱赌博,就把王成山拖到门口说:"不知谁在东屋吸大烟,咱们去烤火玩去。"

"不,我要到寨墙上瞅瞅去。你跟我一道去寨墙上玩一会儿吗?"

"好。"菊生点头说,十分高兴。

王成山拿着步枪,带着菊生,走出大门。外面的夜色黑洞洞的,伸出手望不见指头。幸而不远的寨墙上晃动着几点暗弱的灯火,他们就手拉手朝着灯火摸去。爬上寨墙,菊生不由地打个冷战,鼻尖和耳朵立刻都麻木起来。东北风像刀尖一样地割着脸颊。他赶快把头上包的大毛巾向下拉一拉,把双手深深地插进袖筒。灯笼边摊着一条稿荐①,上边蹲着两个农民,共同披着一条破被子,不住地轻轻打颤。一个农民怀里抱着一支土枪,低着头正在打盹;另一个有一把朴刀放在脚边,嘴里噙着一根旱烟管,烟锅中的火星儿差不多快要熄了。看见王成山和菊生走到面前,那位抽烟的农民慢慢地抬起头来,一面就地上磕着烟灰,一面说:

"啊,辛苦啦,吸袋烟吧?"

"我们都不吸,"王成山回答说,"今夜黑儿可是真冷呢!"

"冷?穿着皮袍子坐在屋里烤火倒不冷,只是咱没有那样好命。"

王成山听着这人说话的口气不顺,想不出什么话来。那个打盹的农民抬起头来,睁开眼向王成山和菊生打量一下,望望天

---

① 指编织的草垫子。

空,说:

"要下雪了。"

王成山也说:"要下雪了。"

菊生抬头向天上望去,看见天空像一团墨似的黑,向远远的旷野望去也是一样。上下周围都是漆黑,只有挂在寨垛上的这些零零落落的纸灯笼在无边无涯的漆黑中发出来昏黄的光亮。寨墙上有人在敲着梆子,厌倦而无力地信口叫着:"天黑夜紧,把守好啊!"寨里寨外,偶尔有几声狗叫,和这单调的人叫声互相呼应。菊生原以为守寨是满有趣的,等到在寨墙上站一会儿,所有在心中想象的诗意都完了。他用肘弯将王成山推了一下,两个人又继续往前走去。

菊生和王成山又走了十几步远,看见前边有三个人影,瑟瑟缩缩地挤在一起,还听见这三个人在小声说话。等他们走近时,有一个守寨人咳嗽一声,陡然没有人再做声了。但几秒钟过后,一个守寨人把梆子敲了几下,用有节奏的大声叫喊:

"天黑夜紧,小心把守,都看清啊!"

"看清了,准备着哩。"另一个用有节奏的声调回答。

梆子又敲了几下,但第二次叫喊还没有发出,菊生和王成山已经到跟前了。三个守寨人有一个老头子坐着没动,其余的一个披着破棉袍,另一个披着狗皮,拿着梆子,从一堆麦秸上打着颤站立起来。他们从灯影中打量着菊生和王成山,让他们坐下吸烟。菊生和王成山同守寨人打个招呼,没有停留,小心地擦着倒塌的寨垛子走过去了。又走了十几步远,他们听见三个人又说起话来,便不约而同地把脚步停了片刻。

一个声音:"咱替谁拼命?咱还怕谁来抢走咱一根屌毛?我一共只剩了一亩半地,背了一身债,过年下断米断面,没有谁周济分文,×他娘守寨的时候用着老子!"

"弦子放低一点,"另一个声音说,"我要是没有老婆孩子一大堆,早就蹚了。你是种自己的地穷得不能过,我是种人家的地穷得不能过。眼看着就交荒春,到那时山穷水尽,揭借无门,我看不下水蹚也不行了。"

一个老头子的声音说:"蹚啦好,蹚啦好。趁你们还年轻,痛痛快快地干几天,也不枉托生人一场。"

第一个声音又说:"二爷你等着吧。终有一天咱干一个样子让你们瞧瞧!×他娘先放一把火……"

"喂,弦子放低!"

"尿,大丈夫敢作敢为,咱就是要说出来叫好主们听听!"

"你怎么喝醉酒了?"

"怕啥子?当不了屌毛灰!"

第一个声音的口气虽然硬,骨子里并不是毫无顾忌,所以终究没有把"放一把火"的话补说出来。第二个年轻农民显然很小心,赶忙重重地把梆子敲了几下,用有节奏的大声喊着:

"天黑夜紧,眼睛放亮,把守好啊!"

王成山和菊生互相地看了一眼。虽然他们谁也望不见对方面孔,但他们都感觉着和对方交换了一个会意的微笑。于是他们又向前走了起来。

寨墙上实在寒冷,菊生的脚渐渐地失去知觉,直麻木到膝盖下边。又巡视了一会儿,他拉着王成山摸索着下了寨墙,一脚高一脚低地向七少的宅子摸去。刚走到麦场旁边,前边出现了两个人影,也朝向七少的宅子走去,一边走一边喊喊喳喳地小声说话。起初他们以为前边的这两位也是蹚将,但跟了一段路,仔细地听了听,他们判定这两位就是本村的庄稼人,跟杆子没有关系。走到七少的大门口时,两个人影向左边一闪,看不见了。菊生和王成山觉得很奇怪,在大门口立了片刻,再也找不到一点踪影,也听不出一点动静。他们正在狐疑着,一个打更的提着一盏昏昏不明的小纸灯笼,敲着破锣从右边走来。打更的缩着脖颈,夹着膀子,将一顶破毡帽嵌到眼窝,沉重地呼吸着,瑟缩地颤抖着,低着头从七少的门口走过。灯光一闪一闪地转过了一棵大树,在一个墙角边突然消失,破锣声响着响着,渐渐远了。

"找找去,"王成山提议说,"我不信那两个货能够入地!"

王成山同菊生走过了那棵大树,发现一座孤零的矮小的草屋中露出灯光,里边闹嚷嚷的有许多人小声说话。他们蹑脚蹑子地走到门口,把眼睛贴着门缝,看见有十几个青年农民挤在小

屋中,强娃和胜娃也在里边。小屋的后墙上挂着一幅关公像,神桌上蜡烛辉煌,满炉焚香。有几个青年等得不耐地纷纷催促:

"他来不了咱们就不等了。快点磕头吧,不要等了。"

一个青年说:"稍等一下吧,他说他马上就到。我们趁这个时候请大哥先说几句话让咱们听听。大哥,"他转向一位瘦子说,"你先说一说,说一说!"

众人附和说:"对,对,老大哥先说几句话!"

"要说的大家刚才都,都说了,我还有啥子说的?"

"不,不,你一定得说几句!"

"你随便说几句,新娃哥再不来咱们就不等了。"

"我×娘新娃哥到这时候还没有腾出身子,真是急人!"

"别管他,那么老大哥你就快说吧!"

在众人纷纷催促之下,那位被呼做老大哥的瘦瘦的青年农民略微地有一点不好意思,磕去烟灰,把烟袋往胳膊上一挂,站起来讷讷地说:

"大家叫我说,说几句,我有屎话,说来说去还不是那个意思?咱薛二虎是吃过粮的,回来住了一冬天,没有啥意思,马上咱还要出去穿他娘的二尺半。各位兄弟也都有大,大,大志气,不愿意在家里打,打牛腿,好极!在外边混事跟在家做庄稼可不一样:在外边全指望朋,朋友,他娘的朋友们你帮我,我帮你,讲个义气。今晚大家结义之后,有,有福同享,有祸同当……"

屋里静得连灰星儿落地上都有声音。但他正说着话,菊生和王成山听见背后有匆匆的脚步声走来,赶快踮着脚尖儿离开门口,贴着墙躲在黑影里。走来的青年把门一推,走进屋去,随即又返回身探头门外,用眼睛向左右黑影里搜寻,怀疑地问:

"那谁呀?有么人?"

王成山心虚地把菊生抗了一下,从黑影里站出来,不好意思地说:

"没有人,是我,查寨的。"

"不来屋里烤烤火抽袋烟吗?"

"不啦,不啦,俺们该回去啦。"

好几个人已经伸着脖子把头探出门外来,很客气地让王成山和菊生进里边烤火吸烟。王成山和菊生不敢再打搅人家,赶快一面推辞着一面走开。转过大树,菊生悄声问:

"刚来的这个不是给七少家做饭的新娃么?"

"哎!他们是在这里拜把子哩。"

"你看,他们都不愿再做活了。"

王成山没有再说话,感慨地咂一下嘴唇。他们走进七少的院子里,菊生同王成山到西屋望一望。王成山留下烤火。菊生自己回到书房去。菊生刚刚在床上躺下,七少奶提着铜火罐,抱着水烟袋,叮当叮当地走了进来。

"二哥你想想,"七少奶倚着靠窗的书桌说,"咱们为的啥?

你下水有一半是为了你七兄弟,他还不是为着茨园寨这些有钱有地的自家屋的①?其实咱已经打瓦②啦,咱怕啥?人家长门跟二门正发正旺,拼命放账,拼命置地,方圆几十里谁能敢比?要不是你七兄弟在乡下结交蹚将,替他们遮风挡寒,哼,你看他们还能够发财不能!"

"哎,你真真啰嗦!说这话有啥意思呢?"

"啥意思?我不能让你一个人不要命地混,叫长门跟二门白捡天大便宜!"

七少不胜其厌烦地说:"走吧!走吧!我就不爱听你说这些话!女人家见识浅,偏偏要多管闲事!"

七少奶愤怒地把铜火罐往桌上一放,腾出右手来向七少恶狠狠地捣几指头:

"哼,算我见识浅,终有你哭不出眼泪的时候!"

薛正礼劝解说:"不要生气,只要全村子能够平平安安的,我跟七少也不枉糊一身青泥。"

七少说:"二哥你不要劝她,她就是好啰嗦,不管该说不该说的话她都要说。"

"好,咱两个打手击掌,从今后我再说你一句话叫我的嘴上

---

① 自家屋,即本族,尤指近族。
② "打瓦",即倒霉,家业破落。

长疗！"

七少奶愤愤地走出书房,回到上房里大声地喊几句新娃,得不到答应,自言自语地说：

"新娃这东西也越来越可恶,这么早就去睡了！"

菊生的身上冷得打颤,连忙把被子向上拉一拉,蒙住了头。但他胡思乱想着,很久很久才入睡乡。他做了一个可怕的凶梦,梦见到处都是大火,他东逃西奔,逃不出火的海洋,眼看着许多人烧死了,烧伤了,许多人跟他一样的在火海中哭叫着东奔西逃,没有出路。到了鸡子开始叫明的时候,他出了一身冷汗,从梦中惊醒了。

三十六

薛岗和茨园的地主们轮流请客。在杆子上稍有面子的蹚将都天天有酒席可吃,甚至有些蹚将一天赴两次酒席。有些中小地主们请不到管家的和二驾光临,只好请二流和三流角色。瓢子九和薛正礼因为是本地人,不好意思拿架子,被请的次数比别人都多。这样一直热闹到元宵以后,酒席才慢慢地稀少起来。

从破五以来,青年农民们就在地主们的号召下开始准备着各种故事,每天锣鼓声咚锵咚锵地不断响着。一过初十,故事的准备越发积极,附近小村中有许多青年人被找来参加;有的白天没有空,晚上就在月亮地加工演习。他们准备的故事有旱船、高跷和狮子,每一种都有两班,好在元宵节作比赛。从十四这天起,薛岗和茨园突然热闹,故事正式扮演了。附近的卖糖的,卖花生和纸烟的,吹糖人的,卖甘蔗的,唱独角戏的,都纷纷地赶了来,在薛岗和茨园两个寨子中寻找赚钱的机会。连着有好几个年头,薛岗和茨园没有这样地热闹过了。但今年的热闹显然和太平时候的热闹不同。在民国初年,每逢过年,薛岗和茨园不仅有故事,而且还有戏,还有焰火。故事不仅在薛岗和茨园玩,而且还在附近的村庄玩,每到一家地主的门口玩一玩都有封子①。那时候,家家户户,不管贫富,还都把年节当年节。富人固然在年节穿戴崭新,穷人也总要换一件干净衣服。年轻的女人们穿得花花绿绿的,满头上戴着花儿,脸搽得像晚霞一般红,一群一群地挤在门外看故事,看焰火,或坐在庙前看戏。从方圆十里二十里赶来拜年和看戏的也很多,有的坐着轿车,有的坐着牛车,差不多的牛都是又肥又大的,毛色光泽得在太阳下闪闪发明。但今年既没有焰火也没有戏,年轻的女人很少露面,也很少见人穿新衣服。今年这热闹是没有根的,只不过是少数地主们特意

---

① 用红纸包裹着的赏钱。

为蹚将们制造的一点点热闹罢了。

一过元宵,薛岗和茨园有一群青年农民加入了杆子,另一群不辞而别,往远处吃粮去了。这事情给一部分做父母的和地主们很大恐惧。做父母的害怕从此后孩子们永远不会再安分地回到家里,随时都有被打死危险。地主们担心从此后土匪更多,下力做活的人很少,连薛岗和茨园周围的田地也要荒了。他们曾经找七少商量过,希望他能够说句话将这种普遍下水的风气阻止。但七少是惟恐天下不乱的,他甩着手说:

"这是劫数,我能有啥子办法?以我看,与其他们去远处吃粮当兵,倒不如留在本地蹚;在本地蹚还可以照顾家门。"

"唉,七少,"一位比七少辈长的地主说,"这样一来,咱这儿的地可要全荒了!"

"我刚才不是说过么?这是劫数,地荒了也只该荒了。"

"到那时,不分贫富,大家同归于尽!"这位地主说,像是哀求,又像是对七少发出警告。

"走一步说一步。"七少冷笑说,"光发愁有啥办法?"

一位老年的农人,他的孩子入了杆子,把两只手抱在胸前,望着七少的脸孔,噙着眼泪说:"孩子出去吃粮我倒不阻挡,当兵总比落一个贼名强得多。一做蹚将,就变成一个黑人,他自己不会有好下场,还要连累家庭。七少,我求求你,你看我已经老老几十岁,动一动你的金口,说句话把亮娃叫回来。以后我带着他出去讨饭,至死也忘不下你的大恩。"

"李管家的目下正要扩充人,我怎么敢把亮娃叫回来?人家亮娃是甘心下水,你叫我刮大风吃炒面,见管家的如何张嘴?"

"七少,我求求你,你见了管家的就说我是一个孤老儿,只有这一个孙子……"

"这不能算理由,人家李管家的还是三门头守的一棵孤苗呢!"

老年的农人无可奈何地自言自语说:"亮娃去年春天就说要吃粮,要吃粮,在家中没有指望。我高低不让他出远门,顺劝横劝,劝他苦守在家里。早知如此,我还不如那时候把绳子一松,任他意远走高飞!"

七少安慰说:"老五伯,你老人家别难过。这年头,当蹚将跟当兵是一样的,一头半斤,一头八两。今天当兵,明天说不定就变成蹚将;今天的蹚将,明天也可能就是兵,就是官长。要是说当蹚将是提着头过日子,当兵的何尝不是带腿的麻枯①?迟早不是壮了远方的田地?"七少的烟青脸孔上挂出笑容,打一个哈欠,又接着说:"你老人家静等着享福吧,亮娃日后要混阔哩!"

---

① "麻枯"又叫做饼,是芝麻榨过油以后余下的渣滓,很好的肥料。

老头子摇着花白胡须说："只要他日后能够安安稳稳地洗了手就算万福,我还希望他成龙变凤么?"

七少不仅不劝阻青年们下水蹚,还要在背后怂恿,并且替他们介绍枪支。他看定这世界在十年或二十年内不会有转机,所以拿主意要混水摸鱼。曾有人给他批八字,说他到三十八岁时要做大官,起码做团长。他相信这是很有可能的,只再等三年就妥了。现在联络架杆的,怂恿人下水,与他的做官梦很有关系。他想,只要时机成熟,他自己只需要托亲戚向政府或驻军要个空名义,大旗一竖,人枪俱备,官就像拾的一样到手了。

见七少在暗中怂恿着年轻的人们下水,薛正礼也没法把大家阻拦。不过为将来他自己落一个问心无愧起见,他除允许强娃入他的一股外,其余的一概不收,让他们各找门路。后来为着一种同情心,他又收容了一个从北乡来的说书的。这个人叫做老张,一向在各地卖唱过活。同村的一个有钱有势的人物把他的女人霸占,他为要报仇才进杆子。因为他是甩手子,地位很低,大家都很少对他注意。只有王成山和陶菊生同他很好,时常在没人时向他学唱。

薛正礼本来不大爱讲话,过了年节,他越发显得沉默。有一次只有王成山、菊生和强娃在他跟前,他用手在脸上抹了一下,叹了口气,说:

"这年头,活在世界上真不容易!"

强娃抬起头来问:"二叔,你怎么忽然说出这话来?"

"你想,庄稼人逼得没有路可走,年轻的小伙子不当兵就当蹚将。可是当兵跟当蹚将能算是一条路么?"

"为啥子不算是一条路?"强娃说,不明白薛正礼的意思。"像二叔你这样,一收抚不就是官么?"

"哼,官不是容易做的!"薛正礼说过后就咂了一下嘴唇。

"这年头,只要有枪杆,还愁没官做?"

薛正礼苦笑一下,没有再说话。强娃看见他那么心思沉重的样子,也不敢再说下去,于是转向菊生笑着问:

"你说你干老子能够混阔么?"

菊生报以微笑,不表示自己的意见,却向王成山身上一扭嘴,意思是告诉强娃说:

"你瞧,王成山又在出神呢!"

就薛正礼的这一支蹚将说,最快活的是刘老义和赵狮子,最忧郁的要算是王成山了。他比薛正礼更感到前途茫茫,所以也更其忧郁。第二次进杆子差不多将近一月,他依然没机会得到一支枪,好像一个灿烂的梦越来越变得渺茫。他的母亲已经晓得他重新下水,曾经偷偷地托人来看过他,嘱咐他千万不要一个人回家看她,免得会发生三长两短。听见来人述说着母亲的话,他的心一酸,几乎忍不住落下泪来。问赵狮子借了几块钱把来人打发回去后,他天天想念着他的母亲,只惭愧不能够做个孝子。他常常做梦:有时他梦见他有一支枪,有时他梦见他有一犋牛①,还有一块地,正在地里耩麦子;有时他又梦见他坐了牢,母亲站在铁窗外,将讨来的冷饭递给他,母子俩都哭得说不出话。当菊生向他身上扭嘴时,他的眼睛凝视在怀中的步枪的栓上,正在想着昨晚的一个梦,而母亲的影子也同时浮现在他的眼前。他像木偶一样地不动一动,但他的心中在深深叹息。

三十七

正月十七日,杆子离开了薛岗和茨园,以后差不多天天移动。同马文德那方面的关系一天比一天坏起来,好些天不再见从马文德那方面来的人了。徐寿椿有一个代表常川跟着杆子,同李水沫混在一起。移动的时候,他们骑着马走在一道;盘下的时候,他们在一个床上过瘾,一个屋里睡觉。如今只等着徐寿椿那方面把关防、旗帜、军装和子弹等项发下来,有了这些东西,杆子就变成正式陆军,管家的就是旅长了。可是杆子的活动地区同徐寿椿的防地相离在二百里外,中间有的地方隔着红枪会,有的地方隔着马文德的部队,因此,关防、旗帜、军装、枪械和子

---

① 牛成双的叫做"一犋"。

弹,迟迟地发不下来。既没有正式改编,杆子就只好在两大势力的缝隙间拉来拉去,继续着杀人放火的一贯作风。

这几天谣言特别多,不是说马文德和徐寿椿已经开火,就是说马文德要先来收拾杆子。为着风声紧,盘下时大家都和衣睡觉,还要在村边轮流放哨。有一个卖花生的和一个叫化子,被疑惑是军队的探子,白白地被"送回老家"了。菊生的心整天在谣言中荡来荡去,想打听消息又恐怕别人见疑,老在纳闷。有一天杆子在一座围子里盘下,夕阳还有树梢那么高。菊生很想念他的二哥,便约着王成山到票房里去。在票房中玩了一会儿,他觉得心中很难过,便又拉着王成山走出票房。因为看见芹生在票房中的生活连地狱也不如,又想到母亲在家中的愁伤痛苦,他忽然热切地盼望着杆子收抚,收抚后他同芹生就容易回家了。同王成山回到盘驻的草屋中,坐在火边,见屋中没有别人,菊生试探着向王成山问:

"成山哥,你说咱们的杆子能不能收抚成?"

"谁晓得呢?"王成山含笑望着菊生问:"你想早一点回家是不是?"

菊生的脸皮微微一红,赶快摇头说:"不是。我是闲问的。"停一停,他又问:"你愿意我们归马文德呢还是归徐寿椿?"

"归谁不都是一个样?横竖做官轮不到咱头上,有财气也轮不到咱去抢,不管跟着谁不都是一样替人家卖命?"

"你将来不愿意做官么?"

"我只愿做一个有碗稀饭喝的小百姓,把我的老母亲养老送终。俗话说:'一将成名万骨枯'。做大官都是踏着别人的尸首混起来的,第一要心狠,第二要运气好……"

王成山的话没有说完,忽听见刘老义快活地唱着曲儿,从东边走了回来。等走近宅子时,他唱出了一个为菊生从前没有听见过的小曲儿:

> 老白狼,
>
> 白狼老。
>
> 打富济贫,
>
> 替天行道。
>
> 人人都说白狼好。
>
> 再打三五年,
>
> 贫富都均了。①

刘老义进了草屋,先嬉皮笑脸地从背后抱住王成山,用冰冷的双手在王成山的脸上和脖颈上乱摸一阵,弄得王成山一边骂一边告饶。闹过之后,刘老义得意地大声笑着,在火边蹲了下去,烤热手,抽着了一支纸烟。他像报告一个喜信儿似地说:

---

① 这是白狼时代传下来的歌谣。

"我的小亲家母,快要听枪响了。"

王成山赶快打听:"你听到啥风声了?"

"刚才探子回来说,马文德的军队已经有几路出动,看情形是往咱这儿来的。乖乖儿,"刘老义抚摸着他的枪栓说,"怪道我的枪栓前夜黑儿没人招,自己哗啦哗啦地响了两声!"

虽然快要打仗的消息使王成山和菊生的心头上感到沉重,但刘老义的快活态度和最后一句俏皮话却使他们忍不住笑了起来。王成山关心地问:

"管家的拿的啥主意?"

"除掉顶住打还有啥主意?难道还能把尾巴夹起来逃跑不成?"

"对啦,打一仗热闹热闹。"王成山喃喃地说,随后就沉默起来。

这一夜杆子上非常紧张,有的守寨,有的拉出到寨外埋伏。果然到拂晓时候,有一营军队突然攻到东门,呐喊声和枪声同时起来。因为土匪有准备,这一营人很快陷入包围。打到早饭时候,军队方面死伤了二十几个,死守在寨边的一个小街上,等待援兵。可是蹚将们不给军队一点儿喘息工夫,褪一只光臂膀,呐喊喔吼着直往上攻。又恶战了个把钟头,军队眼看要支持不住,才把营长的牌子亮出来。原来这也是一支土匪,去年冬才被收抚,营长同李水沫曾有过一面之缘,讲起来两方面还有些朋友关系。在李水沫的慷慨和宽容之下,战斗停止了。营长被接进围子,用大烟和酒肉招待一番,又从围子里给军队送去了一顿早饭。李水沫同营长握手话旧,哈哈地大笑一阵,仿佛刚才的血战不过是一个小误会,而如今这误会已经解了。

过了烟瘾,酒足饭饱,李水沫亲自把营长送出寨外。所有弟兄们从军队手中夺来的枪械和子弹,李水沫叫大家立时归还。大家都不敢太违抗管家的这个命令,不过有人将原来的好枪换成坏枪,而子弹是全部藏了。营长向李水沫一再地表示谢意,然后骑上大马,带着他的人马走了。在杆子方面,死了五个,伤了两个。死者中有一个是新来的鲁山人,个子魁伟,枪法准确。他一阵亡,那跟随他来的三个人像没娘的雏鸡一样,非常凄凉。当把他下土时候,三个人都哽哽咽咽地哭泣起来。

王成山对这次战斗的结果非常扫兴。他本来拼着命夺获了一支步枪,衣服被枪弹穿透了三个窟眼。他做梦也不会想到管家的会为了表示他的慷慨义气,或为他将来的事业下一个闲棋子,竟然发出来归还枪支的命令。王成山满肚牢骚,忍不住对朋友诉说冤屈。但刘老义和赵狮子虽然很同情他,却究竟和他的感受不同,所以就笑着打趣他,说他八字上注定是穷人命,种地要种别人的地,背枪要背别人的枪。这样一说,王成山气愤得眼睛里浮着薄薄的泪水,深深地叹一口气,随后就只有苦笑。看见王成山的脸色是那么灰暗,赵狮子不敢再向他取笑,赶快很亲热地拍着他的肩头说：

"算啦,别为这一支枪纳闷惆怅的。我有办法给你弄一根,包在我身上!"

"别吹牛!你啥法儿替他屙一根?"陈老五不相信地说。

"妈妈的,我这话是吹牛么?狗屁!再打仗老子就挑好的夺一根,夺来了送给成山!"

"要是我下次夺来枪,我一准送给亲家母!"刘老义也叫着,把王成山搂到怀里。

"我要是能夺来两支,就送你一支好的!"强娃也在旁边说。

看见几个朋友这样讲义气地拿话安慰他,王成山很受感动,心中快活起来,噙着泪带着笑说:

"别人拼命夺的枪,我怎么好要?我自己也有手,还是用我自己的手夺来的枪用起来心里舒服。"

这天上午,没有来得及吃午饭,杆子匆匆地向北方拉去。太阳偏西的时候盘下来,到三更天又忽然出发。像这样急慌慌的情形是从来没有的,显然是管家的得到了严重消息。大概为要使大家镇静起见,管家的没有将得到的消息公开,但大家可以想得到,一定是杆子的处境不大妙,可怕的战斗就在眼前了。

三十八

下弦月从云缝中洒下来忧郁的微光，仅仅可以使人辨认出脚前边几丈远的路的影子。过了一个岗又一个岗，一个洼又一个洼，不知走了多少路，天色渐渐发白了。有人饿了。有人瘾发了。大家都困了。

在两个村庄里暂时盘一盘，填瓢子和过烟瘾耽搁了几个钟头，等太阳转向东南的时候，杆子又起了。正走着，迎面来了个骑白马的人，身材短粗，穿一件羊皮袍，左肩上挂支马枪。这人向走在前边的蹚将打个招呼，把马向旁边一勒，从麦地和坷垃垡子地里奔向李水沫。管家的和白马的骑者差不多同时跳下马，站在麦地里谈了一阵，随后又跳上马，一面走一面谈话。菊生好奇地远远地看着他们。白马的骑者忽然用右手将胸脯一拍，竖起大拇指头，用豪爽的声音说："请放心，包在你兄弟身上！"随即这人又哈哈大笑，和刘老义的笑声一般洪亮。分明是采纳了这位客人的忠告，李水沫发出命令，叫杆子掉头向东南转去。杆子中很快地传遍了乐观消息，说这位陌生人几年前同管家的在一道蹚过，近来洗了手，住在家中；他可以调动东南乡的红枪会，这次来就是要帮助杆子打垮马文德。据李水沫的一个护驾的说,这人在几天前曾给管家的来过一封信,因为很秘密,所以没有敢张扬出来。听了这消息,大家的心情顿然轻松,刘老义又忍不住找瓢子九骂起笑来。

响午过后,杆子又盘下打尖,过瘾。年轻的老百姓见杆子来了都逃避一空,只留下很少的一些老弱的看门守户。因为这原故,这顿午饭特别地耽误时间。当一部分蹚将还正在填瓢子和过瘾时,冲锋号和枪声从背后的岗脊上突然响了。蹚将们在一阵纷乱中开始抵抗,把对方的攻击遏止在岗半坡上。当枪声开始时,菊生正靠着树根打盹;一乍醒来,不见了薛正礼和刘老义们一群人,惊慌得不知道怎么才好。不顾枪弹密得像雨点一样,他在村里乱跑着,寻找他们。后来他看见他们散布在村边的大路沟中,端着枪向军队射击。他赶快跑了去,同他们蹲在一起。一跟他们在一起,他的心就不再那么慌了。

"快去,娃儿,"薛正礼吩咐说,"快跟着瓢子九一道先退!"

瓢子九已经率领着票房退出村庄很远了。菊生穿过村子,顺大路往东跑去。他现在已经一点儿也不觉害怕,赶上赶不上瓢子九,对他都没有多大关系。他跑跑停停,回头看看,然后再跑。约摸跑有里把路,他望见管家的一群人都骑在马上,停在前边不远的三岔路口,似乎在匆匆忙忙地商量什么。等他跑近跟前时,听见李水沫的声音说:

"这事情不是玩儿的,你可得赶紧啊!"

"那当然,那当然,包在我身上!"客人很负责地回答说,随后又对大家扬起马鞭子,指着正东说:"赶快去守住回龙寺,那里边吃的东西现成。我回去集合人去,非把他老马打垮不可!"

这位"雪里送炭"的客人把话一说毕,立刻就掉转马头,用力打了一鞭子。那白马四蹄翻花,向南跑去。李水沫勒紧马缰绳望着客人走远了,才同着二驾、徐寿椿派来的招抚委员和一群护驾的,扬鞭催马,一漫正东跑去。

菊生和管家的一群骑马者又渐离渐远了。他把绿色的长袍子揽起来裹在腰里,紧走走,慢跑跑,不打算再追赶他们。徒步的蹚将们淋淋拉拉地在路上跑着,有些人呼呼发喘。他们都没有注意菊生,菊生也没有跟任何人打句招呼。一种英雄思想从他的心头泛起,他觉得他应该在别人跟前不要喘气,应该表现得比别人更加镇静。于是他放慢脚步,把嘴唇紧闭起来,努力挂出来一丝笑容,用骄傲的大眼睛向跑近身边的蹚将们的脸孔上瞄来瞄去。看见路旁边有一丛小树,他折下来一根长枝条骑在胯下,又折下一根短枝儿当做鞭子。他一边向前跑,一边用"鞭子"打着"马",一边骂着说他的"马"不肯听话,是一个调皮的坏家伙。跑了一会儿,觉得身上已经汗浸浸的了,于是他扔掉他的"马"和"马鞭子",重新把脚步放缓,一边跑一边叫着:

"一,一,一二三——四!"

路旁边出现了一座大寨。寨门紧闭着。当菊生和蹚将们匆

忙地靠着寨濠走过时,蹚将们挥着手向寨上打着招呼:

"围子上的朋友们听着:咱们井水不干河水,请不要放闲枪啊!"

寨墙上的老百姓也不答话,也不放枪,带着戒备的神气偶尔探出头看看他们。过了这座围子约摸有半里左右,出现了从北向南的一道沙河。河身上架着一道几丈长的独木板桥。菊生刚踏上桥跑了几步,从后边来一个发喘的蹚将把他冲下水,急急慌慌地抢着过去。幸而菊生落水的地方只有脚胫那么深,水里也没有冰凌碴子。他站在水中激怒地望着冲他下水的那个蹚将的脊背,骂了一句:"操你娘的,一点种也没有,只怕逃不了你的狗命!"那家伙也许根本没听见他的怒骂,也许顾不得同他理会,头也不回地跑过桥了。菊生赶快爬上木板桥,跺了跺脚上的水,带着余怒,一面在桥上跑着,一面嘟嘟哝哝地继续骂着。

管家的一群人都先到了河东岸的柿树林子里,在那儿等候着作后卫的弟兄们撤退下来。菊生在岸上回头一看,才发现他的干老子和几十位作后卫的蹚将都已经跟在他的背后退下来,快下河滩了;同时他才又注意到流弹密密地在他的头顶和左右呼啸着和爆炸着,才又听见从军队那方面吹送过来的冲锋号声,才又意识到情况的紧急。菊生刚跑到管家的那儿,他们已经迅速地跳上马了。二驾在马上向他喊着说:

"快来,快来抓住骡子尾巴,菊生!"

一个护驾的蹚将也喊着："快抓住骒子尾巴带你走！"

菊生向前边跑了两三步,抓住了二驾的马尾巴。二驾在马屁股上打了一鞭子,马突然跳一下,向前跑去,把菊生摔掉了。二驾勒住马回头又叫他,他摆摆手,拒绝说：

"没关系,军队还远着哩。"

骑马的都走了。菊生向回龙寺慢慢地跑着。薛正礼所率领的掩护退却的几十个蹚将已经涉着水退过河来,一面打一面走,散开在路上和地里。有两个负伤者被架着从菊生的旁边匆匆地过去了。又有一个蹚将从他的旁边跑过去,回头向菊生催促说："娃儿跑快！"菊生依然不慌不忙地跑着,一点也没有想到他会被流弹打死,也没有想到他可以趁这个混乱的机会逃出杆子。当看见许多人从他的旁边喘着气跑过时,他表现出奇怪的勇敢,用玩笑的口气说：

"沉住气嘛,跑的太快啦会肚子疼呢。"

三十九

回龙寺是一座大庙,庙东边和北边有几座佃户们住的草房。一道土打的高墙将大庙和草房围住,土墙上挖有炮眼,并带有小的碉楼。河从庙的西南角半里远处折向东来,在庙门前形成了一个深潭。河南岸几里外就是山地,愈往南山势愈壮,深灰色的高峰上积着白雪。庙里的和尚和庙旁的住户已经逃空,连牲畜和粮食都携带走了。杆子一进回龙寺,就被军队和红枪会包围起来。西边和北边的许多村落都驻满军队;河南岸一直到小山上也都有军队布防;向东望,无边无涯,到处有红枪会。最糟的是,回龙寺的地势露底,从河南岸向庙里看,一切都清清楚楚。蹚将们虽然明知道中了计,但也不得不死守着这座空落落的大庙喘喘气,等待着突围的机会。

薛正礼的一支人盘在庙后的三间草房里,从西北角到东北角的围墙归他防守。他把人布置好以后,带着菊生沿着土墙将地势察看一遍。他很沉默,只向他的干儿子嘱咐一句:"这庙露底,走着小心啊!"看过后,他走进庙里,去看管家的有没有什么吩咐。菊生随他的干老子去找到了他的小朋友张明才,这孩子是随着瓢子九一批人最先到回龙寺的。这两个孩子对打仗的兴趣都很高,只可惜他们自己得不到放枪机会。菊生带着张明才跑进大殿,跳上神坛,各处寻找,终于在高大的神像后找到了一串鞭炮。他们高兴得不得了,决定将鞭炮绑在一根竹竿上,拿到西北角的碉楼里,放给墙外的军队们听。那小碉楼里只有刘老义、陈老五和王成山在担任防守。外边的攻击已经停止,所以他们也很少发枪,只对河岸上树林中的军队取监视态度。军队曾经吃过他们几次亏,也不敢随便地露出头来。当菊生和张明才跑来时,刘老义正将步枪架在炮眼上,俏皮地向外骂着,亮着牌子。菊生爬上梯子,点着鞭炮,将竹竿探出墙外。鞭炮响着,菊生和张明才向围墙外大声叫着:

"操你姐,看老子们的机关枪啊!……"

一半是由于兴奋,一半是要表现他自己是英雄好汉,陶菊生几次从碉楼的垛子间露出头来。每一次他露出头来,马上就有几颗子弹从树林中射过来,打他的旁边掠过。张明才没有敢这样冒险。他又好奇又胆怯地扒在王成山的胳膊上,从炮眼向外张望;每次子弹打过来,他总是不由地缩一下脖颈。鞭炮响完时,菊生又露出头来,学着刘老义的调子亮牌子。他骄傲的、勇敢的,用尖嫩的童音喊着:

"听着啊!你爷爷家住在北山南里,南山北里,有树的营儿,狗咬的庄儿。跟着白狼……"

突的,一颗枪弹打中在垛子上,嘭一声迸起来一阵碎土。菊生的身子惊得猛一缩,向大家伸伸舌头,随即拍着头上的灰土说:

"乖乖儿,怪不客气哩!"

刘老义从炮眼中拔出步枪,用枪托在菊生的屁股上打了一下,放声大笑。陈老五用双手搓一下他的多毛的粗糙脸孔,警告菊生说:

"快下来,小心他们打中你了!"

陶菊生和张明才在碉楼中玩了一会儿,黄昏慢慢地落了下来。他们开始操心到晚饭问题,便到那些草房中到处搜寻。很幸运的,他们在一个不容易被人注意的柴草堆下发现了一个红薯窖,足可以供全杆子支持一天。他们将这个发现告诉给蹚将们,立刻就有人下窖去把红薯全拾上来。薛正礼这一股也分到两大筐子。陶菊生帮助那位新来的、说书出身的甩手子老张,将红薯蒸在锅里以后,他又在房间中的土地上烧起一堆火,在火堆边用麦秸安排好一个地铺,以备干老子和别的蹚将们在夜间轮流睡觉。张明才回到二驾那里打一转又跑了来,同菊生膀靠膀坐在火边。外边的枪声很稀疏,也很少有人说话,但时常有匆匆的脚步声从门外走过。两个孩子从这种奇怪的寂静中感到了事态的严重,不约而同地想到那可能发生的危险结果。菊生望着火堆想了想,忽然向他的小朋友笑着问:

"你猜,要是军队进来了,咱俩要紧不要紧?"

"你说要紧不要紧?"张明才没有主意地反问说。

"咱们不要紧。要是军队打进来,咱们就在屋里大声喊:'俺们是票啊!俺们是票啊!'……"

薛正礼不声不响地走进屋来,站在他们的背后突然插嘴说:"好家伙,你们倒想的得劲!"

两个小孩子骇了一跳,赶快扭转头来。但当他们看见薛正礼和蔼地微微笑着,他们就放下心了,互相地望一眼,碰一碰胳膊,天真地笑了起来。薛正礼没有再责备一个字,拍一拍张明才

的头顶说:

"你快点回去吧,二驾找不到你的时候会生气哩。"

张明才仰起头来问:"薛二伯,你说军队会不会打进来呢?"

"他们打进来个屁!"薛正礼很自信地说。"马文德带出去的大炮都在山海关缴给奉军了,留在老窝里的大炮还要防备徐寿椿,单用步枪他对咱有啥子办法?"

菊生问:"咱们今晚上不出水?"

"管家的说要守住这儿打一打,反正是已经粘在一起了。"

张明才从火边站起来,跳出屋子,用舌尖打着梆子跑走了。薛正礼在一个草墩上坐下去,将两只手放到火上烤着。过了一会儿,他用手把脸孔慢慢地抹了一把,望着菊生问:

"娃儿,要是你回家了,你想我不想?"

"想,"菊生说,"也想老义叔,狮子叔,跟成山哥。"

"不想陈老五?"

菊生笑着摇摇头:"不想。"

"为啥子?"

"我不知道。"

"你这孩子!"薛正礼慈爱地责备说,也笑了。"陈老五也是个好人,"他又说,"他原是个掌鞭的①,后来得了一份绝门业,有

---

① "掌鞭的",即专管使牛耕田和拉车的农民。

四五亩地,买个女人,自种自收,独立门户。去年一荒乱,田地不能种,他只好蹚了。别看他好占小便宜,可是他的心底儿倒是蛮好的。"

"我知道他是个好人。他没有蹚的时候,一定是常常受人欺负。"

"他蹚以后也没有报过仇,只恐怕结的孽多了没法洗手。"

谈话停止了。薛正礼又用手将脸孔抹了一下,若有所思地向门外望了一会儿,然后站起来,走出去了。陶菊生一个人留在火边,周围被夜色包围着,灰茫茫的。他感到很孤寂,而且害怕。但他没有动一动,因为外边太冷了,他也饿了。甩手子老张在厨房中一边蒸红薯,一边唱着,调子很哀婉动人。菊生静静地听着,想起来他的父亲、母亲、大哥和二哥,一切的亲人,许许多多的往事,和不能捉摸的未来,心坎中充满了酸楚。后来,又想到他亲眼看见的那些被打死的人,特别是在刘胡庄被他用杠子打了一下的那一个快要断气的可怜老汉,他大大地恐怖起来,仿佛浑身的汗毛和头发都一齐直竖起来。

被恐怖驱赶着,菊生慌慌张张地跑到厨房,悄悄地在甩手子老张的身边坐下。老张向他望一眼,继续唱着,眼睛却转过去望着灶门。菊生看见老张的眼睛里似乎有泪水浮着,他不愿再听他唱下去,赶忙拉住他的胳膊说:

"老张,别唱啦,我心里难过!"

老张很听话地不唱了,回过头望着他问:"菊生,你害怕打仗么?"

"不。不知道我为啥子心里难过。"看见老张在观察他的脸色,菊生又赶忙接着说:"老张,从前我以为当蹚将的都是坏人,现在我才知道当蹚将的差不多都是好人。"

"谁是好人?你说的话我不明白……"

"要是我回家了,我会永远想念你们。"

老张摇着头茫然地笑了一下,眼睛睁得很大,仿佛在心里说:"哼,俺们是杀人放火的蹚将,你怎么会想念俺们!"

菊生等不着老张回话,急着解释说:"你们都是被逼下水的,并不是天生的坏人。比如你,比如我的干老子,我觉得你们都好。"

"你这话可是真的?"

"真的,老张!"菊生热情地抱紧了老张的胳膊,叫着说:"你是一个好人,一个可怜人。你是被逼下水的!"

老张望着他,用感动的低声说:"你相信我是好人?"

菊生说:"我相信你是好人!本来你可以卖唱过活,可是你忍受不了那种欺侮,所以才来杆子上当一个甩手子!……甩手子叫人家瞧不起呀!……老张,你真是可怜!"

老张静静地看着菊生,泪珠从脸上滚了下来,低低地叹息一声。

"老张,"菊生又噙着眼泪说,"我知道你很聪明,比我还聪明。要是你有钱读书,你一准很有前途,也许你会是一个了不起的音乐家,也许你会是一个了不起的诗人!"

"那么你以后真是想我?"

"真是想你!你教给我唱的小曲儿我都会永远记得!"

老张微笑着摇头说:"不会的。你一回家就把我忘掉了。"

"不会的!不会的!我不会忘记你,也不会忘记干老子他们!"

薛正礼突然走进厨房来,把他们的话头打断。他吩咐甩手子老张赶快将蒸好的红薯拾到筐子里,给守围子的弟兄们送去。他同菊生都十分饿了,就站在锅台旁边,各人抱着一根热红薯大口地吃起来,一面吃一面哈气。吃下去一根大红薯,他不再冷得哆嗦,于是像想起来一件要紧的事情似的,他催促菊生说:

"娃儿,票子们都在饿着,快拾几根给你的二哥送去!"

四十

杆子被围已经一天零一个下午了。军队一直没有向回龙寺硬攻一次,只在夜间时常派出些小部队偷偷地来到附近,找好掩蔽,突然放几排枪,呐喊一阵,扰乱得蹚将们不能够安心休息。红枪会在军队的怂恿之下,曾经在白天向回龙寺扑过几次,被蹚将们打死了十几个,也变得谨慎起来。今天下午,马文德派了一位说客进到庙里来,劝李水沫赶快投降。这说客就是从前来过几次的那位"营长"。仗着他自己同李水沫是老朋友,并且瓢子九们都曾经跟随过他,他不客气地同管家的争吵起来。他站在李水沫的烟榻前大声嚷着:

"李水沫,你个杂种,马旅长从前对你的好处你都忘了。老子瞎跟你朋友一场,没想到你这个人过了带子就拆孔子①!"

"老子怎么拆孔子?你个忘八蛋不要瞪着眼血口喷人!"李水沫红着脸说,不过声调很和平,脸上还带着微笑。

"你说,去年秋天要不是旅长在暗中撑你的腰,你能够蹿起来么?你鳖儿子平心静气地想一想:你没有枪支时旅长暗暗地给你枪支,没有钉子时旅长给你送钉子,哪一点对不起你?你对着灯②拍拍心口!"

"他给了我一尺,我还了他一丈,老子不承谁的情!"李水沫提高声音说,从床上坐了起来。"你凭良心说,自从我李水沫的朴子拉起来以后,你们上自旅长,下至勤务兵,哪一个没花过老子的钱?不错,你们暗地里帮过枪支,帮过钉子,可是老子没有白要过你们的枪支跟钉子,那都是老子用'袁世凯'跟烟土

---

① 即过河拆桥之意。
② 对着灯发誓等于对着神,也许是由于对火的崇拜。

换的！"

营长大声地笑了起来,问:"李水沫,为人不能够昧着良心说话。你说,旅长是为的要分赃才暗中撑你的腰么?"

管家的没有回答,稍微沉吟一下,又挺到烟榻上,拾起钎子继续烧烟泡。营长凑烟灯上吸着了一支纸烟,在床沿上坐下去,弯着腰望着李水沫的脸,放低声音说:

"水沫呀,咱们有话说明处,你不要和尚戴个道士帽,假装糊涂!当初我对你说的啥来?当初,要不是马旅长跟老吴在山海关打光了,急于要扩充实力,他肯怂恿着叫你蹚么?你平素很讲义气,不应该这样地报答旅长。妈的,喝口水也应该想一想水源呐!"

李水沫冷冷地说:"这只怨他姓马的对不起我。"

"你怎么这样执拗?……"

"老子一点也不执拗,哪小舅子才是咬住鸡巴打滴溜!"李水沫笑了一下,把烧好的烟泡安上斗门。

"你没有想一想,你李水沫的杆子是马旅长培植起来的,安浆糊的杆子也是他培植起来的……"

"别提姓安的,快挺下来吸这一口。"

营长不肯挺下去,继续说:"你想想,如今这年头,谁有枪杆儿谁就能占据地盘,问上头要名义;谁的枪杆儿多谁是老大。就是你处在旅长的地位,你能够不赶快扩充么?……"

"快吸吧,吸了这一口老子也不会拿根线把你的鳖嘴缝住。"

营长挺下去,把半截纸烟头放在鸦片盘子上,一股气把烟泡吸了一半。他停一停,把剩在口里的烟气咽下肚里,说:

"何况还有徐寿椿……"

"妈的快吸啊,"李水沫催促说,"吸完了这半口你再说不迟!"

营长吸完了烟泡,捏起半截纸烟头,从床上坐了起来。他用力将纸烟吸了一口气,从鼻孔吐出来两股灰烟,然后接着说:

"如今老吴倒了,马旅长要是不赶快扩充,他想做南阳镇守使①,国民军②能肯给他么?别说他不能做镇守使,就连现在的地盘也他妈的保不住!他不打徐寿椿,徐寿椿还要打他哩。"

"管他们谁打谁,与我李水沫屌不相干!"

"他不赶快把安浆糊收抚好,难道他把安浆糊推送给徐寿椿么?那样他老马还混个屌!"

李水沫忽然坐起来说:"他明晓得我跟安浆糊是对头,不该

---

① 北洋政府时期设置的地方官,掌管一个军事要地的军事,也有兼管民政的。
② 一九二四年九月,第二次直奉战争爆发,冯玉祥被吴佩孚任命为第三路军总司令,向热河开拔,以威胁奉军右侧。十月下旬,当吴佩孚与张作霖作战正酣并略占优势时,冯玉祥突然从张家口回师北京,拘押曹锟(直系贿选的大总统),通电主和,迫使吴佩孚兵败下野。在第二次直奉战争爆发前,冯玉祥与孙岳、胡景翼秘密结成反曹、吴的三角联盟。吴佩孚下野后,他们为对抗奉军,成立了国民革命军。

瞒着我李水沫把姓安的先收抚!"

营长赶快解释说:"听说徐寿椿也派有人跟老安接头,所以收抚安浆糊不能不越快越好,实在来不及跟你商量。"

"屁!"李水沫冷笑一声,决绝地说:"他既然收抚了姓安的,我姓李的他别想收抚。别说他派你来劝我投降,派神仙来也是枉然!"

说客瞪大眼睛怔了一下,随即嘲讽说:"那当然,你现在羽毛丰满啦,要拣高枝啦。这年头,谁不知道浮上水有好处?徐寿椿实力又大,名义又正,嫁给徐寿椿自然舒服嘛。"

李水沫负气地说:"老子谁也不归顺!"

"哈哈,还瞒老子哩!你不归顺徐寿椿,徐寿椿派招抚委员跟着你做啥的?难道他闲得发疯么?"

"实不瞒你说,老子本来要归徐寿椿,可是你既然说老子拣高枝跳,老子偏不归徐寿椿啦。我现在跟你打手击掌,从今后老子谁也不归顺!"

"哼,你忘八蛋能够永远当蹚将么?"

"当蹚将有啥子丢人?你杂种才洗手几年?他马文德不也是蹚将出身?"

说客脸一红,喃喃地说:"洗了手就算归正,好比娼妓从良。……"

"屁毛!"李水沫傲慢地躺到枕头上,拿起烟钎子,忽然又坐起来,说:"老子当蹚将固然是杀人放火,可是也有时替天行道。你们披着军队皮,光会祸国殃民,坐地分赃!"说毕,他重新躺下去,开始烧起烟泡来。

有好几分钟,两个人都没有再说一句话。营长低着头拼命抽纸烟,把一支纸烟抽完又换了一支。第二支纸烟快抽完时候,营长向地上吐了一口痰,才开始望着李水沫小声问道:

"你打算硬拼是不是?"

"我是杉木做椽子,宁折不弯。"李水沫回答说,也不望客人一眼。

"何必这样地绝情绝义?"

"谁要打算用武力压迫我向他低头,我偏要同他拼到底!"

营长把纸烟头投到地上,躺了下去,好意地说:"水沫,咱俩既是老朋友,我告你一个消息,你还是听我的劝为好。"

"啥子消息?"

"马旅长已经偷偷地从南阳调来两门小钢炮,你要是不听改编,他就要不客气了。"

李水沫冷笑一声,用故作惊讶的声调说:"啊呀,我以为是啥子要紧消息哩!"停一停,他又加上一句:"你叫他拿小钢炮去骇小孩子玩去吧,连我李水沫脚趾缝里的灰也骇不掉!"

"那么你打算死守?"

"死守。"

"给养呢?"

"多着哩,不用你操心。"

说客也冷笑一声,随即坐起来,悄声说:"水沫呀,你不要把我当外人看待。老子知道你们已经饿一天了。你真不愿收编没关系,念起老朋友情分上,我劝你早点拉走,越快越好。"

"我准备再守两天,听一听马文德的小钢炮声。"

"那好,我现在要回去了。"营长站起来,带着依恋的神情说:"水沫,我们打虽然要打,可是朋友仍然是朋友。你不愿打的时候就派人给我送个信,要我怎么帮忙我怎么帮忙。"

"那么你吸下去这一口再走。"李水沫口气温和地说,把烟枪递送过来。

客人没有推辞,躺下去接住烟枪。吸毕后,李水沫送他到庙门口,从腰里掏出来一个金壳表,拉住他的袖子说:

"伙计,我把这个表送给你做个纪念,说不定咱们不能够再见面了。"

"你怎么这样说呢?"客人责备说。"朋友总是朋友呀!"

李水沫笑着说:"朋友当然是朋友,可是枪子儿没有眼睛。伙计,你快拿住,你不拿住我是狗!"

"既然是这样,我只好拿住了。"客人将金壳表接过去塞进腰里,顺手取出来一支手枪和两联子弹,说:"我没有啥好的回送你,就把这个给你吧。"

李水沫不肯要,但客人执意很坚,终于也只好收下。一个蹚将把一块绑在竹竿上的白布探到墙头上,晃了一阵。两边的枪声一停止,李水沫亲自把山门打开,向后边闪一步,让客人赶快走出去。山门跟在客人的背后又关起来,上了腰杠。李水沫回到庙里去,重新躺在烟榻上,沉默地烧着大烟。二驾、瓢子九、徐寿椿的招抚委员和另外几个蹚将,一个一个地溜了进来。

四十一

"咱们得出水啦,"李水沫静静地说,脸上露着轻松的微笑,"要不是绝了粮草,咱们就让鳖儿子们攻一攻看看。"

突围的时间预定在天黑后,并决定让薛正礼的一支人跟随着他,在天黑后首先出水,其余的大队蹚将同票子跟在背后。当他把简单的命令说完后,几个重要的头领都离开他,各自作准备去了。管家的李水沫虽然同大家一样地羌不多一整天没吃东西,但他装得毫不疲惫,慢条斯理地对那位招抚委员谈着他从前的打仗生活。客人横躺在他的对面,烧着大烟,不多说话,眉头上压着沉重的心事。管家的正扯着闲话,等候着黄昏来临。突然,西边半里外的柳树林中,机关枪哒哒地响了一阵。这是第一次听到的机关枪声,李水沫喃喃地说:

"妈的×,他们以为老子没见过机关枪,想吓唬老子哩!"

过了一会儿,机关枪又响了起来。枪弹像雨点儿似地打在围墙上,一部分从墙头飞过。蹚将们从炮眼向树林中稀疏地还击着,但机关枪藏在偷偷筑好的掩体里,使他们没法击中。他们生气地骂着。有些蹚将准备跳出围墙去夺机关枪,一露头就被打落到围墙里边。李水沫像什么都没有听见一样,从招抚委员的手里接过来烟枪和钎子,将指头肚大小的烟泡子吸进肚里。然后,他放下烟枪和钎子,伸个懒腰,闭起眼睛。过了片刻,他微微地睁开眼睛缝向地上蹲的一个护驾的瞟一下,轻轻地把下巴一摆,吩咐说:

"去,告诉鳖儿子们说,要是他们还拿机关枪聒噪老子,老子就亲自去夺他们的机关枪了。"

不知是震于李水沫的威名,还是因为黄昏已经落下来,当蹚将们靠着围墙将李水沫的牌子亮过以后,机关枪果然停了。

夜色一厘一厘地浓起来,出水的时间到了。云彩很厚,北风吹着,好像要下雪的样子。两三个蹚将用镢头和铲子在北面的围墙上连二赶三地挖着,他们的后面和左右聚集着四五十人,紧张地等候着。为害怕外边的军队发现动静,没有人敢大声说话,也没人敢擦一根火柴或吸一支纸烟,连镢头也挖得十分小心。当出水的墙洞快要挖开的时候,二驾向周围看了一圈,小声询问:"人齐不齐?"除掉陈老五,所有参加前队的人马都齐了。薛

正礼焦急地将菊生推一把,说:

"娃儿,快去找他去!"

菊生用飞步跑进草房,看见陈老五正跪在黑影中慌慌忙忙地打叠包袱。菊生急急地叫着说:

"五叔,赶快,要出水了!"

陈老五顾不得回答一个字,把包袱从地上提起来,一面捆一面向外走。才走两三步,忽然又退回去,俯下身子,从铺在地上的干草中摸起来一只小孩鞋,向包袱中用力一塞。他把捆好的包袱斜绑在脊背上,同菊生匆匆地走出草屋。菊生吃惊地打量着他,拉住他的袖子问:

"五叔,你的枪哩?"

陈老五勾回头跑进草屋,从刚才整理包袱的地方拾起来他的步枪,仍然没顾得吐出一个字。当他同菊生跑到出水的洞门时,洞门已经挖开了。管家的一只手提着手枪,一只手牵着骡子,向大家吩咐说:

"都听着!老子不吩咐发枪都不准发枪!不准说话!不准咳嗽一声!"

蹚将们开始一个跟着一个从洞门弯着身子向外出,静悄悄的。管家的和二驾,和那位招抚委员,每人牵一匹骡子,走在最后。陶菊生跟着王成山,而张明才跟着二驾的一个护驾的。旷野上黑洞洞的。树梢上呼啸着北风。村庄里稀疏地响着枪声。

蹚将们急速地向北走去,差不多像奔跑一样。菊生用左手紧抓着他的饭包,免得里边的东西晃得太响,右手紧拉住王成山的衣襟,生怕他自己落队。他一脚高一脚低地跟随着大家跑着,有时踏着麦苗,有时乱踩着坷垃堡子,有时冲进干涸的浅沟,有时又绊着荒坟,爬上高坡。有几次他被坷垃堡子绊倒了,赶紧跟跄着爬了起来。他竭力避免出声,但他却忍不住喘气、咳嗽,他的饭包也荒朗荒朗地不住响着。他们从一个村庄的附近冲过时,村庄里的军队连问了几声口令,放了几枪,没有敢迎头拦截,让他们不费一弹地冲了过去。但到第二个村庄附近时,突然被拦住头打了起来。有人在菊生的前面说出来一声"不好",栽下去了。李水沫大声命令说:"不准还枪!都跟着我来!"他牵着马跑在前头,一面跑一面叫着:

"老子就是李水沫!那是谁胡乱放枪,不讲朋友?妈的×没有听见么?老子就是李水沫呀!"

"截住啊!截住啊!快缴枪啊!"前边村庄里一片呼喊声。

"快点截住啊!快点缴枪啊!"四面村庄里都起了喊声和枪声。

李水沫又向他的部下命令说:"不准还枪!谁敢还一枪老子敲谁!"

李水沫弯着腰直向前跑,大家紧紧地跟随着他。眼看着快跑到黑魆魆的村边时,他突然举盒子枪打了一联,大声叫着:

"老子李水沫的脾气你们都知道,是漂亮的不要拦条子,把枪口抬高一点!"

迎面的枪声稀了,而且也高了。李水沫带着人马向右边一转头,从田野里冲过去了。军队没有敢追赶,只在背后的几个村庄里胡乱放枪,胡乱喊着:

"截住啊!截住啊!快抱活的啊!……"

又跑了几里,冲出军队的包围圈已经远了,蹚将们在一个生长着荒草的高坡上停下休息。地上很亮,天上也很亮,像出了月亮一样。菊生坐在枯草上,随着大家向南边七八里远的地方望去,看见一片火光从凹里腾起,火舌猛烈地乱舐着天上的密云。在烈火燃烧的方向,传过来密密的枪声,和不很分明的乱噪噪的喊声混和着打阵的集体喔吼。大家看出来那燃烧的正是回龙寺,都为瓢子九所率领的大队担心。有人猜那火是瓢子九出水的时候放的,有人说是军队打进去以后放的,瓢子九的大队说不定吃了大亏。菊生很挂念他的二哥,不知道他在混乱中能否幸运地被军队救出。大家正坐在草坡上等候着大队消息,菊生忽然看见他的干老子薛正礼和赵狮子没有在场,感到奇怪,向刘老义小声地问:

"我二伯跟狮子叔没有冲出来?"

"别做声,快要来了。"刘老义回答说,眼睛不转圈儿地向刚才来的路上张望。

果然有三个模糊的人影子并排儿来了,带着呻吟声,枪和子弹的碰击声,还有呼嗤呼嗤的喘气声。刘老义忽地从草地上跳起来,向来的影子问:

"是二哥不是?"

"是我跟二哥。"狮子的声音回答说。

"老五怎样?"刘老义跟着又问。

薛正礼回答说:"我们在搀着他,伤很重。"

陶菊生到这时才想到,那位正走着中弹栽倒的原来是陈老五啊!随着大家从地上站起来,向搀来的负伤者看去,他的心缩得很紧,连呼吸也差不多快要停止。陈老五被放在荒草地上,闭着眼睛,微微地呻吟着。络腮胡因为三四天没有修刮,使他看起来像一个将死的猩猩一样。管家的走来看一眼,向薛正礼问:

"打在哪儿?"

"小肚子上。"薛正礼回答说,声音很低,也没有抬起头来。

招抚委员在李水沫的背后咕哝说:"他恐怕不行了。在这儿停的太久了不很好,我们还是快起吧。"

"起!"管家的向大家命令说。等大家随着带条的起了以后,李水沫又向薛正礼小声询问:"陈老五怕不行了,怎么办呢?"

薛正礼犹豫地向管家的和二驾望了一眼,似乎是恳求他们替他拿主意。二驾跟管家的交换了一个眼色,于是向薛正礼的耳边唧咕说：

"不要让他受罪啦,你没看他已经不省人事了？"

正在这当儿,陈老五睁开眼睛,打算挣扎着坐起来,但没成功。他痛苦地呻吟一声,断断续续地说：

"包袱……解下来,……给我……女人。五个小孩子,她养……不活。……二哥看顾……"

他的话没有说完,声音变得很微弱,眼睛又闭起来了。刘老义弯腰去解他身上的包袱,薛正礼带着哽咽说：

"老五,你放心,我一定看顾他们。"

"看顾他们！"陈老五声音含混地说,像梦呓一样,也没有睁开眼睛。"给我补一枪……"

薛正礼向赵狮子使个手势,含着泪扭头走了。大家也跟着走了,只留下赵狮子停留在伤者的身边。才走了儿丈远,菊生听见背后突然响了一枪,随后赵狮子提着枪赶上来了。

大家顺着一条荒废的大路匆匆走着。原野又黑暗起来,又变成黑洞洞的了。他们摸索着爬上了一道河堤,顺着河岸走着,耳朵和鼻尖全都被尖冷的北风吹麻木了。河水在附近的滩上响着,响得悲哀。河边的树枝在风中发着呜呜的悲声,像哭泣一样。菊生老是忘不下他的二哥和陈老五,好几次猛不防被石块绊倒。王成山紧拉着他的手,小声说：

"条子还很远着哩,你怎么可腿杆软了？"

四十二

又走了十几里路,杆子在一个村庄盘下。这是一个贫穷的小村庄,住户很零散,因此蹚将们不得不三五个一起,散开来寻找休息和打尖的地方。不知谁冒①了一句,说管家的已经吩咐过,今晚就盘在这儿好好地休息一夜,同时等一等大队的音信,即让是军队赶来,也只好抵住拼了。陶菊生跟着王成山、薛强娃,还有那个会说书的甩手子,走到村庄的顶边沿,叫开了一家柴门。他们实在太饿,太冷,也太困了,一走进低矮的牛屋去,便催着主人笼火②,赶快安排瓢子,随后又吩咐主人取出来两条被子。菊生和王成山坐在火边的麦秸窝中,将被子搭在腿上,背靠着墙壁休息。强娃和甩手子老张蹲在火边,一面抽烟,一面翻开衣襟寻找虱子。他们都没有突围的经验,所以也没有多注意外面有什么动静,只是相信今晚上不再走了。

外面起初还有脚步声,叫门声,犬吠声,后来慢慢地静下来了。当他们填饱瓢子,准备睡觉的时候,村子里越发静得像冰井

---

① "冒",随便胡说。
② "笼火",即点起一堆火,"笼"字是动词。

一样,有点出奇。为着小心起见,王成山派老张出去瞧瞧。老张出去了一会儿,匆匆地跑回来,上气不接下气地小声报告说:"糟糕呀,咱们的人早就起了!"菊生和王成山们六只眼睛吃惊地望着老张,打个愣怔,随即从麦秸窝中跳出来,同甩手子慌慌张张地跑出院子,跑进了村子里边。他们站在大路上,想看看地上的马蹄印儿,连擦了几根火柴都被风吹熄了。王成山发现两个人影子在几丈远的门口立着,他很客气地向他们打听:

"老乡,俺们的杆子往哪儿拉走了?"

"不知道。"一个声音冷淡地回答说。

"是才拉走呢还是拉走有一会儿了?"强娃问。

"不知道。"还是同一个声音说,随即两个影子都隐进门里了。

强娃有点生气,预备向门口走去,但被工成山挡住了。

"这儿是硬地,"王成山咕哝说,"他们看咱们人手少,不怕咱们。"

"他再不说实话,我就给他钻一个眼儿!"

王成山说:"他们不说实话拉倒,这是硬地,军队又不知道在近处啥子地方,弄不好他们会收拾咱们。"

"那咱们怎么办呢?"菊生望着成山问,同时提防着红枪会从黑影中扑上身来。

"沉住气,"工成山对大家说,"先离开这个村子了!"

连二赶三地逃出村子,他们又站住商量一下,决定向茨园拉去。一直脚步不停地摸①到天明,四个人平安地到了茨园,在七少的宅子里叠②了起来。

痛痛地闷睡一觉,到挨黑时候,老张走了。菊生没有敢打听他要到什么地方去,只是留恋不舍地紧拉着他的手,怯怯地打量着大家的脸上神情。老张拍一拍菊生的头顶,凄然地笑着说:

"菊生,我想报仇没有报得成,要去干我的旧营生啦。现在咱们要分手了。"

"到什么地方去说书呀?"

"到远远的地方去,没有准儿。只要咱喉咙不坏,带一个坠子③,哪儿的饭不好吃啊?"

"永远不再回家乡来么?"

"到处黄土好埋人,"老张带着悲愤的感情说,"回到家乡来有啥子意思?"

望着老张的背影向前院走去,大家的心坎中热辣辣的。这一夜,成山和强娃都非常烦闷,忧愁得睡不着觉。菊生在半夜醒来,听见王成山在床上翻身,在深深吁气,强娃在慢慢地抽着烟袋。又过了不知多久,菊生二次醒来时,听见成山和强娃在咕咕

---

① 走黑路叫做"摸"。
② 土匪藏起来叫做"窝",又叫做"叠",好像衣服叠起来放在什么地方。
③ 流行在河南的一种乐器,形状类似小三弦。

哝哝地悄声谈话,但听得不很分明。静默了很长时候,菊生以为他们快要睡着了,忽然强娃将烟袋锅向床腿上磕两下,闲问说:

"成山呀,要是你自己有支枪,你如今作啥子打算?"

王成山叹口气说:"我啥子打算也没有!我如今只想能有几亩地,安安生生地自做自吃。强娃,靠枪杆吃饭不是咱的本心啊!"

强娃哼一下鼻子说:"你倒想的怪舒服!咱们穷人家从哪儿会有田地?有田地谁还做贼!"

"所以世界永远不会真太平,太平不久还要大乱。穷人要不是想翻翻身,弄碗饭吃,谁肯提着头去造反呀?!"

"那就是啦。"强娃回答说,于是他们的谈话又停止了。

菊生被王成山的几句话所感动,心思很乱,而且感到莫名其妙地难过。他想起来去年读过的一篇小说,写的是一个疯子:那疯子翻开了中国历史,看见书上写的尽都是"吃人","吃人"。那时候他对这篇小说的寓意还完全不懂,如今仿佛悟解了一点儿。不过他不知为什么恰在这时候想起来这篇小说,随即他仿佛也懂得了全部历史,历史上只是满写着一个"杀"字。这个字是用血写的,用眼泪写的。人们天天在互相杀戮,没有休止,无数的弱者冤枉地做了牺牲!他又想起来关于白狼、黄巢和李闯王的那些传说,思想越发陷于紊乱。过了一会儿,他的思想似乎又整理出一个头绪,觉得白狼、黄巢和李闯王并没有什么奇怪,李水沫也就是这类人物,不过还没有混成罢了。白狼、黄巢、李闯王和李水沫,都是弱者里边的强者。要是没有这类有本事的人物出世,弱者就没有人出来领头,也不会结合成很大的反抗力量。不过自从打过红枪会以后,他对李水沫就不再十分敬佩了。他觉得李水沫只是一个绿林中的野心家,具有做绿林领袖的特殊才能,混成功也不过像马文德那样的人物罢了,口头上说要"打富济贫,替天行道",实际上对穷人是没有多大帮助的。白狼、黄巢、李闯王和李水沫的问题还没有在心中放下,他忽然又想起来一位国文老师说过的那个消息,于是他从枕头上抬起头来,对王成山和强娃说:

"俄国的革命党把地都分给穷人,现在俄国已经没有穷人了。"

"俄国在哪一省?"王成山赶紧问。

"俄国是一个国呀,比咱们中国的地面还大。"

"他们把谁的地分给穷人?"强娃也好奇地问。

"他们把所有地主的地都分了。"

"嗨,官能够答应吗?"强娃又说:"他们不怕坐监么?"

"他们是革命党,革命党啥子都不怕。"

"做官的为啥子不管呀?"强娃老不肯放松地问。

"官都给他们杀光啦。"

菊生对于俄国革命知道的十分有限,没有更多的话可以解

释。停了片刻,王成山抬起头问:

"咱们中国也有那样的革命党么?"

菊生想了一下说:"听说在广东也有革命党。"

"嗨,离咱们这儿还远着哩!"王成山失望地说。"强娃,要是有人来咱们这儿把地分给穷人种,你说有人随他么?"

"包圆儿①穷人们都愿意随他,"强娃毫不迟疑地回答说,"成山哥,要是有革命党给你地你要不要呀?"

王成山笑了一下,叹口气说:"可惜没有人来咱们这儿点这一把火!"

菊生对广东的情形知道得更其少,甚至不晓得广东的革命党同俄国的革命党是否一样。不过好像为了安慰王成山,他回答说:

"你别急呀,时候没到呢。"

他们放下了这问题,随便地闲谈着。因为大家都睡不着觉,只好用闲话打发长夜。但这夜真是长啊,好像永没有尽头的时候!

---

① "包圆儿"就是当然的,没有问题的。

四十三

过了一天多,七少得到了确实消息,知道瓢子九在前天夜间率领着大队突围后,一直打到昨天上午,才同李水沫率领的前队会合。但杆子被军队和红枪会不停地追着,打着,又到处被截击,死的死,散的散了。瓢子九和二红都死了。票子有的被军队打落,有的被土匪撕了。又过了一天多,薛正礼才派人送来消息,说他带着赵狮子们余下的十个人逃到刘家寨,投靠姓刘的大绅士①暂且存身。这位年轻绅士是同盟会出身,跟随着国民二军总司令胡景翼打回河南。胡景翼驱逐了吴佩孚的残余势力,做了河南军务督办,实际也自兼省长,打算派刘某做豫南道尹,当时他的家都说是信阳道尹。后因胡景翼突然病故,刘做豫南道尹的事落了空。且说刘家寨同茨园有几层老亲,这位新绅士就要去信阳做道尹,他的家人急于要替他组织卫队,所以巴不得把薛正礼收抚。得到这消息后,王成山和薛强娃当夜就动身去

---

① 这个人名叫刘莪青,并没有上任的信阳道尹。三十年代,他做过南京国民政府的立法委员。解放初,他是民主人士,国民党革命委员会重要成员,任河南省交通厅副厅长,文化大革命前死去。我几次在开封同他闲谈,可惜不好意思提到我少年时随土匪到过他们寨中。

刘家寨找他们。第二天,七少的那位在城里民团中干差事的堂三哥请假回来,七少为减少身上的责任起见,托他的堂三哥把菊生也送往刘家寨去。

菊生和薛三少午饭后由茨园出发,晚饭后到了刘家寨。他看到了他的干老子和赵狮子们几个人,却没有看见刘老义。随即他知道刘老义挂彩后被军队捉去了,他的干老子因为想护救刘老义也几乎被军队捉去。干老子这支人死伤了三分之一,剩下的这十几个人也每人只剩下三两颗钉子。他打听别的重要人物,赵狮子告他说:二驾和招抚委员都死了;管家的没有死,带着几个亲随人不知往哪儿去了。菊生又打听他的二哥,大家都说不知道芹生死活,只知道票房死得最惨。票房因为走得慢,赘累大,看票的蹚将几乎死净,而票子也死去十之六七。菊生没有哭,因为他希望他的二哥没有死,不久会打听出他的消息。忽然想到了他的小朋友张明才,他赶快问起来他的下落。人们告他说,听说张明才被红枪会抓了去,看他的打扮不像是票子,在他的身上砍了十来刀,后来被军队救了去;不过他的伤太重,未必能保住性命。菊生再也忍耐不下去,就伏在王成山的肩膀上呜呜咽咽地哭了起来。王成山想起来瓢子九、刘老义,跟他同来的那个进宝,还有许多熟朋友,虽然他竭力忍着不哭,但眼泪还是簌簌地落了下来。经他这一哭,大家的心中都非常难过,好久没有人再吐出一句话来。

这天晚上,刘道尹的表老爷看见菊生,十分喜爱他,便央几位宾客和薛正礼对菊生说,要菊生认给他做干儿子,他愿意帮菊生到省城读书。菊生认为这对他是个侮辱,坚决地拒绝了,弄得表老爷和几位宾客都很难为情。薛正礼向表老爷说几句抱歉的话,对菊生却没有一字责备,因为他知道菊生最瞧不起有钱有势的人,而如今也不同在杆子上的时候一样。他希望菊生跟着他去信阳,一面读书,一面替他办一点文墨事情。菊生要求赶快回家去,因为他很想母亲,母亲也一定日夜地为他哭泣。薛正礼允许了他的要求,拿出来几串路费,托薛三少辛苦一趟,送菊生回家。第二天早饭后,薛正礼、赵狮子、王成山和薛强娃,把他们送出村外。薛正礼嘱咐了一些路上应该小心注意的话,又拉着菊生的手说:

"娃儿,以后常给我来信啊!"

"不要忘下我们啊!"赵狮子也笑着叮咛,笑得凄然。

菊生同薛三少在路上走四天才到了邓县,中间因为马文德和徐寿椿有军事冲突,多绕了几十里路。一进大门,菊生就开始一面跑一面唤娘。母亲在床上听见了他的声音,悲哀地哭起来,一面哭一面对站立在床边的大媳妇说:

"我听见菊的声音,是菊的魂灵回来了!是娃儿的魂灵回来了!……"

菊生的大嫂也听见菊生的叫声,慌忙地跑出堂屋。看见菊生的睫毛上挂着泪,带着哭声呼唤着跑进二门,后边跟随着几位邻人和一个陌生人,她惊骇地唉呀一声,迎上去一把抓住菊生的膀子,一面架着菊生往上房跑,一面用哭声报告母亲说:

"是真的回来啦!是真的菊生回来啦!"

菊生冲到母亲床面前,扑到母亲的身上,大哭起来。母亲用左手紧紧地搂着他,用右手乱摸着他的脸颊、下颏、耳朵、胳膊和手,还摸脊背,一面摸一面哭着说:

"你不是鬼魂,你确确切切是我的娃儿!你到底还没有死!你到底回到娘的身边了!……"

母子俩抱在一起,哭得都说不出一句话来。大嫂去拉菊生,同时劝母亲说:"娘!你的病还没好,别太伤心了!"但这句话刚刚出口,她自己也忍不住,靠在立柜上,用双手蒙住眼抽噎起来。一家三口人只顾伤心,忘记了还有位送菊生来的客人。薛三少坐在外间的椅子上,抽着纸烟。几个邻人围立在他的面前,向他小声地问长问短。过了大约有十几分钟,屋里的哭声才止。菊生哽咽着向母亲问:

"娘,我二哥有没有消息?"

"唉!谢天谢地,"母亲叹息说,"他也没有死!一个土匪看他跑不快,用刀去砍他,他一头栽进路边的水沟里,军队赶上来把土匪打死,把他救活了。唉,我的儿,娘的眼睛快为你们哭瞎了!你看看娘的头发,三个月来完全急白了!"

"我二哥已经回来了没有？"

"还没有，还在唐县。你伯昨儿上东乡去问朋友抓钱去，明儿也许能回来。打算抓来钱做路费去接回你二哥，带查听你的下落。唉，你回来了好，你回来了好，真是老天爷把你送到我身边哩！"

"我大哥现在在啥子地方？"

"你大哥，他呀，"母亲忽然把菊生拉近一点，放低声音说，"他现在在广东，可不要走露消息！"

"怎么到广东了？"

"他后来从天津逃到上海，"母亲小声说，"到一个纱厂里给人家做工。不知为啥子人家把他开除了，他在上海没办法，恰巧碰见几个河南学生要往广东去，他也跟去了。你可千万别告诉人说！你伯说，他是在广东闹革命，叫别人知道了要抄家哩！"

菊生兴奋地说："我将来也要去，我要找他去。"

"你哪儿都别去！"母亲把菊生搂在怀里说："我死也不再放你离开我！娃儿呀！你看看我这头发，你看看我这手瘦得像一把柴，我是活不了几天啦！"

母亲又抽噎起来，几滴眼泪滚落到菊生的手上。他静静地坐在床边，茫然地思想着以后的种种打算，一阵阵的煎药气扑进了他的鼻孔。看出来家庭已经迅速地破落得无法生活，决无力再拿钱供他读书。他决定暂且在家中呆一个时期，将来或者偷偷地逃出去当兵,或者逃出去找他的大哥。但是,他心里叹息着,广东是多么的遥远啊!

大嫂把油灯点起来,把药碗端到母亲的床前,请母亲趁热吃下。菊生走到外间去,向院里望一眼,无边的夜幕又落下来了。

后　记

　　这故事在我肚里藏了二十年了,其中的英雄们早已死光了。每次想起来这个故事,我的眼前就展现了无边忧郁的、萧条的、冬天的北国原野,而同时我的心就带着无限凄惘,无限同情,怀念着那些前一个时代的不幸的农民英雄。我了解他们的生活,也了解他们的心。当他们活着的时候,中国的农民还没有发现他们应走的革命道路,至少在北方农村中还没有出现像摩西那样人物。因此,我的这些朋友们虽然不顾一切地要做叛逆者,却只能走那条在两千年中被尸首堆满的,被鲜血浸红的,为大家熟悉的古旧道路。这条路只能带向毁灭。但这是历史的限制,我们不能够错怪他们!

　　我的故乡是在河南西南部的一个角落,闭塞而落后;在以前,土匪是这地方的有名特产。我出生于破落的地主之家,虽然我爱农民,但不是"农民的儿子"。如今不管我愿意不愿意,我的灵魂里还带有"知识分子气"。因为有自知之明,在这部小说中,我安安分分的忠实于我所了解的历史现实,用我所惯用的笔,喜爱的色彩,烘托出那时代和那地方的风景和氛围。画出我的那些朋友们的本来面貌。我不敢强不知以为知,为说教捏造谎话,拿公式代替形象。敬爱的读者们,你们大概都知道,在抗战期间我写过新生的农民的典型。但是在这一部小说中,农民英雄们全没有"新生",看不见一点光明。

一年前,胡风派的朋友们曾经对我的作品展开了热烈的批评,不管他们的批评态度使我多么地不能同意,我一直把他们当做我的畏友,感激他们对我的鞭策。他们说我的《差半车麦秸》是革命的公式主义,《牛全德与红萝卜》自然也是,而且他们从后一部作品中断定我创作人物的本领已经完了。他们忘掉了一个事实,就是《差半车麦秸》这小说发表于抗战开始后的次年春天,也可以说是最早地写出了从落后到新生的农民典型。这之前没有公式,这之后渐渐地成了公式。胡风派的朋友们一面在批判着这种公式,却一面在这一种公式里打跟头,创造着公式的工农英雄。至于他们说我不能够再创造出新的人物,那不是一向目空一切地小看惯圈外朋友,便像人们在愤恨时所发的咒语一样。咒语照例只代表主观愿望,要是咒语都灵验,这世界上还有什么客观的真理可讲?我当然不相信"一咒十年旺"这句俗话,但我相信至少在十年内我的人物不会有枯竭的时候。在这部小说中我又写出了几个人物,在下一部小说中可能会写出更大更多的典型性格。我不是故意要唱一出《三气周瑜》,只是因为我既然从事于小说写作,写性格是我的份内之事。

虽然这部小说的故事在我的肚里藏了二十年,却一直没有决心把它写出来。二十年来,我不知多少次在谈兴勃发时,对着好友,微带着惘然的心情,像谈一段历险记似地谈这个故事。人们大概都爱读梅里美的《西班牙书简》和《高龙芭》,爱读普希金的《复仇艳遇》,爱看十八九世纪欧洲作家们所描写的海盗和骑士生活,自然也爱听我们本国的《瓦岗寨》,爱听《水浒》。也许是由于这同样缘故,朋友们常常被我的故事吸住,对其中的人物发生兴趣。特别是近几年来,每一次同朋友们谈过了这个故事,总有人怂恿我把它写出。前年暑假,我到成都,留住在东方书社。一天晚上,东方请客。席散后,叶圣陶先生,董每戡兄,东方的王畹荪经理,和我在院中吃茶,随便聊天。不知怎样引起的,我把这故事又从头到尾地讲了一遍。当时叶圣陶先生曾劝我把它写出,王经理也很打气。从这天晚上起,我才有写的决心。若没有这次闲谈,也许这故事会永远放在心里,等将来埋在土里,永远也写不出来。

如今记不得开笔的准确日子,想来大概是八月初吧。天热,心乱,事繁,写得很慢,到九月初才写了四章或五章,只有第四章是在平静的心境中写出来的。九月六日,我带着一叠稿纸和一颗矛盾的心,同 K 前往青城。本来我打算在青城多住些日子,赶一赶这部小说;但没想一到青城,连天风雨,满山秋意,使我恨不能立刻回去。白天,我们一个戴着破草帽,一个打着小洋伞,缘着又滑又曲折的山路跑着,好像一座名山只有我们这两个游客。晚上,我们相对几杯酒,在暗弱的灯影下,各人都怀着无限的心事谈着闲话,谈着幻想,谈着关于星星的种种神话,而同时愁听着秋雨淅淅沥沥地落在瓦上,落在阶前的麻姑池中。九日上午,K回成都,我一个人孤寂地留在山上。虽然雨已经不下了,但云雾还是很浓,在白天不见太阳,在晚上望不见一颗星星。有时我寂寞得坐不下去,便站立在山门外,或爬上最高的第一峰,放眼向东方凝望,但是除漠漠的一片云雾,什么也不能望见。每逢黎明或黄昏,从大殿里传过来清远的钟磬声,悠扬的诵经声,使我特别的感觉到这环境和我的心情不调谐。生活过于乱固然不能够写出作品,过于静也同样不会有作品产生,因为人必须在人间生活。K走后我仅仅写了一章,蓦然发现,我不仅没有把墨水带来,也没有带来一颗宁静的心。于是不管老道士怎样挽留,我怀着追求人间生活的热望下山了。

十一日走下青城山,十二日在成都给K饯行。这以后我就逗留在成都写作,一直到十月半才回三台。在成都三个半月,同东方书社的朋友们相处得像家人一样,没有一点使我感觉到不便的地方。但是从八月初到十月半,两个半月中只写了四万字,实在惭愧!我对于天文学可以说毫无常识,像做了一个荒唐的梦;在这个阶段中,我虽然充满了热情和幻想,凭借着我的肉眼,企图从渺茫的碧空中发现出一颗新星。这和传说的李白向水中捞月是同样的痴,同样的不易被人理解,而且同样的要为着所追求的空幻的对象牺牲。要是没有这一段无从补偿的牺牲,也许这部小说在出月前可以写成。这样的不切实际,也正是知识分子在生活中常有的毛病。但我对过去没有悔恨,在当时也只有怅惘情绪。

回到三台,精神上的痛苦更加深了。因为胜利后的局势愈来愈坏,因为得到了母亲病故的不幸消息,因为寻找星星的烦恼和失望,加之教书生活的没有意思,我日夜痛苦着,写不出一个字来。在寒假离开三台的前不久,我勉强地重新提笔,写了一点。第二年初春,在成都又写了不多,四月间就开始了旅途生活。春末夏初的时候,从上海转向河南,过南京休息的几天中赶着又写了一点。为要静下去赶写它,在开封停留了一个暑假。但没有写完,战争又把我赶回故乡,没心情再去提笔。在故乡住了四个月,直到埋葬过父母之后,临离开故乡的不久之前,才又续写。最后这部书脱稿于上海,时在一九四七年的二月十二日,离开始写的时候已经有一年半了。

我絮絮叨叨地叙述出我的一些私生活和这部书的写作过程,是因为我的私生活和我的写作是不能分开的。这部书固然反映了历史现实,也做了这一年半中我个人生活的一种纪念。假若我将来为自己写一部传记的话,这一年半的生活特别重要,大概可以单独的写成一卷。至于说到这部小说的内容,我觉得它还多少表现了我的故乡的风貌,也记录出我的少年时代的历史侧影。将这部小说题名叫《长夜》,是因为在我的计划中还有《黄昏》和《黎明》。在《黄昏》中要写静静的旧农村是怎样地开始崩溃,怎样地沦落为半殖民地的悲惨形态。在《黎明》中要写农村在崩溃后由混乱走到觉醒,虽然是"风雨如晦",但已经"鸡鸣不已"。也许是不自量力,我企图用这三个姊妹篇去表现中国近代农村的三个阶段。《长夜》所写的时代背景是北伐的前夜,但是谁想到二十年后的今天,内战竟然比从前更加惨烈,人民的痛苦比从前更大更深?唉,中国的夜真是长啊!

一九四七年三月十四日夜